引き裂かれた祝祭

貝澤哉

論創社

装幀　山元伸子
写真　隈坂重範

引き裂かれた祝祭——バフチン・ナボコフ・ロシア文化

第一部　身体・声・笑い——ロシア文化のなかのバフチン

第三部　暗闇と視覚イメージ――ナボコフについて

第一部　身体・声・笑い——ロシア文化のなかのバフチン

引き裂かれた祝祭——バフチンのカーニヴァルにおける無意識、時間、存在

はじめに——カーニヴァルという「抵抗」

おそらく一九八〇年代の末頃から、バフチンの提出した理論の評価をめぐって、大きな変化が顕在化しはじめたように見える。それは、今のところ一部の論者たちの範囲内にとどまってはいるものの、近・現代のロシア思想・文化のディスクールを潜在的に支配してきた権力構造の批判的解明をめざす最近の傾向とあきらかに連動している。(1) そうした傾向を代表する論者たち——ボリス・グロイス、ワレリイ・ポドローガ、アレクサンドル・エトキント、ミハイル・ルイクリンらによるあらたなバフチン評価は、これまで私たちが抱かされてきた常識的なバフチン理解に根底から変更を迫っている点で、もはや見過ごすことのできないものになっているのである。

そのことは、たとえばホルクイスト／クラークのようなオーソドックスなバフチン学者たちと比較すればあきらかだろう。彼らは、バフチンの「対話」や「ポリフォニー」、「カーニヴァル」といった

概念のなかに、ソヴィエト権力や社会主義リアリズムへの隠された抵抗を一貫して読みとろうとしてきた。バフチン（ヴォロシノフ）の『フロイト主義』は、ソヴィエトの検閲や公式文化を暗に批判するものだったし、またそのラブレー論は、中世の一元的な教会支配をソヴィエト権力に見立てた「イソップの言葉」であり、「カーニヴァル」とは、その硬直した体制を破壊する「解放の笑い」だ、というホルクイスト／クラークの主張は、(2) その後多くのバフチンにかんするテクストのなかで反復されることになる。ところがグロイスにとっては、「反全体主義的思想家」としてのバフチンのこのような理解は、根本的に誤ったものでしかない。

［…］ほとんどの場合、バフチンの〈ポリフォニズム〉は、彼の時代のスターリン主義イデオロギーの〈モノロギズム〉へのプロテストとして、また〈カーニヴァリズム〉は、公式的なソヴィエト的生活の生真面目さと絶対性にたいする反動として理解されている。こうしてバフチンは、ヒエラルキー的に組織された全体主義国家にかわる、民主的で、真に民衆的なオルタナティヴの主張者——統一的で全民衆的な生のユートピアへの忠誠を保ちつづけた、ソヴィエト時代唯一のロシアの思想家となる。［…］しかしながら、バフチンが執拗に主張したものが何かあったとすれば、それはまさに、カーニヴァルの全体性だったのであって、そのパトスはすべて、人間の身体とその存在のオートノミーの破壊にある。カーニヴァルは全民衆的である（ちなみに民衆性は、〈階級性〉の代わりに導入された、まさにスターリン文化に特徴的な概念である）。ふつうに理解され

ているような意味での自由主義や民主主義は、激しい反感をバフチンに引き起こすのである。(3)

彼によれば、バフチンのカーニヴァルは、けっしてスターリン体制やそのテロルの否定ではない。バフチン自身が言っているように、カーニヴァルは「本質的に全民衆的」で、その「笑いの真実はすべての人間をとらえ、引き寄せて」おり、「だれもそれに逆らうことはできなかった」(4)のであって、そこから逃れる「民主主義的権利」などだれにも与えられはしない。周知のように、バフチンのカーニヴァルとは、民衆的な笑いのなかで個を引き裂き、その身体をグロテスクに寸断するものなのだが、それは革命やその後に続くテロルを美的に正当化するものにほかならず、その意味でバフチンは、同じ三〇年代を生きたハイデガーやシュルレアリストたちと同様に、全体主義的な政治性からけっして自由ではない――グロイスはそう主張する。

ホルクイスト/クラークとグロイスのあいだで、なぜこれほどまでにかけ離れたバフチン理解が生じてしまうのだろうか。その問いを解く鍵は、おそらく、「対話」と「カーニヴァル」というバフチンの二つの主要なイデーの関係にある。バフチンは、その「対話」的言語論においては、語る主体たちの意識的能動性やかけがえのなさ、そして対話という出来事の一回性を強調するのだが、彼の「カーニヴァル」論では、そうした能動的意識は「民衆文化」として与えられ、最初からコレクティヴで類型的、反復的なものにされてしまっている。その「対話」と「民衆」を適当に抽出して組み合わせれば、ホルクイスト/クラークのような「抵抗者」、「民主主義的解放者」としての単純明快なバフチン像が構成されるだろう。だが、「カーニヴァル」のコレクティヴで全体的な性格には、そのような素朴な整理の仕方を拒む異質な何かが潜んでいるのである。

ポドローガが指摘するのは、まさにそうした、バフチンの「対話」と「カーニヴァル」のあいだにある断絶だといえる。ポドローガにとっては、すでにバフチンの「対話」、「ポリフォニー小説」というイデー自体が、身体の多様なありかたを拘束する抑圧の形式にほかならないのだが、同じような事態が、バフチンにおける「カーニヴァルの身体」と「対話」の関係についても起こっている——「疑念を呼び起こすのは、バフチンがドストエフスキイの小説空間をカーニヴァル化しようとしたことではなく、まるでカーニヴァル化それ自体が〈大きな対話の開かれた構造を可能にした〉かのように言われていることである。バフチンが〈カーニヴァル化〉という言葉をどのように理解していたかを考慮すれば、思いもかけない結論である（傍点引用者）」。さらに彼はつぎのように述べている。

> バフチンは、彼が望むと否とにかかわらず、ミクロ対話（私—他者）とマクロ対話（カーニヴァル化）を互いの派生物と見なす口実をわれわれに与える。［…］［しかし］このような問題の解決は、つねに対話的諸関係の安定した形式からはかけ離れたやり方のなかに求められていた。そしてそれは当然である。というのも、問題になっているのは、バフチンが、そのラブレー論のなかで、グロテスク＝カーニヴァル的と規定する特殊な身体の経験、触れられたこともなく、徴づけられたこともない身体の経験の記述と分析なのだから。それは異質なアナトミーを備えた、つね

に「二重」で「生成しつつある身体」であって、対話的モデルにどれほど文化論的普遍性が与えられていようと、そうした対話的モデルによる再構成を受けつけない。(5)

身体器官がばらばらに寸断され、「外部から自分を見る視線」によって統合されることのないバフチンのグロテスク=カーニヴァル的身体においては、「私」や「他者」といった主体の分節化はありえず、したがって「どのような〈意識〉、〈我〉とも、ましてやデカルト的 cogito が表明するような主観性の形式ともかかわりがない」。そしてこのような身体の「〈ディオニソス的〉状態は［…］、文化のあらゆる経験の痕跡、〈法〉の傷跡やしるし、すなわち、そのうえに刻まれ、差異化したり徴づけたり禁止したりする記号を消し去る忘却のアクティヴな力として発揮される」(6)。つまり、主体と他者の能動的な意識的対話など、カーニヴァルにおいては原理的に不可能なのだ。

バフチンはカーニヴァルをあくまで意識的な対話性において、つまり記号によって外在化された意識的な能動的行為としてとらえようとするのだが、カーニヴァルははたしてそのような、記号の完全な意識化として理解しきれるものなのだろうか。ポドローガが示唆するこうした疑問は、A・エトキントが精神分析や言語哲学の側面から提出している問いと表裏の関係にある。彼は、バフチンがあらゆる内的経験の記号を意識化してしまうことで、無意識を排除してしまっているのではないかと考えている。『マルクス主義と言語哲学』や『フロイト主義』を分析しながら、エトキントはつぎのように言う。

それがどのような結果を招くかろくに考えもしなかったのか、あるいは逆にあまりにもよく考えすぎたのか、著者［ヴォロシノフ＝バフチン］は、きわめてリゴリスティックで偏った方向を選択する［…］。「思考は、表現の可能性への志向性の外には……存在しない。」「経験が……存在するのは、記号的素材においてのみである。」「心理の記号的素材とは、実質的には言葉――内言である。」［…］白状しなければならないが、この点でV・N・ヴォロシノフの『マルクス主義と言語哲学』は、二〇年後に出版されるI・V・スターリンの『マルクス主義と言語学の諸問題』を直接間接に予告するものになっている。(7)［…］

どのような思考も、言語という物質的基盤なしには存在しえないというバフチン＝スターリンのイデーは、エトキントによれば「完全に全体主義的なもの」である。というのも、思考がすべて言語であるということは、「人間のなかには読むことのできないものは何ひとつない」ということを意味するが、「読むことのできるもの」つまり物質化されたものは、コントロールすることができるからだ。だからソヴィエト権力は無意識の存在を認めなかったのであり、精神分析は禁止されることになる。このような無意識の排除という点で、バフチンの著作には「まったく真剣な、善意から出た全体主義的ユートピアの原理」が含まれている、と彼は主張している。

もちろん、こうした批判をあまりにも字義どおりに受け取ってはならない。というのもそれは、無意識の意義を過大に見積もることによって、逆にバフチンが批判しつづけてきた、疑似生物学的な「生の哲学」を呼び寄せてしまうことになりかねないからだ。そこでは個はすべて、個体を超えた生命力によって呑み込まれ、やはり全体化されてしまう。実際、グロイスやポドローガが危惧していたように、多くの論者たちは、まさにバフチンのカーニヴァルのイデーのなかに、文化を産出するこのような生成のディオニソス的根源力の肯定的側面だけを見いだし、しかも、そうした根源力の持つ全体化と破壊の否定的側面は、「対話」のイデーから持ち込んだ「能動的意識」によって隠蔽してしまう。エトキントが無意識の排除として批判するのは、そのように盲目的な生命力（意識を超えたもの）を肯定しておきながら、それを「能動的意識」へとすりかえてしまうような思考なのである。

そんなふうに考えると、エトキントが一見なにげなく述べているつぎのような見解が、非常に興味深いものとなってくる。バフチンが執拗に無意識を否定する姿は、精神分析の立場から見れば、「抵抗」の表れと受け取るのが自然だ、と彼は言う。「バフチンの構想はすべて——いわば、抵抗のポエティクスであり、その正当化と拡大のシステムとさえ思える」(8)。バフチンに特徴的なのは、ソヴィエト権力にたいする民主主義的抵抗などではまったくない。それは精神分析的な「抵抗」なのだ。彼が『フロイト主義』においてフロイトや無意識をあれほど強烈に執拗に否定するのは、まさに彼にとって、フロイト的な無意識が、重大な意味を持っているからだと思わざるをえない。ポドローガの言う、カーニヴァルと対話のイデーとのあいだに見いだされる根源的なズレとは、実はカーニヴァルの無意識性を「能動的意識」によってむりやり覆い隠そうとする、バフチンの「抵抗」の顕著な痕跡なのではないだろうか。

グロイスやポドローガの議論に端的に現れているような、対話とカーニヴァルのイデーのあいだにある奇妙な断絶、バフチンのテクスト全体に浸透している論争的な有無を言わせぬ強い否定の調子（特にカーニヴァルの絶対的肯定性を論証しようとするときの、「否定性」そのものを否定する自己言及的攻撃性）、「対話」を唱道しながら、まるで相手に口を挟まれるのを恐れるかのように反復的、強迫的にたたみかけてくる、展開のない文体、いくつかの著作が自己のものであるかどうかを肯定も否定もしない曖昧さ——こういったことはすべて、バフチンのテクストが、それほど一枚岩に、統合的にできているのではないこと、そこに何か深い断裂が刻まれていることを示している。だからといって、私たちがしなければならないのは、バフチンの理論をなるべく整合的・連続的に解釈し直すなどということではない。必要なのは、バフチンの言葉がとぎれる瞬間をさがすこと、彼のテクストの言葉の裂け目を見いだし、そうした言葉の裂け目自体の孕む意味を吟味することなのである。

すでに見てきたことからあきらかなように、バフチンにおけるそうした言葉の裂け目は、カーニヴァルをめぐるテクストのなかに、最も危機的なかたちであらわれている。だからこそ、グロイス、ポドローガらの批判はとりわけカーニヴァル・イデーに集中することになるのである。そこで、次節以後、私たちはバフチンにおけるカーニヴァルのイデーを、それがとくに集中的に展開されている彼のラブレー論を中心にして、検討することにしよう。カーニヴァルについての言葉の裂け目に注意を向けることはまた、無意識にたいするバフチンの「抵抗」といわれるものの持つ意味をあかるみに出すことでもあるのだから。

裏返された無意識

すでに述べたように、『フランソワ・ラブレーの作品と中世・ルネッサンスの民衆文化』において、バフチンはその中心的イデーであるカーニヴァルや、それに付随する「グロテスク」、「笑い」の文化を、一貫して、民衆による意識的対話性として定位させようとする。バフチンによれば、カーニヴァルはつねに、中世を支配する硬直した公式的文化にたいする異議申し立て、「奪冠」なのであり、その意味で、支配的文化にたいして民衆の側から意識的、能動的になされる応答だといえる。たとえば彼は、カーニヴァル的「グロテスク」をフロイト的な「エス」の表現形式と規定するW・カイザーを批判して、つぎのように述べている。

実際、グロテスクは、支配的な世界観念をつらぬいている非人間的必然性のあらゆる形式からの解放をおこなう。グロテスクはこのような必然性を、相対的で狭量なものとして奪冠する。必然性は、その時代に支配的などのような世界の見取り図においても、何かとりつくしまもないほど生真面目で、絶対的で反論の余地のないものとしてあらわれる。しかし歴史的に見れば、必然性の観念は、つねに相対的で変化しやすい。グロテスクの基礎にある笑いの原理とカーニヴァル的世界感覚は、必然性の観念が持つ狭量な生真面目さや、時間を超えた意義と絶対性への自負を打ち砕き、人間の意識、思考、想像力を新しい可能性へと解放する。学問の領域においてさえ、大きな転換の前には、それを準備する、意識の一定のカーニヴァル化がおこるのは、そのためなのである。〔58：邦訳四八―四九頁〕

グロテスクが持っている自由な空想力は、非人称的な「エス」には存在し得ない、とバフチンは主張する。そしてそのような「自由」を持ち得るのは、支配的な必然性から解放された意識以外にはない。「笑いは人間の意識を明晰にし、世界を彼にとって新しいかたちで開示してみせる」のであり、それが「新しいルネッサンス的自己意識を準備することになる、世界と人間についてのもうひとつの、非公式な真実」〔105：邦訳八三頁〕を形成するのである。二〇年代に『フロイト主義』において「無意識」を否定してみせたバフチンは、三〇年代に構想されたカーニヴァル論においても、その精神分析的解釈（無意識＝「エス」としてのカーニヴァル）を切り捨てる。カーニヴァルのこうした「笑いによる意識の解放」や、「公式文化」にたいする「非公式文化」の勝利の図式が、ホルクイストらによる「反全体主義」の「イソップの言葉」としてのバフチン理解を導き出す根拠となっているのだ。

しかし、バフチン自身がカーニヴァル的イメージの使用を「イソップの言葉」ととらえるような見方を否定していること〔296：邦訳二三五頁〕はひとまず措くとしても、また、中世の硬直した権力支配からルネッサンス的な人間意識の解放へというバフチンの図式が、あまりに紋切り型の歴史理解にとどまっていることはここでは問わないとしても、彼のカーニヴァル論を、そうした能動的な意識の対話性へと還元することには、なにか根源的な違和感がつきまとわざるをえない。とはいえ問題は、彼のカーニヴァル論が執拗に精神分析的な無意識を否定すること自体にあるのではない。注意しなければならないのは、むしろバフチンのカーニヴァル論が、その無意識の激しい否定にもかかわらず、実際には、あまりにも精神分析的な無意識のイメージに満たされてしまっている、ということなのだ。

彼のラブレー論は、ほとんどすべて精神分析に親和的なイメージから組み立てられているといっても過言ではない。バフチンにとってカーニヴァルとは両義的なものであり、それはつねに死と生にかかわっている。グロテスクな笑いはつねに肉体の空間的下層を志向し、肛門、糞尿、生殖器の豊富なイメージをともなっているのだが、それは母胎、子宮、腹への回帰（死）と再生の両義性を示すものだと彼は主張する。口唇的な快楽、飲み食いすることも、料理＝身体の寸断・戦闘による死と、腹のなかでのその再生を意味している。そしてこうした肉体的下層にある生命力は、ふだんは公式的な文化によって禁止され、肉体の突出部分や穴は、平らに均された公式的身体によって拘束されている……。少しでも精神分析の理論に触れたことのある者ならば、バフチンが執拗に列挙するカーニヴァルのこうしたモチーフのなかに、精神分析的なイメージとの関連を予想しないほうが、むしろ困難であろう。これまでバフチンのラブレー論、カーニヴァル論が、こうした視点からまったく論じられてこなかったこと自体驚くべきことである。(9) バフチンがフロイトとその無意識に課した禁止は、それほど強力なものだったのである。

その執拗な禁止と否定にもかかわらず、ラブレー論（カーニヴァル論）において、このように無意識のイメージがテクスト内に充満してしまうのは、けっして偶然のこととは思えない。そのことを確認するためには、バフチンにとって無意識の否定とはそもそも何を意味していたのか、フロイトの精神分析理論そのものを主題とする彼の『フロイト主義』をもとに考えてみなければならない。バフチン（ヴォロシノフ）が無意識を批判するのは、もともと意識化・言語化することが不可能なはずの無意識を、フロイトが意識とのアナロジーによって実体化してしまっているからである。

われわれには、無意識を意識とのアナロジーによってうちたて、そこに、われわれが意識のなかに見いだすのとまったく同じ要素を仮定する権利があるだろうか。［…］主観的な自己意識の光で照らすことによってはじめて、われわれの心理生活の光景は、われわれにとって、様々な欲望、感情、観念のたたかいとして姿をあらわす。［…］もしわれわれがある種の欲望や感情に〈無意識〉、他のものには〈前意識〉や〈意識〉というレッテルを貼るならば、われわれは自分自身との内的矛盾に陥るほかなくなるが、主観的な自己意識や、それにのみ開かれる心理生活の光景の境界内からわれわれはけっして出ることができない。(10)

バフチンは、フロイトの精神分析とはその根本において、「心理の〈意識的領域〉において形成される」「人間の言葉による発話を基盤」とした解釈法にすぎないと主張する。(11)彼がフロイトの理論のなかで唯一評価するのは、フロイトが心理をつねに発話＝言葉に媒介されたものとしてとらえた、という点だけである。つまりフロイトが「無意識」と言っているものは、バフチンにあっては、意識にとって対話的（イデオロギー的・社会的）に見られた意味での他者の発話にほかならない。それを性的、疑似生物学的な「生の哲学」風のタームで色づけ、主観的個人心理の枠内に押し込めようとするところにフロイトの根源的誤りがあると、バフチンは執拗に告発する。

しかしここで、バフチンの攻撃の激しさに惑わされて見落としてはならないのは、彼が無意識を完全に葬り去ってしまったのではない、ということだ。バフチンは実は、無意識を別の代理物に置き換えたのだということもできる。無意識そのものは、その定義からして、意識化・言語化の不可能なものである。けれども、ある意識にとって「無意識」の存在が経験されるのは、それが「言葉による表現を見いだし、すでにそうしたかたち、すなわち動機のかたちで、人に意識される」ときだけであり、意識が「みずから無意識の内容を承認」するときだけだ。(12) つまりバフチンは、不在、あるいは不可能性としての無意識を、対話的・意識的に承認された（他者の）言葉へと置き換えてしまっている。しかし思い出さなければならないのは、まさにこのように代理化、合理化されることによって、無意識は逆に、「無意識」という形をとらずに、つまりバフチンの「抵抗」、「禁止」に妨げられることなく、容易に彼のテクストに入り込むことが可能になる、ということなのである。

だからバフチンが、いったんはその攻撃性によって徹底的に破壊したはずの無意識を、「非公式的意識」という名のもとにわざわざ復活させるのは、けっして奇妙なことではない。『フロイト主義』

においてバフチンは、みずからこう述べている。

「自由連想法」をもちいた精神分析のセッションにおいてあきらかになる無意識の諸動機は、その他のふつうの意識の諸動機とおなじく、患者の言語的反応なのである。後者が前者と異なるのは、いわば、その存在様態が異なるからではなくて、その内容において、つまりイデオロギー的に異なるからにすぎない。この意味で、フロイトの無意識は、通常の「公式的」意識と区別して、「非公式的意識」と呼ぶことができよう。(13)

非公式的意識とは、性的な言葉など、もともと意識内の言葉(内言)のなかで十分に現実の発話(外言)にできなかったものであり、一定の社会的支持を得れば、支配的な制度にたいする革命的な言葉にもなり得るとバフチンは説明している。しかしこの文脈を注意深くたどれば、それがもともと政治的なものではなく、フロイト的な意味での、抑圧されたもの=無意識の代理物であることは明白だ。だからこのように精神分析的な「意識/無意識」の対立の代理物として導入された「公式的意識」と「非公式的意識」を、ホルクイスト/クラークのように、ソヴィエト権力への抵抗のためのレトリックに還元してしまうのは、あまりに素朴で一面的としか言いようがない。

こうしてバフチンは、フロイトの「無意識」を否定し、抑圧しながらも、それを「公式的意識」にたいする「非公式的意識」として回帰させ、自己の理論のなかに組み入れてしまっている。そして実は、彼のラブレー論（カーニヴァル論）こそ、まさに「意識／無意識」に代わるこの「公式的意識／非公式的意識」という装置を文化理論へと展開したものにほかならない。それは、ラブレー論の冒頭からすでにあきらかだ――「ラブレーのイメージに固有なのは、なにか特別な、原理的で打ち消しがたい〈非公式性〉である［6：邦訳一〇頁］」。彼にとってカーニヴァルとは、なによりも「公式」文化に対立する「非公式」な文化意識の表現である。

> 笑いの原理のもとに組織された、これらすべての儀式・見世物的形式は、たいへん厳しく、原理的といえるほどに、公式的な――教会および封建的・国家的――礼拝形態や諸儀式と異なっていた。それは、世界、人間、そして人間関係の、まったく異質で、これみよがしに非公式な、非教会的、非国家的な局面を提供していた。それは、あらゆる公式的なものの彼岸に、第二の世界、第二の生を打ち立てていたと言えるのであり、中世の人間全員が多かれ少なかれそれに関与し、一定の期間そこに暮らしていたのだ。［10：邦訳一二頁］

カーニヴァルの笑いとは、原始社会においてもともとは公式的だったが、成熟した階級的、国家的構造によって「非公式」へと追いやられた、「民衆文化」の本質的形式である。しかし、コレクティヴな抑圧を連想させるこの図式が、能動的な意識たちによる一回的な出会いの出来事、というバフチンの対話的言語論とズレを生じさせていることはあきらかだ。

バフチンはカーニヴァルの能動性と自由な肯定性を強調するのだが、それを対話論的にとらえるとすれば、「公式的」文化の能動性（たとえそれが負の能動性であっても）と自由も承認しなければならない。だからといって、「公式文化」はモノローグ的で閉じた否定性の意識にすぎず、それにたいしてカーニヴァルが根源的な対話性と肯定の原理なのだと考えて、両者を切り離してしまうなら、この図式は実質上、「抑圧、検閲、禁止」と「無意識」との関係とそれほどちがわないものになってしまうだろう。なぜなら、そもそもバフチンがフロイトを非難したのは、個々の具体的発話の対話的事実を超えたところに「無意識」を実体化しようとしたからだが、「カーニヴァル的対話性」のようなものを民衆的祝祭の潜在的原理として実体化することは、それ自体、現実の個々の発話としての対話を超越した潜在的な何かを、措定し実体化することにほかならないからである。こうした印象は、カーニヴァル的な言葉についてのバフチンの見解によってますます強められてしまう。

神の名を罵ることや呪いは、もともとは笑いと結びついていなかったのだが、それらは公式的な言葉の領域の規範を破壊するものとして、そうした領域から追い出され、そのため、無遠慮な広場の言葉の自由な領域に移ってきた。このカーニヴァル的雰囲気のなかで、それらは笑いの原理に浸透され、両義性を獲得した。

他の言葉の現象、たとえば様々な種類の不作法な言葉の運命も、似たようなものだった。無遠慮な広場の言葉は、公式的な言葉の交流から禁止、排除された様々な言葉の現象が貯められる貯

水槽のようなものとなった。［23：邦訳二二頁］

あきらかに「言葉」はここでは、すでに話され、他の言葉との具体的な今・ここにおける対話的関係に入っている言葉ではない。それは抑圧、検閲、禁止によって「言葉の交流」の場から「排除」され、潜在的な可能性として「貯められ」た言葉なのであり、いわば発話以前の何かにとどまってしまっている。

このように、フロイト的無意識を否定し、「非公式的意識」という代理物に置き換えたことによって、バフチンはみずから、自己の文化理論のなかに、〈能動的意識〉によって抑圧された何ものかを、導き入れてしまうのだ。つまり彼は、フロイト（無意識）への批判（抵抗）をとおして、無意識に代わり、無意識のように働く何かを表象化しようとしている。そのような無意識の代理物こそ、バフチンが「カーニヴァル」と呼ぶものなのである。『フロイト主義』における無意識への激しい否定の態度が、ラブレー論において、カーニヴァルの絶対的肯定性への執拗な主張にとって代わるのは、けっして偶然ではない。それは、無意識の殺害と、その代理物としてのカーニヴァルのあいだの隠れた同一性を物語っているのであり、そのように考えたときはじめて、バフチンのカーニヴァル論が露骨なまでに精神分析を思わせるイメージに満たされていることの意味が、おのずと浮かびあがってくるのではないだろうか。

民衆、ユートピア、未来

バフチンは、すでに見たように、「意識／無意識」の対立を「公式的意識／非公式的意識」の区別に置き換えることで、みずから批判していた精神分析的なイメージを「カーニヴァル」というかたちに加工して、ふたたび導入してしまう。だとすれば、それは、カーニヴァル概念のなかに、バフチン自身が批判した要素、彼の対話論と相容れない要素が必然的に入り込んでいる、ということをも意味しているはずだ。実際バフチンのカーニヴァル概念には、初期の著作に見られるような論理的な緊張度が欠けている。

たとえば「民衆文化」というようなカーニヴァルを特徴づける概念を吟味してみれば、そのことはあきらかだろう。「無意識」が、言語的に意識化・外在化された限りでしかとらえられないのだとすれば、「民衆」もまた、自明で普遍的な存在などではなくて、だれかの意識にとって言語的に価値づけられた限りでの志向的対象でしかあり得ない。バフチンは民衆文化としてのカーニヴァルの無条件な「普遍性」や「絶対性」を執拗に主張するのだが、その場合の「民衆」とは、そうした普遍性を志向し言語的に価値づける主体のことなのか、あるいは普遍性として志向的に価値づけられる対象なのか、あるいは「大衆的な言葉・文体」のジャンル意識というほどの意味なのか、最後まで曖昧なままである。

こうした曖昧さが、たんなる論理的構成の甘さや偶然ではなく、カーニヴァルの本質的な規定そのものにかかわっているということを理解するのは、バフチンのラブレー論を注意深く読めば、それほど困難なことではない。

バフチンがカーニヴァルをどのように規定しているかを考えたとき、まず注意をひくのは、カーニヴァルが「ユートピア的」なものとして規定されていることである。

ここで、この祝祭的笑いのもつ特に世界観的でユートピア的な性格と、そのより高いものへの志向を強調しよう。そこには——根本的に解釈し直されたかたちではあるが——古代の笑いの儀式における、神への儀礼的な笑いとばしが、まだ命脈を保っている。カルト的で限定的なものはすべて、ここでは抜け落ちてしまったが、全人類的、普遍的でユートピア的なものは残ったのである。〔17-18：邦訳一八頁〕

このような規定もまた、ラブレー論全体をつうじて執拗にくりかえされている。カーニヴァルの「社会的・ユートピア的要素はまったく明白だ。婚礼の酒宴という短い時間に、人々——その参加者——は絶対的平等と自由のユートピア的王国に参入する。そのユートピア的要素はここで、他のあらゆる民衆的・祝祭的ユートピアにおけるのと同じように、はっきりと物質的・身体的に肉化されたものとして表現される」〔291：邦訳二三一頁〕。

ところでカーニヴァルのユートピアにおけるこのような「絶対的平等」や「自由」とは何を意味す

るのだろうか。それが、カーニヴァルに参加する個々人の人格や存在の自由、平等でないことは、バフチンのつぎのような説明からも疑う余地はない。グロテスクの実存主義的な解釈に反対して、彼はこんなふうに述べている。

一貫して実存主義的になされたこのような主張には、なによりもまず生と死の対立が含まれている。こうした対立は、グロテスクのイメージ体系にはまったく縁のないものだ。死はこの体系内では、生の否定などでは全然ない、というのも生は、グロテスクにおいては、大いなる全民衆的身体の生として理解されているからだ。死はここでは、生の全体へ、その不可欠な要素として、その恒常的な再生と若返りの条件として加わっているのである。［58 - 59：邦訳四九頁］

「大いなる全民衆的身体の生命」とは、当然、個体を超えた生命力でなければならない。なぜならそれは、死によって途切れることがないというのだから。個々の人間の死、存在の終わりは、つねにあらたな生によって充たされる。それは「まったく個人化されない」、「生物学的個体でも、ブルジョワ的でエゴイスティックな個人でもなく、民衆」の「普遍的」身体なのだ［24：邦訳二六頁］。こうした、死を超越した身体・生の絶対的肯定性は、バフチンのカーニヴァル論における中心的主題のひとつである。

この全民衆的で、成長し、永遠に勝利する肉体にとっては、宇宙のなかが、まるでわが家のようなものなのである。［…］死もこの肉体にとっては恐ろしいものではない。個体の死は、民衆と人類の勝ち誇った生にとってはたんなる一契機にすぎないのであり、民衆と人類の更新と完成のために不可欠な一契機なのである。［377：邦訳三〇〇頁］

つまりカーニヴァルにおける「平等」や「自由」とは、個を超えた根源的な生命の力からはどんな人も逃れることができない、という意味での「平等」であり、そこでは存在者を規定する「死」という限定が超えられている、という意味での「自由」なのだ。

バフチンのこうした主張を読むとき、私たちはまたしても、『フロイト主義』とラブレー論のあいだにある、裏返しの対応関係に驚かざるを得ない。というのも、ここで「カーニヴァル」や「グロテスク」の名のもとに提示されている、個体を超えた「全民衆的身体の生命」とは、まさに『フロイト主義』においてバフチン自身が激しく批判していた、疑似生物学的な「生の哲学」の一変種にほかならないからだ。バフチンによれば、個体を超えた「生の躍動」を前提するベルグソンなどの生命主義や、フロイト的な「エロスとタナトス」の衝動は、「カント主義的純粋認識の寒気のなかで凍りついてしまった事物に心地よい生気を吹き込む生物学的メタファー」(14)でしかなく、生物学的な「本能」を文化理論へ無批判に適用するものとして厳しく批判されなければならない。

ところが彼は、それをカーニヴァルという文化における「死と再生」の価値付けの問題へと置き換えることによって、「大いなる生」などという、みずから否定したはずの生命主義的メタファーをふたたび復活させてしまっている。バフチンのつぎのような文章には、カーニヴァルを包む疑似生物学的なレトリックがはっきりと現れている。

このグロテスクやフォークロアのリアリズムの高みにおいては、単細胞有機体の死と同様、死体が残されることはけっしてない（単細胞有機体の死は、その増殖つまり二つの細胞、二つの有機体への分裂にほかならず、いかなる〈臨終〉も起こらない）。ここでは老いが妊娠であり、死とははらむことであって、限定的に特徴づけられたもの、凝り固まってしまったもの、出来合いのものはすべて、鋳なおされてあらたに生まれるために身体的下層へと投げ込まれる。［61 - 62：邦訳五一頁］

ここでも、「生の哲学」、「生物学的メタファー」にたいする強い否定は、カーニヴァルの「全民衆的身体の生」の絶対的肯定性へと姿を変えている。つまり、このようにして見いだされた「全民衆的身体の生」としてのカーニヴァルは、あきらかに、バフチン自身が強く否定してきた「無意識」や「生の哲学」の事実上の代理物となってしまっているのである。

結局バフチンの言う「民衆」とは、個体を超え、個々の歴史的出来事を超えた何らかの共同的・普遍的な生命力を表象化したものだといえるだろう。だから彼はカーニヴァルを、時間と空間の限定を超えた「ユートピア」において見いだすのである。しかし、それでは彼はなぜ、みずから否定してきた「無意識」や「生の哲学」を、カーニヴァルのこうした超時間的なユートピア性としてふたたび導入し、執拗に肯定しようとするのか。そのことを考えるためには、バフチンの初期の対話論や行為論における時間性と、カーニヴァルの時間性とがどのような関係にあるのか、検討しなければならない。もともと、カーニヴァル論に見られるような、自己を限定する時間からの超出というモチーフは、バフチンの対話論の基礎にある、最も初期の責任応答行為論においてすでに存在していた。たとえば二〇年代前半に書かれた『行為の哲学によせて』では、理論的存在がもっぱら過去として決定されているのにたいして、出来事への責任ある能動的行為は、未来への超出として描かれている。

理論的意識の諸体系の世界においては［…］われわれは決定済みであらかじめ規定されてしまっており、過去の［…］完結されてしまったもの、本質的に生きてはいないものとなり、責任ある、危険をともなった、開かれた生成＝行為としての生から、無関心で、本質的に出来合いで完結してしまっている理論的存在へと、自己を投げ捨ててしまうことだろう［…］。明白なことは、そのようなことが可能なのは、絶対的に自由意志的なもの（責任応答的に自由意志的なもの）、絶対的に新しいもの、創造されるもの、これからなされるはずの行為から、つまり行為を生かしているものから抽象されてしまう場合だけだということだ。(15)

このような「未来性」への志向は、たしかにカーニヴァル論にも共有されている。すでに見たように、カーニヴァルにおける自由の意味は、現存在的な時間の限定を超出するという点にある。「すべての民衆的・祝祭的イメージは、まさに生成・成長や、完結することのないメタモルフォーゼ、死―再生の瞬間を定着させる」のであり、「民衆的・祝祭的形式は未来を見つめ、この未来の勝利を演じてみせる」［281-282：邦訳二二四頁］とバフチンは述べている。

けれども、責任応答的な「時間からの超出」と、カーニヴァルにおける「時間的限定からの解放」とのあいだに、微妙ではあるが、しかし重要な差異があることを見落としてはならない。確かにどちらの場合にも、生や存在は、過去の限定を超えた、未来への超出としてとらえられている。だが問題なのは、責任応答的な未来が、どちらかといえば現在完了的な相のもとに把握されているのにたいして、カーニヴァルにおいてはむしろ未来の不確定な未来性そのものが焦点となっていることである。初期バフチンの現象学・存在論的な責任応答行為論では、「行為」とは、対象に働きかけ、それを価値的に統一する出来事としての「私」の能動性を意味しているのだが、それはつねに、可能性、不確定性を克服する一回的な最終的既定性としての「行為」なのだ。

責任応答的な行為だけが、あらゆる仮定性を克服する。というのも責任応答的行為とは――すでに出口を失い、やり直しもきかず、取り返しのつかない――決断の実現なのだから。行為とは最終的総括であり、全面的で最終的な結論なのである。行為は、統一された、唯一の、そしてすで、に最終的となったコンテクストにおいて、意味も事実も、一般的なものも個別的なものも、現実的なものも観念的なものも一つに結び、相関させ、認めていく。というのもすべてがその責任応答的な動機付けのなかに入っていくからである。行為のなかには、たんなる可能性から最終的な統一への出口がある。(16)

ここでは責任応答的な行為とは、「私」の今・ここにおける、現象学的な他者への関与性を積極的に承認することであり、また生成の持続としての現在の可能的内容に、「私」の責任・応答によってある限定、完成を与えるということを意味する。未来とは、このような生成の無限定な持続（＝現在）を限定する「課題性」、「要請」なのである。『作者と主人公』のなかでバフチンは言う——「私にたいして、私の時間性全体（私のうちにすでに現存するものすべて）にたいして価値的に対立する意味の絶対的未来とは、同じ生の時間的持続という意味ではなく、それをつねに形式的に変革し、そこにあらたな意味（意識の最終的な言葉）を込める可能性と必要性という意味での未来」であり、「私のひとつひとつの行為、私の内的および外的行動において、行為としての感情において、認識行為において、それ「未来」は純粋に有意的な意味として私に対立し、私の行為をつきうごかすのだが、私自身にとって行為のなかで実現することはけっしてなく、私の時間性、歴史性、限定性にとっての純粋な要請にとどまりつづける」(17)。

つまりここでの「未来」は、いわば超越論的な「私」による、過去と現在からなる「私」の現存の乗り越えである。だから未来は可能性として開かれた現実の内部から出てくるのではなく、「純粋な要請」として、外部からそうした可能性を限定するものとしてある。ハイデッガーの存在論的差異をおもわせるバフチンのこうした行為論において、「私」と対象（自己や他者）の統一的関係の承認行為を特徴づけているのは、現在の不確定な可能性を限定すること、すなわち現在を完了させることにほかならない。『行為の哲学によせて』においてバフチンが使用する、責任応答行為をさす「署名」というメタファーも、あきらかにこのような完了させる行為を念頭に置いている。

二〇年代のバフチンにおけるこうした現象学・存在論的な「完了」の時間性の強調が三〇年代のカーニヴァル論のなかで重大な変質を被っていることは、ラブレー論にはっきりと見て取ることができる。

グロテスクなイメージは、現象をその変化、いまだ完了しないメタモルフォーゼの状態、死と誕生、成長と生成の段階において特徴づける。時間への、生成への関係――それは、グロテスク・イメージに不可欠な、基本的（決定的）特徴である。〔31：邦訳七六頁〕

カーニヴァル的な身体とは、「永遠に完成されず、永遠に創造されまた創造する身体」であり、またカーニヴァルの笑いは「生真面目さが硬直すること、存在の、完了しえない全一性から乖離することを許さない」〔137：邦訳一〇八頁〕。このように、カーニヴァル論においては、初期の責任応答行為論とは逆に、未来の未完了的、可能的性格が前面に押し出されてしまっている。初期バフチンにおいては、〈生成する生の現在としての可能的私〉にたいする〈外部から限定する超越論的私〉という存在論的差異の対立において、〈限定する私〉の意義が強調されていたのだが、カーニヴァル論は、ちょうどそれを反転し、すべてを〈生成する生の現在における私〉として、つまり自他すらも未分化の生成の渦中にあるものとして表現しようとする。

カーニヴァル論における未来の未完了性の意味をこのように考えるならば、初期の責任応答行為論における「生成する私」と、カーニヴァルの未完了的・可能的性格とのあいだにパラレルな関係が存在することはもはや疑いようがない。結局、カーニヴァルの未完了性とは、責任応答行為論における「生成する現在としての可能的私」の代理物なのである。責任応答行為論は、いわば、バフチンにおける「私」の主体の能動的・意識的な自己形成の物語なのだが、そのような主体的な「私」とは、超越論的な「当為」として外部から命令し限定し統一する能動的「私」なのであって、そうした「私」の背後には、その対象となる、生成しつつある不確定で無定型なもうひとりの受動的「私」が前提されている。カーニヴァルとは、実は、超越論的「私」によって限定＝抑圧をうけていたこの未完了な「私」（＝自他未分化の生成の運動そのもの）が代理的に回帰したものにほかならない。

こうしてバフチンは、精神分析的な意味での無意識は否定したのだが、存在論的差異を導入することによって、「私」の意識的部分だけでなく、その非人称的で無定型な部分の存在を暗に認めてしまっていることになる。もちろん受動的な「私」は、初期の著作では、能動的な「私」による限定のもとに支配され抑圧されてきた。そして、そのように抑圧されてきた無定型で自他未分化の受動的「私」が、非人称的・共同的普遍性として回帰したものこそ、バフチンのカーニヴァルなのだ。フロイト的無意識の代理物としてバフチンのテクストに侵入したカーニヴァルは、「全民衆的身体の生」や「(ユートピアの)未完了の時間性」、「非人称性・共同性」といった、対話論、行為論とあきらかに矛盾する概念を増殖させるのだが、そうした回帰の根源にあるのはおそらく、初期バフチンの責任応答行為論における存在論的な二つの「私」の対立だったのである。

死としての他者／他者の死

初期の著作における存在論的な能動的「私」と受動的「私」の対立が、カーニヴァル論において反転されること——その意味を考えるうえで特に示唆的なのが、「寸断された肢体」、「ばらばらの身体」のテーマである。「寸断された肢体」は、カーニヴァルの最大の特徴としてバフチンが執拗に反復し強調するもののひとつだ。カーニヴァル的な「誓言」は、料理のテーマや戦争のテーマをともなった「人間身体の寸断」であり、ラブレーに特有の「カーニヴァル的・料理的な解剖学的記述のもとにあるのも、同じ身体寸断のグロテスク・イメージ」なのだ。そしてそのように寸断されたカーニヴァルの身体には、外側から統一・限定する契機は含まれていない。

> グロテスクな身体は、すでに幾度も強調したように、生成しつつある身体である。それはけっしてできあがったり、完成されたりしない。それはつねに作られ、創造されつつあり、またみずから他の身体を作り、創造する。そのうえこの身体は世界を呑み込み、またみずからも世界に呑み込まれる。［351：邦訳二八〇頁］

ここではカーニヴァル的身体は、個々の身体を超えて世界そのものと同一化され、むしろ個々の身体を産出する生成の原理として肯定的に描かれている。しかし、このような「寸断された肢体」とは、実は、もともとバフチン自身によって否定的にとらえられていたものなのである。たとえば『作者と主人公』において、彼はつぎのように述べている。

> 私は、その自分自身にとっての意味と価値において、無限に要求する意味の世界に投げ出されている。私が（他者にとってのでも、他者に由来するのでもない）自分自身にとっての自己を規定しようと試みたとたんに、私は自己を、課題性の世界、私の時間的既存性の外部にしか見いだせなくなり、その意味と価値において、これから到来すべき何かとしてそれを見いだすことになる。一方時間の内部においては（課題性から完全に逃れたとすれば）、私が見いだすのは、ばらばらになった志向、実現されなかった欲望や欲求——私の全一性となるはずだったものの membra disjesta［寸断された肢体］でしかない。[18]

「課題性」として「外部」から自己を限定する「私」（現在を完了させるものとしての未来）がいなければ、「時間的既存性」の「内部」にいる生成中で未分化の「私」は統一を与えられず、したがってそれは、「寸断された肢体」でしかない。つまり、この「ばらばらの身体」は、初期バフチンの責任応答行為論のなかでは、なにか多形的で自他未分化な欲望の流れとして限定＝抑圧を受けるべきものだ。このように、初期のバフチンにおいては、自己の存在論的統一・限定を失い、ばらばらな対象へと崩壊してしまった身体として否定され抑圧されていたものが、カーニヴァル論においては逆に、執拗に絶対的肯定性を付与されて回帰してしまう。

　ところで、注意しなければならないのは、この「寸断された肢体」をはじめとして、カーニヴァルが、つねに「死」を思わせるイメージに濃厚にまとわれていることである。もともと、「死」はバフチンにとって、その思索のはじめから重要な概念だった。初期バフチンにとっては、「死」とは「私」を限定・完了させ、その存在を現実化する究極の外部性・未来性を意味している。

　初期のバフチンにおいては、他者はつねに、能動的「私」がその存在を承認する志向的対象であるとともに、そうした存在論的関与のなかで逆に「私」を限定しその行動を強いるものとしてとらえられている。「私が存在における自己の唯一の場所から、他者を少なくとも目にし、知り、他者のことを考え、他者を忘れないということ、まさに私にとって彼が存在するということ――それは、私だけが、その存在の全体において、その時点で他者のためにできることなのであり、それは、他者の存在を完全なものにする行為、絶対的に豊かで新しい、私だけに可能なものである」。しかしそのことは、逆に「唯一のものとしての私」が「現実の、出口のない、強いられたただ一つの生に参入しないでいることは一瞬たりともできない」ということも意味している。[19] 初期バフチンにおける「私」の存在論的なありかたを規定するのは、このような他者との一回的な出来事《ソブィチエ》（＝共―存在《ソ・ブィチエー》）への参入による自己の限定と統一（完了）である。

バフチンの初期のテクストにおける「私」の存在の責任応答性に課せられたこうした厳しさは注目に値する。そこでは、他者と私の相互的な応答・承認とひきかえに、他者と私の現存がもつ未完了性・可能性は、厳しく限定されてしまう。それはいわば、他者も私も、こうした限定をみずから能動的に承認することによって、実現されなかった可能的な自己の広大な領域を殺害している、ということを意味する。実際、バフチンにとって、このような限定の究極に「死」があることを、彼のテクストから読みとるのは、さほどむずかしいことではない。というのも最終的な限定＝完了とは「死」以外のなにものでもないからだ。「死」とはいわば、自己を外側から限定する他者性であり、現在を完了させる未来性そのもののなのだ。

> あらゆる抽象的・形式的要素が、構築学《アルヒテクトニカ》の具体的要素になるのは、死すべき人間の具体的価値とかかわるときだけである。あらゆる空間的、時間的諸関係がかかわりを持つのは、死すべき人間だけであり、彼へのかかわり方においてのみ、価値的意味を獲得する。高い、遠い、上、下、

深淵、無限――すべては死すべき人間の生と緊張の反映なのだが、もちろんそれは、抽象的・数学的意義においてではなく、情動的・意志的な価値的意味においてのことである。(20)

そして、初期のバフチンにとって、究極的な他者性のもたらすこのような「死」を具体的に形象化する唯一の方法こそ、芸術、つまり美的なものであった。日常的な生のなかにいるかぎり、「私」とは現在時の終わりなき持続（未完了な生成の時間性）でしかない。しかしバフチンによれば、芸術の目的は世界を美的に価値付ける（＝完結させる）ことであり、その点でそれは、他者への一回的で完了的な関与的行為のモデルとなり得る。彼がもっぱら美学や文芸学の領域で活動したのはそのためだが、そのことはまた、他者を承認し完結させる形式としての「美」が、究極的には「死」そのものにほかならない、ということも意味する。

この意味で、死とは、人格の美的完結の形式であるということができる。意味における失敗や不当性としての死は、意味の総括をおこなって課題を引き出し、意味的でない美的正当化の方法を与える。肉化がより深く完全であるほど、そこには死としての完結、そしてそれと同時に、死にたいする美的勝利、記憶（特定の価値的緊張、意味を超えた定着と受け入れとしての記憶）と死のたたかいが、より鋭く聴きとれるようになる。レクイエムの音調は、肉化された主人公の生の全行程にわたって鳴り響いている。(21)

このように、他者を承認する行為としての相互的な限定とは、究極的には死を意味している。それは、私を他者との一回的関係へと限定することで、自己を完了＝死という不在に追いやることなのだ。だから「他者のコーラス」の共同性のなかでは、私は外部から与えられる「リズム」＝「死」に受動的に身をゆだねるしかないのであり、また言表における、他者との間主観的な共同性も、「省略推理法」（ほのめかし）、つまり言葉の不在として刻印されるほかない。(22) 他者と責任応答的にかかわるとは、他者からの限定を受けることによって、そのつど自己の非人称的な現在を殺害することだといえよう。

しかしそれでは、実現されなかった未来として排除され、死＝不在へと追いやられた非人称的自己の可能性は、どこにいってしまうのだろうか。おそらくここに、バフチンにおいてカーニヴァル論のもつ真の意味がある。というのもバフチンによれば、カーニヴァルこそ、まさにこうした、外側からの限定を受けない未完了の可能性であり、個体を超えた非人称的な現在の生成そのものだからである。バフチンは、カーニヴァルの重要な特徴とは、死がそのまま復活であることだと言っている。しかし実は、カーニヴァルそのものが、初期の責任応答行為論によってバフチンが殺害したものの復活にほかならない。カーニヴァルとは、二〇年代にバフチンが、「私」と「他者」という存在者の存在論的限定のもとに殺害し、死＝未来の向こう側に遺棄してしまった非人称的存在を回収し、取り戻すことなのである。

カーニヴァル論が「寸断された身体」という死のイメージで満たされているのはそのためだ。それは、「他者」による「私」の存在論的限定・完了＝死のあとに残された、未完了の現在としての、非人称的自己の残滓なのである。バフチンにおいて、「抑圧」された非人称的、多形的な「私」が、「寸断された身体」のイメージで表象されるのは、偶然のことではない。

注意しなければならないのは、そもそも、この「寸断された身体」自体が、実はきわめて精神分析的なイメージだということである。たとえばラカンは、「身体の寸断」とは、超自我の攻撃性によってもたらされる自己の心像であり、去勢の心像であって、自己を統一するための象徴化の働き（自己疎外）によって生み出された様々な対象の残滓だと述べている。[23] それはバフチンの、当為的に限定する「私」と、その限定によって抑圧された未完了の「私」＝「ばらばらの身体」との対立の図式に、きわめて似ているといえる。バフチンの当為的「私」とはまさに、他者の関与のなかで「自己を統一する働き」そのものであり、また未完了の「私」はそうした限定＝象徴化から取り残されてしまったばらばらの部分として表現されるのだから。しかもそれは、「寸断された身体」だけの問題ではない。糞尿、腹や乳房、ファロスや女陰など、カーニヴァル論に充満するイメージはどれも、ラカンなら「対象a」と呼んだであろうもの、つまり他者から見られた自己、私にとって不在の（＝死の側から見られた）自己を構成するはずだったものの断片なのである。

このように考えれば、バフチンにとってカーニヴァルが、個々の存在者である「私」と「他者」の一回的・完了的な相互限定の能動的行為（＝殺すこと）にたいして、それを超えたもの、つまり不在であり、それによってあらゆる生成の可能性を持ったもの（受動的な「死」そのもの）を表象するためのものだったことは疑いようがない。そして、このような「死」そのものが、「存在者」の限定を超えた「存在」の可能性そのものにほかならないことに留意すべきである。バフチンは、初期の責任応答行為論において、「私」と「他者」という存在者のありかたを、主体的な自己限定の一回的出来事として描いて見せたが、それは基本的に、自己にたいして「限定・完了」を課す、抑圧的で厳しい行為、殺害の行為である。しかしそのことは実は、「限定・完了」をおこなう以前に、存在者に先だって、存在の非人称的で未完了の可能性そのものがすでにあることをも、暗黙のうちに前提してしまっている。「私」は自己と他者の生の可能性の限定＝殺害に、重大な「責任」を負わされている。だからバフチンは、カーニヴァルという代理物によって、自分が殺害した存在の可能性そのものを、個々の存在者から切り離して復活させようとする。つまりカーニヴァル論とは、この純粋な可能性（＝不在）としての「存在」それ自体を、純粋なかたちで取り出そうとする企てなのだ。いわばカーニヴァルは、「死」という根源的他者性であると同時に、他者の死のことでもある。

バフチンにおいてカーニヴァルがコレクティヴで非人称的であり、世界、宇宙と同一視され、絶対的な普遍性、永遠性、死と再生の両義性として執拗に肯定的に語られるのはそのためである。「私」や「他者」の主体として限定されない存在とは、非人称的でしかあり得ないし、それが存在者の時間・空間的限定を超えた「存在すること」そのものであるなら、それは普遍的で永遠でなければならないだろう。さらに、カーニヴァルが存在者の限定＝死の残滓であるということは、それが引き裂かれて死んだばらばらの身体であると同時に、限定によって抹殺された存在の多様な生の可能性の復活でもある、ということを意味している。このように、不在としてしかあり得ないはずの「存在」それ自体を、ポジティヴなかたちで想像的に表象化すること——それがバフチンのカーニヴァル論をつき動かす欲望なのである。

むすび

カーニヴァルが、バフチンの初期の責任応答行為論や対話論にたいして持つ意味は、このようなものである。彼は、初期の「私」と「他者」の主体的相互限定・完了の意義の強調から、逆に個々の主体以前の未完了な可能的存在の絶対的肯定へと反転する。つまりバフチンは、つねに可能性（＝不在）にとどまっているため、「私」と「他者」との意識的・主体的でそのつど一回的な厳しい相互限定行為によって、すでに死んだものとして事後的に暗示することしかできないはずの「存在すること」それ自体を、生きた純粋なかたちで実体化し復活しようとしてしまうのである。だからバフチンのカーニヴァルには、真の意味での対話的主体（他者）はあり得ないし、それが時間・空間を超えた普遍性であるため、そこでは外部からのいかなる批判も異議申し立ても、最初から封じ込められてしまっている。

バフチンによる、カーニヴァルのこのような超歴史性の主張そのものが、倒錯的な転倒にすぎないことはあきらかである。たとえばバフチンは、古代から生きつづけてきたカーニヴァルの宇宙的・民衆的理念の意味が、ロマン派によって個人的な生と死の問題にせばめられてしまったという歴史的見取り図を提示する。

ロマン主義においてもカーニヴァルのイメージは、この領域〔個人的・主観的領域〕で理解されることになる。それらのイメージには、大地と分かちがたく結びつき、宇宙的原理に貫かれた民衆の運命そのものが見て取られていたのだが、そこに今度は個人の運命のシンボルが見いだされることになるのである。〔277：邦訳二二一頁〕

けれども、カーニヴァルの民衆的原理が太古から普遍的、超歴史的起源として存在し、それがロマン主義において矮小的に個人化されたというこの図式は遠近法的な転倒にすぎない。なぜならすでに見たように、バフチンのカーニヴァルの理念とは、「個人」としての存在者の限定によって抑圧され否定された不在の可能性の残滓を、「民衆」や「宇宙」という表象のもとに復活させたものにほかならないのだから。存在の純粋な可能性としてのカーニヴァルを語ることが可能になるのは、個人の主体が限定された後なのである。つまり「個人」の発見が「民衆」や「宇宙」を要請するのだ。「寸断された身体」が先にあって、そこから個人としての統一的自己や他者が生まれるのではない。個々の主体を言語化し限定しようとする欲望が、そこから排除された不在の自己としての「寸断された身体」の表象を生みだす。

このように考えると、バフチンがロマン主義的なグロテスク観としての「不気味さ」をしりぞけ、カーニヴァルの特性として「笑い」や「滑稽さ」の絶対的肯定性をあれほど執拗に主張する理由も、理解可能になるように思われる。フロイトが描き出してみせたように、ロマンティックな「不気味なもの」とは、もともとは自分と親しかったもの、抑圧された自己愛的対象の回帰であり、それは「私」の意識から見れば不気味だが、もし抑圧された当の自己愛的対象の側から眺めたとすれば、自分の一部であるものを恐れたり不気味がったりすること自体が滑稽だともいえる。つまり、「私」の限定行為によって抑圧された「可能性としての自己」、「生成としての自己」（カーニヴァル）の側から見れば、「私」の狭い限定行為は、本質的に滑稽なものなのである。バフチンはこんなふうに言う——「存在するものはすべて——その全体も、部分もともに——生成しつつあるのであり、そのため（生成するものはすべてそうであるように）滑稽なのであるが、滑稽でもあり嘲笑的でもあり、歓喜でもある」［460：邦訳三六五頁］。だからバフチンが、カーニヴァルの「死」や「グロテスク」から執拗に「不気味さ」を排除し、すべてを「笑い」の絶対的支配に従属させようとするのは、主体の言語的定位に先立ち、それに限定されない「存在」そのものを絶対的に肯定することとけっして無関係ではない。

二〇年代の責任応答行為論・対話論から三〇年代のカーニヴァル論への展開の過程で、バフチンの関心が、「私」と「他者」の主体の、対話的出来事による現象学・存在論的相互限定から、個々の主体の対話を超えた「存在」そのもの、超歴史的な生成の原理そのものへと移っていることは疑いない。もちろんそれはどちらも、あくまで文化の言語的・現実的な相互交通の出来事として記述されてはいる。しかし二〇年代と三〇年代のバフチンのテクストは、完了的な限定行為としての発話と、未完了の可能性としての民衆的・宇宙的言葉とのあいだであきらかな亀裂を見せているのである。そしてこうした亀裂の芽は、実は彼の初期の存在論的な責任応答行為論の論理構成のなかで、限定する能動的主体と、限定される受動的自己の対立として暗に前提されていたものでもあった。カーニヴァル論（ラブレー論）は、『行為の哲学によせて』や『作者と主人公』だけでなく、『フロイト主義』など二〇年代の多くのテクストを反転したものになっている。バフチンはそこで、みずから描き出した限定と生成の相互運動を、カーニヴァルという単一で普遍的な、非人称の「存在」そのものへとすりかえてしまう。このようにカーニヴァルのイデーを媒介として、バフチンのテクストのなかに、生の哲学や民衆的共同性、あるいは「存在そのもの」の素朴で無条件な絶対化と普遍化が忍び込んでしまうこと――それはおそらく、バフチンの思想に偶然きざまれた些細な傷なのではけっしてない。それは、バフチンの思索活動のはじめから、彼の理論の本質にかかわるものとして存在しつづけていた裂け目なのだ。バフチンはカーニヴァルを寸断された身体として描いている。しかしバフチン自身のテクスト自体が、そのような寸断、亀裂を根源的に孕んでいるのである。

＊引用文中における傍点による強調は、特に指示がない限り原著者のものである。

（1）最近のロシアの言論・批評におけるこうした傾向については、貝澤 哉「消去された自然――ロシア文化のディスクールにおける欲望と権力」(『現代思想』一九九七年四月号、本書第二部所収)を参照されたい。

(2) マイケル・ホルクイスト、カテリーナ・クラーク『ミハイール・バフチーンの世界』(せりか書房、一九九〇年)、二三五―二三六、三八三―三八八頁など。

(3) *Гройс Б.* Между Сталиным и Дионисом // Синтаксис. 1989. № 25. С. 94-95.

(4) *Бахтин М.* Творчество Франсуа Рабле и народная культура Средневековья и Ренессанса. М.,1990. С. 95. (邦訳『フランソワ・ラブレーの作品と中世・ルネッサンスの民衆文化』、川端香男里訳、せりか書房、一九八〇年、七七頁)。以下、本書からの引用は、本文中に原書、邦訳の頁数を示す。

(5) *Подорога В.* Феноменология тела. М., 1995. С. 60.

(6) Там же. С.61.

(7) *Эткинд А.* Эрос Невозможного. СПб., 1993. С. 398-399.

(8) Там же. С. 391.

(9) ミハイル・ルイクリンはバフチンのラブレー論を精神分析的に取り扱っているが、それはバフチンの個人的心理における、スターリンのテロルによる精神的外傷の合理化という視点からであって、ラブレー論のテクストそのものの持つ、意識と無意識の隠された関係を問題にしているわけではない。*Рыклин М.* Террорологики. Тарту-Москва, 1992. С. 34. (邦訳「テロルの身体」、鈴木正美訳、『現代思想』一九九七年四月号、一四六頁)を参照。

(10) *Бахтин М., Волошинов В.* Фрейдизм. N.Y., 1983. С. 139-140. (邦訳『フロイト主義』、磯谷孝訳、新時代社、

一九七九年、一三〇—一三一頁)。

(11) Там же. С. 154.(同書一四五頁)。

(12) Там же. С. 155.(同書一四六頁)。

(13) Там же. С. 172.(同書一六二—一六三頁)。

(14) Там же. С. 17.(同書二〇頁)。

(15) *Бахтин М.* К философии поступка // Философия и социология науки и техники. Ежегодник 1984-85. М., 1986. С. 88.

(16) Там же. С. 103.

(17) *Бахтин М.* Автор и герой в эстетической деятельности // Эстетика словесного творчества. М., 1979. С. 107-108.(邦訳『作者と主人公』、斎藤俊雄、佐々木寛訳、新時代社、一九八四年、一八二—一八三頁)。

(18) Там же.

(19) *Бахтин.* К философии поступка. С. 112-113.

(20) Там же. С. 130-131.

(21) *Бахтин.* Автор и герой в эстетической деятельности. С.115.(邦訳一一五頁)。

(22) *Волошнов В.* Слово в жизни и слово в романе // Волошнов В. Философия и социология гуманитарных наук. СПб., 1995. С. 67.(邦訳「生活の言葉と詩の言葉」、斎藤俊雄訳、『フロイト主義』所収、二三〇頁)。

(23) ジャック・ラカン『エクリ』宮本忠雄他訳(弘文堂、一九八二年)、二二九、二四一頁など。

現代ロシアにおけるバフチン――ポストモダニズムと文化研究のなかで

相反するバフチン評価

ここでは、現在のロシアの文化や思想の状況、なかでも現代ロシアの批評や言論活動のなかで、いったいバフチンはどのようにとらえられているのか、ということについて、特徴的な点をいくつかとりあげることにしたい。

周知のようにバフチンはきわめて広範囲な射程を持った思想家であり、そのため欧米や日本においてもバフチンの理解はじつに多様なものとなっていて、バフチンのなかに、笑いやカーニヴァルによる「解放」や「民主主義」を見ようとするマルクス主義など左翼系の理論家もいれば、バフチンを宗教的人格論やキリスト教的倫理性の観点から理解しようとする研究者もいる。このことは現代のロシアにも当てはまる。もちろんロシアでは昔から、バフチンをマルクス主義者と見なすような者はいなかったが、それでもバフチンにたいしては、現代ロシアでは欧米や日本以上に、極端に肯定的な評価と極端に否定的な評価が混在しているのである。

そうしたさまざまな評価のなかでも、私たちにとって特に興味深い流れが二つある。第一の流れは、欧米のカルチュラル・スタディーズやポスト構造主義の動きなどに呼応するかたちで一九八〇年代後半以降活動してきたロシア知識人たちによる、バフチンの思想へのきびしい批判と見直しの動きであり、第二の流れは、一九九〇年代初期以降に出現した、文学上の「ポストモダニズム」運動と、それを支える批評家、理論家たちが、バフチンをロシア・ポストモダニズムの元祖として異様に高く評価しはじめたことである。

これは私たちにとっては大変意外なことに思える。というのも、現在特に英語圏でバフチンはカルチュラル・スタディーズやポストモダンの理論的基礎としてよく引用されているにもかかわらず、ロシアにおける文化研究（カルチュラル・スタディーズ）やポストモダニズムの領域においては、その評価がまっぷたつに分かれてしまっているからだ。

なぜこのような、相反する評価が生まれてくるのだろうか。このような対立する二つの極端な評価が出てくるのは、実はそれらがともに、現代ロシア文化がかかえる特有の問題と深くかかわっているからだが、そのことを考える前にまず、これら二つの流れは具体的にはどのようなものなのか、大まかに見ていくことにしたい。

バフチン理論への批判

第一の流れ、つまりバフチンの理論を批判する代表的な人物とされるのは、美学者ボリス・グロイス、フランス現代思想の専門家であるミハイル・ルイクリンやワレーリイ・ポドローガ、精神分析学者のアレクサンドル・エトキントなどである。彼らの主張に共通するのは、カーニヴァル論に代表されるバフチンの理論と、ソヴィエトの全体主義とがひそかに結びついているのではないか、という観点だ。これについては、日本でもすでに桑野隆による論文、(1) グロイス、ルイクリンの翻訳(2)によって一部紹介されているが、欧米や日本では、バフチンをおもに対話的「民主主義」やカーニヴァルによる民衆の「解放」によってソヴィエト権力に抵抗した、ととらえるような見方が大勢を占めていたことを考えると、彼らの主張はきわめて衝撃的なものだった。

たとえばグロイスは、「スターリンとディオニソスのあいだで」という論文で、つぎのように述べている。

［…］ほとんどの場合、バフチンの〈ポリフォニズム〉は、彼の時代のスターリン主義イデオロギーの〈モノロギズム〉へのプロテストとして、また〈カーニヴァリズム〉は、公式的なソヴィエト的生活の生真面目さと絶対性にたいする反動として理解されている。こうしてバフチンは、ヒエラルキー的に組織された全体主義国家にかわる、民主的で、真に民衆的なオルタナティヴの

主張者――統一的で全民衆的な生のユートピアへの忠誠を保ちつづけた、ソヴィエト時代唯一のロシアの思想家となる。

［…］しかしながら、バフチンが執拗に主張したものが何かあったとすれば、それはまさに、カーニヴァルの全体性だったのであって、そのパトスはすべて、人間の身体とその存在のオートノミーの破壊にある。カーニヴァルは全民衆的である（ちなみに民衆性は、〈階級性〉の代わりに導入された、まさにスターリン文化に特徴的な概念である）。ふつうに理解されているような意味での自由主義や民主主義は、激しい反感をバフチンに引き起こすのである。[3]（傍点引用者）

つまり、グロイスによれば、バフチンのカーニヴァル理論は、スターリン時代の文化と共通の特徴を持っていて、そこではその集団性からのがれる「民主的」自由などだれひとり持っていない。ルイクリンもまた、「言語文化における意識」という論文で、スターリン時代の芸術の特徴はコレクティヴな、つまり集団的な同一性に支えられていると述べたうえで、バフチンのラブレー論について、つぎのように指摘する。

勝ち誇った集団的原理への絶える事なき賛歌として鳴り響くのが、三〇年代前半に書かれたバフチンの著作『フランソワ・ラブレーの作品』である。個人的なロジックの原理はきわめて完全に消し去られたので、いかなるかたちの個人化もそのなかでは悪魔的原理となる。あらたに形成された集団的身体は、その本性からして「非規範的」なものだったが、その情け深さは「孤立化」としての反省的行為にするどく対置される。個人化をもっぱら頽落とすること――それがバフチンのこの著作における基本的なレトリックなのである(4)[…]。(傍点引用者)

また、独自の哲学的身体論を構築する哲学者ポドローガは、著書『身体の現象学』のドストエフスキイを扱った章で、バフチンの「対話」、「ポリフォニー小説」というイデー自体が、身体の多様なありかたを拘束する抑圧の形式にほかならないと述べるとともに、バフチンの「対話」概念と「カーニヴァル」概念のあいだの矛盾を指摘している。

疑念を呼び起こすのは、バフチンがドストエフスキイの小説空間をカーニヴァル化しようとしたことではなく、まるでカーニヴァル化それ自体が〈大きな対話の開かれた構造を可能にした〉かのように言われていることである。バフチンが〈カーニヴァル化〉という言葉をどのように理解していたかを考慮すれば、思いもかけない結論である。

[…]

バフチンは、彼が望むと否とにかかわらず、ミクロ対話(私―他者)とマクロ対話(カーニヴァル化)を互いの派生物と見なす口実をわれわれに与える。[…][しかし]このような問題の解決は、つねに対話的諸関係の安定した形式からはかけ離れたやり方のなかに求められていた。そしてそれは当然である。というのも、問題になっているのは、バフチンが、そのラブレー論のなかで、グロテスク＝カーニヴァル的と規定する特殊な身体の経験、触れられたこともなく、徴づけられたこともない身体の経験の記述と分析なのだから。それは異質なアナトミーを備えた、つねに「二重」で「生成しつつある身体」であって、対話的モデルにどれほど文化論的普遍性が与えられていようと、そうした対話的モデルによる再構成を受けつけない（傍点引用者）。(5)

ポドローガによれば、このような身体の「〈ディオニソス的〉状態は［…］、文化のあらゆる経験の痕跡、〈法〉の傷跡やしるし、すなわち、そのうえに刻まれ、差異化したり徴づけたり禁止したりする記号を消し去る忘却のアクティヴな力として発揮される」(6)。つまり、主体と他者の能動的な意識的対話など、カーニヴァルにおいては原理的に不可能だと言うのである。

また、精神分析の観点からロシア文化のさまざまな事象の持つイデオロギー性を明るみにだそうとするA・エトキントは、バフチンがあらゆる内的経験の記号を意識化してしまうことで、無意識を排除してしまっているのではないかと考える。『マルクス主義と言語哲学』や『フロイト主義』を分析しながら、エトキントはつぎのように述べている。

それがどのような結果を招くかろくに考えもしなかったのか、あるいは逆にあまりにもよく考えすぎたのか、著者［ヴォロシノフ＝バフチン］は、きわめてリゴリスティックで偏った方向を選択する［…］。「思考は、表現の可能性への志向性の外には……存在しない。」「経験が……存在するのは、記号的素材においてのみである。」「心理の記号的素材とは、実質的には言葉——内言である。」［…］白状しなければならないが、この点でV・N・ヴォロシノフの『マルクス主義と言語哲学』は、二〇年後に出版されるI・V・スターリンの『マルクス主義と言語学の諸問題』を直接間接に予告するものになっている（傍点引用者）。(7)

どのような思考も、言語という物質的基盤なしには存在しえないというバフチン＝スターリンのイデーは、エトキントによれば「完全に全体主義的なもの」である。というのも、思考がすべて言語であるということは、「人間のなかには読むことのできないものは何ひとつない」ということを意味するのだが、「読むことのできるもの」つまり物質化されたものは、コントロールすることができるからだ。このような無意識の排除という点で、バフチンの著作には「まったく真剣な、善意から出た全体主義的ユートピアの原理」が含まれている、と彼は主張している。(8)

このような極端ともいえるバフチン批判がなされるのはなぜだろうか。それはその背景に、最近のロシアの文化研究において、ロシア文化の諸事象のなかに潜むロシア的なるもののイデオロギーを批判しようとする強い志向があるからだ。グロイスやエトキントは、バフチンだけでなく、「ロシア・ルネサンス」と言われる二〇世紀初頭の宗教哲学や象徴派の芸術、さらにロシア・アヴァンギャルドにも、つねに全体化を志向するロシア的なるもののイデオロギーが隠されていて、その後のソヴィエト的全体主義を予告するものとなっていると考えているのである。

彼らによれば、ソヴィエトの全体主義のルーツは、近代以後ロシア文化のなかに組み込まれたロシアのナショナリズムと、それに付随して生まれた、ロシアの世界史的使命にかんする理念にある。つまり、ヨーロッパに見られるような文明は分析的に合理化され有機的な全体を見失っており、それを救うことができるのはロシア的な自然の有機性、全体性だけだというわけだ。日本の「近代の超克」にも似たこのイデオロギーは、ロシアでは一九世紀前半のスラヴ派から一九世紀末の宗教哲学者ソロヴィヨフの「全一性」（あるいは「普公性＝ソボールノスチ」）の哲学に継承され、それが二〇世紀にロシア独自の全体主義文化の形態を生み出したと彼らは考えているわけだが、広い意味ではバフチンも、ロシア文化史においては、あきらかにこうした宗教的理念の系譜に属している。川端香男里や桑野隆も述べているように、バフチンは八〇年代後半以後ロシアでは非常に神聖化され、バフチン自体がロシアの有機的、全体的な宗教文化を言祝ぐためのシンボルとしてイデオロギー的に祭りあげられる傾向にあった。(9) グロイスやエトキントのバフチン批判の根底にあるのは、こうした現代ロシアの無反省な思想状況に対する危機感だと考えられるだろう。

ロシア・ポストモダニズムの源流としてのバフチン

さてつぎに、第二の流れとして、ロシアのいわゆる文学上の「ポストモダニズム」運動におけるバフチンの位置づけについて見てみたい。

ロシアでは、一九九〇年代初期からポストモダニズムにかんする議論が盛んになり、ポストモダニズムを標榜する文芸批評家が現れるようになった。その代表的人物が、ヴャチェスラフ・クリツィン、マルク・リポベツキイなどである。彼らはたんに現代ロシアのポストモダニズム文芸を理論的に擁護するだけでなく、独自の歴史理解のもとでロシア文化史のなかにポストモダニズムを位置づけようとしている。なかでも、彼らの見方は、バフチンをロシア・ポストモダニズムのいわば「源流」と見なし、高く評価する点で際立っており、一見すると、さきほど説明した、文化研究におけるバフチン批判とはきわだった違いを見せているのである。

欧米のポストモダニズム文献においてもバフチンは一定の参照先となっているが、ロシア・ポストモダニズムでは、バフチン評価のニュアンスはいささか異なっている。なぜなら、バフチンをロシア・ポストモダニズムの先駆者と考えることは、ロシア文化史の流れのなかにポストモダニズムの系譜が古くから脈打っていた、と主張することでもあるからだ。そこにはロシア文化史におけるポストモダニズムの正統性を印象づけ、世界文化のなかでもロシア文化がもともとポストモダニズムを先取りする特徴を持っていることを強調する意図が隠れているようにも見える。

そこで、まずバフチンにかんする彼らの主張をかんたんに整理してみよう。

現代ロシア文学における事実上のポストモダニズム宣言である論文「ポストモダニズム――あらたな原始文化」を書いて有名になった批評家クリツィンは、一貫してバフチンをポストモダニズムの先駆者と位置づけている。「バフチンの出来事」という論文のなかでクリツィンはつぎのように述べている。

「バフチンはポストモダニズムの預言者である」といった類の判断は断固避けながらも［…］、しかし私は、バフチンのテクスト——特に二〇年代のもの——は、ポストモダン美学の将来のコンセプトにとって相当に重要なものとして分析することができると認めよう。［…］著書『行為の哲学によせて』のなかでこうしたコンセプトとなっているのは、どんな身振りもコンテクスチュアルであるということ、いかなる意味もここ・今の意味であり、意味一般、存在一般などというものはない［…］、という主張である。(10)（傍点引用者）

クリツィンはバフチンのドストエフスキイ論における作者の優位性の廃棄や、人格、意味、テクストの完結した全一性が不可能性だという主張と、ポストモダニズムとの近さを指摘していて、実はクリツィンのこうした見方の背後には、ポストモダニズムに特有の、アンチ・モダニズム、アンチ・アヴァンギャルドという性格がある。ポストモダニズムは当然モダニズムの克服を目指すのだが、モダニズム（アヴァンギャルド）・パラダイムの特徴は、世界を統一的に被うメタ理論の探求であり、既存のコンテクストの破壊であって、差異より同一性が求められるのに対し、ポストモダニズムはそうしたメタ理論の不可能性、世界のコンテクスト性を重視する。「『アヴァンギャルド・パラダイム』に対抗するいくつかの試みについて」という論文のなかでも、クリツィンは「『アンチ・アヴァンギャルディスト』（つまりポストモダニスト）たちは、人格の統一性が高度に疑わしいものであること、そしてもし頼るべきこうした絶対者がいないなら、人格は自分自身と同一ではありえない。それはそのつどさまざまな空間で異なっており、それが『本物』であるような状態などない」と述べ、さらに「この意味でM・M・バフチンにおける人格と著作は非常に示唆的だ」とつけくわえている。(11)

もう一人のポストモダニズムの批評家リポベツキイにとっても、バフチンはロシア・ポストモダニズムの重要な人物となっている。彼によればポストモダニズム的創作のプロセスは「言葉の戯れ」のプロセスであり、文化の諸言語の交錯なのだが、彼によれば「このタイプの文化意識が持つ哲学的論理をあますところなく記述したのが、私の見るところM・M・バフチンのポリフォニズムと小説の言葉の理論」なのである。(12)

このように、ロシア・ポストモダニズムにとってバフチンは非常に重要な人物であり、それはバフチンが超越的、論理的な次元に設定される一元的な抽象的真理を、「他者」、「対話」や「ポリフォニー」といった概念を使って退けるからである。しかしそのほかに、ロシア・ポストモダニズムには独特の文化史理解があって、そのことも、バフチンを重要なものにしている。

たとえば九〇年代に現れたクリツィンやリポベツキイは、ロシア・ポストモダニズムの最初の出現を一九六〇年代末から一九七〇年代に設定するのだが、その先駆として一九三〇年代の文化に注目する。というのも、一九三〇年代とは、二〇年代までのアヴァンギャルド運動が終息した時代だからだ。

すでに述べたように、ポストモダニズムはアヴァンギャルド（モダニズム）に鋭く対立するので、必然的にアヴァンギャルドやモダニズムを乗り越えた時代を高く評価することになる。そこで彼らは一九三〇年代に活躍したナボコフ、オベリウやアクメイズムの詩人たち、そしてバフチンを、ポストモダニズムの源流として評価するのである。ちなみにポストモダニズムの批評家たちは、ロシア文化史を、一九三〇年代―一九六〇年代―一九九〇年代という、ほぼ三〇年周期に起こるこうしたモダニズムとポストモダニズムの交代の歴史としてイメージしているように見える。[13]

ロシア・ポストモダニズムのこうしたバフチン評価は、一見すると前に見た文化研究におけるバフチン批判にするどく対立しているように思える。しかし、ポストモダニズムの批評家たちがバフチンをロシア・ポストモダニズムの系譜に組み込もうとする志向のなかにも、やはり、現代ロシアにおいてバフチンを神聖化、宗教哲学化し、ソボールノスチというロシア的なるもののイデオロギーの系譜にバフチンを組み込もうとする人たちへの批判が含まれており、この点で、文化研究におけるロシア・イデオロギー批判と呼応しているともいえるのである。たとえばクリツィンはつぎのように述べている。

［…］あきらかに問題はバフチンを統一した分母に通分したり、彼のすべてのテクストのなかに何らかの軸を探し出したりすることではなく、諸々の差異を強調することなのである。結局のところバフチンはいかようなコンセプトにも完全にあてはめうる。バフチンを「ソボール化」した

り一般に「宗教化」したりするイデーは相当に影響力があって、こうしたイデーは――それがどんなにつまらないものであれ――統計的にはおそらく、バフチン＝ポストモダニストというコンセプトよりも多くの支持者を持つ。(14)（傍点引用者）

クリツィンはバフチンを宗教化しようとする人々を批判し、バフチンは本質的に多義的であって、それを一義的な理念に押し込めようとすることは、まさにバフチンが批判した、ドストエフスキイを一義的な理念に押し込めようとした研究者たちとおなじ轍を踏むことになると警告している。バフチンが言うように自己自身に一致する完結した人格などないのであれば「あるがままのバフチン」などを探求すること自体矛盾しているというわけだ。クリツィンによれば、バフチンはそのつど違う著者なのであり、「『行為の哲学によせて』は疑似ポストモダニズム的方向で書き、『作者と主人公』には正教思想家の声が強く、ドストエフスキイ論は、最初の版ではやはり多かれ少なかれポストモダニズム的だったが、改作後はキリスト教的人格主義のシンボルとなり、一方ラブレー論は独特のスターリニズム的無意識と解釈しうる」ということになる。(15)

このように、ポストモダニズムのバフチン理解は、一義的なバフチン理解、特に現在ロシアで流行しているロシア独自の宗教的世界観のシンボルとして祭りあげられたバフチン像をあきらかに標的としていて、その点で先の文化研究におけるバフチンのロシア・イデオロギー批判と共通している。

もちろん、文化史をつねに恣意的に作られたイデオロギー的構造と見る文化研究的な観点からすれば、ロシア・ポストモダニズムの系譜における「先駆者」としてのバフチン像もまた、ある特定の歴史的時代に形成されたイデオロギー的言説だということができるだろう。というのもロシアのポストモダニズムは、ある面では、ポストモダニズムこそロシア文化を貫く際立った特徴なのだと強調し、そのことによって、世界のなかで、ロシア文化がポストモダニズムで優位に立ち先駆的である、と印象づけようとしているようにも見えるからだ。

たとえばポストモダニズムの理論家ミハイル・エプシテインは、「未来のあと」という文章を書き、ソヴィエトの社会主義リアリズムとは、現実の裏付けがない記号の戯れ＝シミュラークル（ボードリヤール）であり、その点で、西欧におけるポストモダニズムをはるかに先取りしていたと論じて大変有名になった。さらに彼は、ピョートル大帝以降のロシアは、つねにさまざまな西欧文化を仮想的に表象化したものでしかなく、その意味で近代ロシアはもともとポストモダン的だと主張するのだが、(16)これは結局、ロシア文化の同一性はポストモダニズムにあると逆説的に主張することにほかならない。だとすれば、バフチンという重要な人物をロシア・ポストモダニズムの系譜の先駆者として位置づけるのも、ロシア・ポストモダニズム文化の正統性や、その世界的な優越性を印象づけようとしているからだとも考えられるのである。

対話と全体化と

このように見てくると、第一の、文化研究におけるバフチン批判と、第二の、ポストモダニズムにおけるバフチン評価が、一見かけ離れたものでありながら、実はどちらも、ロシア文化に特有の問題、つまり現代ロシアにおけるバフチンの極端な宗教的シンボル化、神聖化と、その背後に隠された、一九世紀のスラヴ派以降続くロシア的なるもののイデオロギーに対する批判を含んでいることは明らかだろう。彼らはいずれも、バフチンをロシア的なる文化のイデオロギーのシンボルへと祭りあげてしまうことに反対しているのである。

もちろん、現代ロシアの文壇において勢力の拡大をねらっているポストモダニズムにおいては、バフチンは逆に、ポストモダニズムを歴史的に正当化する道具として使われる危険もはらんでいる。また、文化研究におけるバフチンと全体主義のかかわりについての批判も、専門のバフチン研究者の側から事実関係の誤認や解釈の誤りをたびたび指摘されている（桑野隆の論文を参照）。しかし、ロシアの思想文化が歴史的に担ってきたそのイデオロギー的な役割について考慮するなら、バフチンをたんに反ソヴィエト的な民主主義者と見なし、笑い、カーニヴァルによる解放者だと考えるような理解もまた、単純で一面的な見方でしかないことは明白だろう。

実際、バフチンも属していたロシアの宗教哲学的人格論のサークルのなかからは、二〇年代末から三〇年代にかけてソヴィエト帝国の権力支配に哲学的基礎を与えようとした転向亡命者レフ・カルサーヴィンなどが輩出している。カルサーヴィンはバフチンも主張しているような、完結することのない独立した複数の人格が参加する対話の理論を唱道した人物だが、それをそのまま地政学的な諸民族間の自由な結合という理念に置き換えた。つまり、あたかもさまざまな民族の共和国が自主的に連邦に参加していく、というようなソヴィエト連邦の神話的支配構造を理論的に正当化したのである。なぜならカルサーヴィンによれば、「完結していない」ということは、今はどんなに頑強な反共主義者であっても、親ソヴィエト主義者になる潜在的可能性を持っていることを意味し、その意味ですべての人格は潜在的に親ソヴィエト的であると言えるからだ。つまり他者を認めて対話的関係をむすんだり、対等で完結しない自由な人格による多元性（プルラリズム）が承認されたりすることは、ソヴィエトの全体主義的な支配のイデオロギーと少しも矛盾しないのである。

このように考えてみると、文化研究やポストモダニズムの代表者たちは、近代つまりモダンのロシア文化をとらえてきたロシア的なるもののイデオロギーやその結果としてのソヴィエト的全体主義と、バフチンの理論との関係を、一見相反しながらも関係し合うという複雑な対話的関係において見ていることがわかる。もともとバフチンのいう対話には、相反するもの同士の対話的関係も含まれている。少なくとも、バフチンとソヴィエト全体主義のテクストをあらためて対話させることは、バフチンの理論の持つ根源的な両義性や多義性を、現代の「生きた言葉」のなかによみがえらせることであり、そしてこのような生きた多義性の復活こそ、ポストモダニズムの批評家たちがバフチンに求めていたものでもあったのではないだろうか。

（1）桑野隆「ロシア回帰とバフチン」（『比較文学研究』第61号、一九九二年、八四－一〇〇頁）、桑野隆「バフチンと全体主義――カーニヴァル・スターリニズム・ソボールノスチ」（『思想』一九九六年四号、一四四－一八〇頁）、桑野隆「バフチンの時空は「思想的事実」たりうるか」（『ミハイル・バフチンの時空』、せりか書房、二二二－二四〇頁）。

（2）ルイクリン、ミハイル「テロルの身体――暴力の理論へのテーゼ」（鈴木正美訳、「現代思想」vol.25-4、一九九七年四月、一四六－一六二頁）、ルイクリン、ミハイル「言語文化における意識」（番場俊訳『ミハイル・バフチンの時空』、せりか書房、二〇四－二二一頁）、グロイス、ボリス「スターリンとディオニソスの間で」（岩本和久訳、『ミハイル・バフチンの時空』、せりか書房、五三－五六頁）。

（3）*Гройс Б.* Между Сталиным и Дионисом // Синтаксис. 1989. № 25. C. 94-95.（グロイス、ボリス「スターリンとディオニソスの間で」岩本和久訳、『ミハイル・バフチンの時空』、せりか書房、五四-五五頁）。

（4）*Рыклин М.* Терроролoгики. Тарту-Москва, 1992. C. 17.（ルイクリン、ミハイル「言語文化における意識」番場俊訳『ミハイル・バフチンの時空』、せりか書房、二〇七頁）。

（5）*Подорога В.* Феноменология тела. М., 1995. С. 60.

（6）Там же. С.61.

（7）*Эткинд А.* Эрос невозможного. СПб., 1993. С. 398-399.

（8）Там же. С.391.

（9）川端香男里「ミハイル・バフチン——回顧と展望」（『ミハイル・バフチンの時空』、せりか書房、一六－二五頁）および、（1）を参照。

（10）*Курицын В.* Событие Бахтина // Октябрь. 1996. № 2. С. 183.

（11）*Курицын В.* О некоторых попытках противостояния «авангардной парадигме» // Новое литературное обозрение. 1996. № 20. С. 347.

（12）*Липовецкий М.* Патогенез и лечение глухонемоты: Поэты и постмодернизм // Новый мир. 1992. № 7. С. 215.

（13）ロシア・ポストモダニズムのロシア文化史理解については、貝澤哉「ポストモダニズムのディスクールにおけるロシア文化史の読み換え——アヴァンギャルドと社会主義文化をめぐって」（『ロシア文化研究』第8号、二〇〇一年、一－一五頁）を参照されたい。

（14）*Курицын.* Событие Бахтина. С. 184.

（15）Там же. С. 185.

（16）*Эпштейн М.* Постмодерн в России. М., 2000; Epstein, M., *After the Future: The Paradoxes of Postmodernism & Contemporary Russian Culture,* The Univ. of Mssachusetts Press, 1995. を参照。

（17）これについて詳しくは、貝澤哉「複数性の帝国——二〇世紀初期のロシア思想における「複数性」の理論」（『批評空間』II-21 一九九九年四月　七一－八四頁、本書第二部所収）を参照されたい。

身体、声、笑い——ロシア宗教思想とバフチンの否定神学的人格論

はじめに

死の数年前、一九七〇～七一年にかけて綴ったノートのなかに、バフチンはつぎのような言葉を残している。

それぞれの人にとって、言葉で表現されたもののすべてが、自分の（自分のものと感じられる）言葉の一小世界と、他者の言葉の巨大ではてしない世界とに分裂することは、人間の意識と生の根源的な事実だが、それは［…］これまでわずかしか研究（意識）されてこなかった［…］。人格、人間の、（かけがえのない）「私」にとってのその大きな意義。他者の言葉との複雑な相互関係が、文化のあらゆる領域や活動のなかで、人間の生全体を満たしている。[1]（傍点引用者）

バフチンの理論において「人格」の概念はきわめて重要なものである。たとえば対話的な関係は「純粋に論理的なものに帰することも、純粋に対象的なものに帰することもできない。ここで出会うのは、全一の立場どうしであり、全一の人格どうしである」[ЭCT:300]。また彼のドストエフスキイ論の中心的主題であるポリフォニーの原理が、認識の対象を物としてでなく、応答する人格としてとらえなおすという発想に基づくことはいうまでもない。

個人の意識とは無関係に抽出されたイデーそのものの展開の論理（即自的な、または意識一般、精神一般におけるイデー）、つまり対象—論理的で体系的なその展開と、人格のなかに受肉されたイデーの展開。そこではイデーは、人格のなかに受肉されているのだから、「私」と「他者」という座標によって調整され、さまざまな圏域のなかでさまざまに屈折する。この独特の論理が開示されるのが、ドストエフスキイの作品なのである。［…］ホモフォニー小説とポリフォニー小説における作者の位置の問題を補足すること。モノローグ性と対話性の定義を与えること——第二章の終わりで。人格のイメージ（つまり客体的イメージではなく言葉）。ドストエフスキイの（芸術的）発見。(2)（「一九六一年のノート」）

バフチンの言及するこうした「人格」を、たんに〈対話〉や〈ポリフォニー〉など、彼の大きなコンセプトを支える付随的構成要素のひとつにすぎないと考えるのは正しくない。というのも、バフチンにとってまさに「人格」の問題こそ、その思索活動のもっとも初期から彼をとらえていた中心的テーマにほかならなかったのだから。そのことは、現存するバフチンの最初のテクストである『芸術と責任』(一九一九)を読めば疑う余地がない。

人間の文化の三つの領域——学問、芸術、生活——が統一を獲得するのはただ人格においてのみであり、人格がそれらを自身の統一のうちに参加させる。[…]
人格の諸要素の内的な結びつきを保証しているのはいったい何だろうか。ただ責任の統一だけである。私が芸術のなかで体験し、理解したものにたいして、私はみずからの生活でもって答えなければならない[…]。[ЭСТ:5]

このように、まさにその出発点(一九一〇年代末)から死の直前(一九七〇年代)にいたるまで、バフチンが一貫してみずからの理論の核心に据えていたのは「人格」のイデーなのであり、〈対話〉、〈ポリフォニー〉、〈時空間〉といった私たちになじみ深いバフチンの大きな構想すら、「人格」のイデーのさまざまな水準における派生物だと考えても、さほど的はずれとは言えないだろう。
しかし、この問題がきわめて興味深くまた複雑なのは、たんにバフチンの多様な構想が、彼の「人格」のイデーの変奏と見なせるからというだけではない。重要なのは、じつはこの「人格」のイデーが一九世紀末から二〇世紀初期のロシアの宗教思想において、一貫して追求されてきた主題にほかならない、ということだ。東方キリスト教神学を基礎とするロシアの宗教思想には、人格にたいする強い志向があり、あきらかにバフチンは、こうしたロシア宗教思想のコンテクストを熟知したうえで、しかもきわめて似かよった論理展開をたどりながら、自身の人格論を展開しているのである。

このことは、一方で、ロシア思想史、とくにロシアの宗教思想や東方キリスト教神学とバフチンとの関係についての問いを呼び起こす。実際にロシアでは、八〇年代後半を境に、バフチンとロシア宗教思想とのかかわりに注視する方向が急速に主流になりつつある(3)。だが他方では、欧米の研究者や一部のロシアの論者を中心に、むしろ西欧哲学思想の流れのなかにバフチンを位置づけ、ロシア宗教思想や東方キリスト教神学との差異や矛盾を強調する議論も根強くある。その根底には、バフチンにおける他者や記号のきわめて現実的でフィジカルな性格や身体(的下層)の強調があまりに此岸的、世俗的なもので、宗教的な超越性や終末論的性格と相容れない、とする理解が存在しているように見える。

忘れてはならないのは、バフチン理解におけるこうした矛盾、あるいは二極化そのものが、いわばきわめて特徴的な症候を呈しているということなのだ。ドストエフスキイが素材とした複数の対立するイデー間の「対話」が、個々のイデーにかんする作者の主張として受け取られてしまうのとちょうど同じように、バフチンが素材とする個々の対立する要素が、バフチンのイデーとして受け取られてしまっている。

さらに事態をややこしくしているのは、バフチンが依拠する宗教的人格論がもつ強い否定神学的《アポファティック》な性格である。伝統的な否定神学の論理の特徴はもともと「否定による肯定」や「反対物の一致」にあり、したがってそうした論理においては、対立や矛盾そのものが、存在論的に肯定され許容されるだけでなく、われわれや世界の存在が構成されるための必須の条件でさえある。つまりバフチン理解において口シア宗教思想と西欧世俗思想を対立させることは、それ自体が宗教的人格論の論理の枠内にあり、そのことによってまさに宗教的人格論の論理的有効性を証拠立ててしまっているとも言えるのである。

このことは、多様性や差異を許容し、それと共存するというバフチンの理論の核心部分と密接に結びついているだけに、きわめて重要な問題を孕んでいる。なぜならそれは他者や差異を全面的に肯定するとともに、まさにその肯定によって、差異をすべて包み込み、世界を多元的一として全一化するという、全体化への志向もそなえているからだ。

このように考えると、われわれは、ロシアの宗教的人格論とバフチンとの関係をあらためて検証せざるをえない。というのも「対話」、「ポリフォニー」だけでなく、これまで多くの場合非人格的で非キリスト教的（異教的）なものと見なされてきた「カーニヴァル」や「笑い」、さらに「身体」、「声」、「言葉」にいたるまで、バフチンの重要な理論的コンセプトのほぼすべてが、宗教的人格論の理論的可能性と（少なくとも対話的に）かかわっているからだ。そのためここでは、ロシアの宗教的人格主義とのかかわりを考察しながら、その人格と身体性にかんする理論が、バフチンにおいてどのように展開され、彼の主要なコンセプトへと受肉するのか、検討していくことにしよう。

バフチンとロシアの宗教思想とのかかわりを、副次的なものとして軽視することはけっしてできない。伝記的事実の詳細な研究によって、バフチンサークルのメンバーたちが、二〇年代前後から宗教思想の研究に精力的に取り組んでいたこと、さらにペテルブルクの宗教哲学協会や、より小さな宗教サークルに出入りしていたこと、一九二九年の彼の逮捕も、そうした宗教活動が原因であったことは否定しようのない事実となっているからだ。(4)

それだけではない。初期の二〇年代だけでなく、三〇年代から七〇年代に書かれたとされるノート類にも、神やキリスト、宗教についての断片的言及が一貫して見られるのである（ただしそれらはソヴィエト時代に刊行されたテクストでは、かなりの部分が削除されたり省略されたりしていた）。たとえば、一九三〇〜四〇年代のものとされる『人文科学の哲学的基礎によせて』と題されたノートの断片には、つぎのような記述がある。

物の認識と人格の認識。それらをつぎのような領域として特徴づけなければならない。ただ外面しかもたない死んだ物、それはただ他者のために存在し、その他者（認識者）の一方的行為によって、おしまいまで完全にあきらかにされてしまう。このような物は、疎外したり消費したりすることのできない内部というものを欠いていて、現実的な利害関係の対象にしかなりえない。もうひとつの領域は、神の臨在するなかで神について思考することであり、対話、問いかけ、祈りである。人格の自由な自己啓示の必然性。［…］（傍点引用者）［CC5:7］

このような言葉を読むかぎり、バフチンの対話が、「人格」のイデーと深く結びついているだけでなく、それがきわめて宗教的なモデルによって構想されていることは明確だろう。実際セルゲイ・ボチャロフは、晩年のバフチンが、みずからのドストエフスキイ論でソヴィエトの時代的な制約のため重要な問題について書けなかったことを告白し、その重要な問題とは「哲学的問題、ドストエフスキイを生涯悩ませた、神の存在について」であったことをみずから認めたと報告している。(5)

こうした事実をふまえれば、バフチンは生涯つねに何らかの宗教的課題に直面し、それに答える責任（責任応答性）を感じていたのだと考えない方がむしろ困難なほどである。そしてもしそうだとすれば、彼のさまざまな著作は、そのカーニヴァル論も含めて、まさにそうした課題にたいするひそかで多様な応答にほかならない。

バフチンにおける、人格の理論と宗教思想とのそうした関係を考えるうえで、とくに注目されるもののひとつが、西欧中世史の専門家で宗教思想家としても知られていたレフ・カルサーヴィン（一八八二―一九五二）の展開した宗教的人格論である。というのも、彼の宗教的人格論にはバフチンと共通する点が少なくないからだ。ホルクイスト／クラークの言葉を使えば、それは「バフチンの初期の著作とひじょうに似て」おり、(6) あたかもバフチンの人格のイデーにかんするコメンタリーのようにすら見える。(7) カルサーヴィンの宗教的人格論とバフチンの初期の著作とのこうした顕著な類似はけっして偶然ではない。カルサーヴィンは一九一〇年代から二〇年代にバフチンがかかわっていたいくつかの宗教サークルのメンバーであり、彼らはかなりよくお互いを知っていたはずである。(8)

とりわけ注目しなければならないのは、カルサーヴィンの人格論のきわだった特徴である人格の複数性の強調、そしてそれと深く結びついた、人格の非完結性、未完成性についての議論である。というのも、人格の複数性や個々の人格の非完結性こそまさに、バフチンが一貫して主張していたものにほかならないからだ。たとえばカルサーヴィンは一九二九年に刊行された『人格について』のなかで、人格をつぎのように定義する。

> 人格とは具体的かつ精神的、あるいは（同じことだが——「顔《リツォー》」から「人格《リーチノスチ》」が派生するのはゆえなきことではない）身体的かつ精神的存在であり、特定の、二つとない独自性をもち、多種的である。その諸契機の複数性なしには、またその外には、人格は無いし、ありえない。(9)

人格とは、具体的で時間的・空間的に限定、つまり身体化（有限化）された精神（無限）であり、その意味で、つねに身体という境界によって統一されると同時に内と外に引き裂かれてもいる。「人格は、ばらばらの要素のたんなる総計ではない。それは〈人格の全時間〉および〈人格の全空間〉におけるそれらの要素の統一であり、したがって、複数性の統一、あるいは統合的多数性であって、その理想的で完全な姿においては、全一性である」［РФС:20］。このことが含意するのは、人格の統一ということ自体が、あらかじめ複数的で異質なもの、つまり他者を前提してしまっていることだ。だから「本来の意味での個人的な身体を、何か自己のなかに閉じられた空間的輪郭のように考えるのはまちがって」おり、「それは境界をもっているが、しかしそれはみずからの外的境界の内部において、本来の意味での個人的な他の諸身体と共存在し、境を接している」［РФС:145-146］。

ここでは、「統一」という概念が、その常識的な意味とは矛盾していることに注意しなければならない。「統一」とは「複数性」や「他者」、つまり統一されえない何かとかかわることにほかならない。「私が存在し、おのれを存在として、また認識する者として認識するのは、〈他の存在〉、つまりほかの存在者や物と私の相関においてである。このように私の自己認識は同時に私による〈他の存在〉の認識であり、私が〈他の存在〉を知ることは、同時に私の自己認識なのである」［РФС:27］。『作者と主人公』で、バフチンがより精緻な美学的・現象学的な言葉に翻訳して述べているのはほぼこれとおなじ原理である。

［…］外貌は、心——世界のなかでの私の情動・意志的、認識的・倫理的な統一した志向——をまるごとみずからのうちに包み、保持し、完結させなくてはならないのだが、私にとって外貌がそうした機能を担うのは、他者においてのみである。自分自身を、外貌のなかでそれに包まれ表現

されているものとして感じることはできない。［…］〈私〉というカテゴリーでは、私の外貌は私を包み込み完結させる価値として体験されない。そのように私の外貌が体験されるのは、他者のカテゴリーでだけであり、自分を、外的に統一ある絵画的・造形的世界の要因として見るためには、自身をこのカテゴリーのなかに入れることが必要なのである。［ЭСТ:33］

〈私〉が他者の「外貌」つまり空間的身体的形式によって限定されなければ美的な「統一」として完結できないのは、私の人格が基本的に自己自身では完結できない未完成な非完結的存在だからである。そして、他者が私のそうした未完成性、非完結性を外部から包むように「統一」することができるのは、それがまさに、他者、つまり絶対に私と同化できない、根源的に異なった定位をもつ存在だからなのだ。

［…］この〈私〉という形式で、私は唯一の存在として自分を体験するのだが、それは私が他の人々をひとり残らず経験するときの〈他者〉という形式とは根本的に異なる。さらに、他人の〈私〉も、私自身の〈私〉とはまったくちがったふうに私に体験される。それは〈他者〉というカテゴリーを構成する要因となるものだが、この差異は美学にとってばかりでなく、倫理学にとっても本質的な意味を持つ。キリスト教道徳から見た私と他者の根本的な非等価を指摘しておくだけで十分である――自分を愛してはならず、他人を愛さねばならない。［ЭСТ:35-36］

他者のこのような自己と異なる定位を、バフチンは「外在性」と呼ぶのだが、彼自身が示唆しているように、こうした人格の非完結性や他者との関係の問題は、もともとキリスト教的な問題設定にきわめて近いところにある。というのも、このような人格論的な〈私／他者〉関係の背後にあるのは、神と被造物との関係におけるパラドクスだからだ。

われわれの存在は有限なので、神のような無限な超越的存在のなかに含まれていなければならないが、一方神が超越的なものであるなら、それは有限なわれわれにはけっして理解や認識はできない外在性でなければならない。だが人格の有限性を無限の欠如、不足、つまり開かれた未完成性と考えれば、神の外在性を保証したまま、可能性としての完成（つまり超越的なものへの到達の可能性）を個々の人格のなかに確保することができる。だからカルサーヴィンは「モメントとしての人格は、それが個人化した高次の人格［神］のあらゆる性質を、潜在的にそなえている」［РФС:114］と主張するのである。「被造物の人格は自己のうちに神を反映させ、神の自己分裂をとおして、あるいは言葉をとおして神と結びつく。その人格的存在は何よりもまずロゴス［キリスト］の位格にそれが関与しているということだ」［РФС:64］と言うとき、彼が念頭においていたのはそのことであり、それは神であり人であった神人キリストが、人格論の原型となっていることを意味している。

このような、神（超越的なもの、外在性）と人（限定されたもの）とのあいだの、融合もせず、かつ分離するのでもない人格論的関係を、バフチンの理論の背景に見ることはむしろたやすい。ホルクイスト／クラークが指摘するように、『作者と主人公』を、造物主と被造物のアナロジーと見ることはむずかしくないし、またタマルチェンコによれば、〈ポリフォニー〉の「融けあうことのない声」はまさに、この非分離・非融合の原理であり、バフチンの理論に内在する宗教哲学的伝統のあらわれなのである。(10)

忘れてはならないが、もちろんバフチンは、ソロヴィヨフの神人論以来の、あるいは中世キリスト教神学以来のこうした宗教哲学的あるいは神学的人格論をそのままのかたちで展開しているわけではない。ここではそれは西欧哲学的な美学、哲学的人間学の世俗的タームや問題設定へと読みかえられている。(11) しかしここで問題なのは、バフチンの理論の起源をもっぱら西欧的な伝統に帰するのかどうか、などということではない。より重要なのは、西欧の哲学的人間学や美学の世俗的な理論的タームに読みかえることで、バフチンが宗教的人格論をまったく新しいかたちに生まれ変わらせ、その理論的可能性を最大限に活用したということだ。とくに注目すべきなのは、彼の人格論がもつ否定神学的な論理構造と、それを存在者の時間、空間的形式へと受肉させる彼独自のやりかたなのである。

否定神学と身体

たしかに人格の全一性の問題は、バフチンにおいてはストレートな宗教的用語ではあたえられていない。『行為の哲学によせて』や『作者と主人公』では、基本的には人格の全一性の問題は、現実の生の世界内や美学的世界内における存在者の空間性や時間性にかんする現象学・存在論的記述へと読みかえられており、それはきわめて現世的でフィジカルな分析である。ボネツカヤなど多くの研究者が指摘するように、現実の他者を志向するバフチンには正教的な全体性や共同性へのあこがれが見られず、「バフチンの世界の成員にとって神は本質的に存在しない(12)」ようにすらみえる。バフチンの対話における他者とは一般に、現実に生きる現世的な他の主体であって、超越的他者ではけっしてない(13)。

しかし、このようなとらえ方は、バフチンの人格理解における全一性の意味を正しく理解しているとはいえない。なぜなら、彼の人格論は否定神学的な論理構造をもっているのであり、もともとそこでは神や超越は、否定としてしか現れないはずだからだ。むしろ神がいないという事態こそ、彼の人格理論の宗教性を逆説的に示すものにほかならない。すでにイスポフも主張していることだが、バフチンの「他者の外在性」にモデルをあたえている、宗教的人格論における神と人間との外在的かつ内在的なパラドクシカルな関係性は、否定神学的な論理としてとらえなければならないのである(14)。

よく知られているように、否定神学（アポファティカ）においては、神は超越的で無限な存在であるため、有限者たるわれわれにとってはどのようにしても規定することができない。この何者でも「ない」ということが、神が「ある」ということの論拠になっている。つまり否定神学の論理においては、否定することが即肯定となりうるのである。

キリスト教神学の初期から存在するこうした議論は、神であり人であるキリストの存在をどう扱うかという課題と深くかかわっている。というのも、人として肉体をもった（空間的、時間的に限定された）存在が、同時に無限で超越的でもありうるのはなぜか、という問いが避けられないからだ。落合仁司は、この人間の神化の問題こそ、とくに「東方キリスト教の一切がその回りを回る最も中心的な問い」だったと指摘する。[15]

実際カルサーヴィンが提起したのも、人格の統一＝完全性、完結性が、時間・空間的に限定された人間にとっていかに可能かという問いだった。われわれの人格は時間的・空間的に限定されてしまっており、完全なものではない。だがそのことは逆説的に、われわれの限定性の外部にあって、われわれを外側から限定している外在性を認めることにほかならない。ここにあるのは、有限なわれわれの時間・空間的フォルム＝身体性すなわち欠如、不完全性が、外在的なものの存在を根拠づけるという、まさに否定神学的な構図である。

カルサーヴィンにとって、人格の時間的・空間的な身体性がとりわけ重要なのはこのためだ。「人格の分化［個々の存在者への限定］とは、その空間的な質的限定である。個人の人格の空間性のなかに、人格の自己確定が実現する。人格の空間的境界の問題は、他の存在との関係でのみ提起される。しかし人格の空間性はその時間性あるいは時間的質的限定を要求する。［…］その完全性において全時間的、全空間的な人格は、その不完全性において限定的に全時間的、全空間的なのである」［PΦC:8］。「われわれの〈私〉の内容は、われわれの身体であり外部の世界である」[16]。身体はその限定性からして、自己の外部を前提しているので、本質的に複数的である。だから「人格の複数性とは、その身体性のことにほかならない」［PΦC:20］。人格を完成するにはその外部がなければならず、そうした身体的限定における根源的差異性、複数性の全体が「全一性」と呼ばれるものなのである。

このようなカルサーヴィンの規定を、バフチンの人格論と重ね合わせずに読むことはむしろ困難であろう。バフチンは『行為の哲学によせて』においてつぎのように述べている。

この単一性、全一性、自足性、独自性という美的な要因はすべて、限定される個性自身にとっては外在的なものであり、その個性の内側から、それにとって生の内部にこれらの要因が存在するのではなく、その個性は自分のためにこれらの要因をみずから生きることはない。これらの要因が意味をもちかつ存在するのは、その個性の外にあって感情移入をおこなう者たちにとってであり、これらの要因が、感情移入される盲目の質料に形式を付与して客体化することによってなのである(17)［…］。（傍点引用者）

そして、バフチンにおけるこうした人格的存在者の限定的存在が、神や人との関係におけるキリストの位置をモデルとしていることは、彼のつぎのような言葉からもあきらかだ。

だれも〈私〉と〈他者〉にたいして中立の立場をとることはできない。［…］価値的に志向するためには、一体となった存在《ブィチエ》の出来事＝共存在《ソブィチエ》のなかで唯一の位置を占めなければならず、受肉しなければならない。［…］神ですらも、慈しみ、苦悩し、赦すためには、肉となって具体化すること、公正という抽象的な観点から降りることが必要だったのである。（傍点引用者）［ЭСТ:113］

だからバフチンにとって、認識の対象は「〈私〉によって具体的な肉体をあたえられ、関与的な思考の言語に翻訳されなければならない」［ФП:118］。「外貌、身体の外的境界、外的な身体の動作」を「人間の身体という統一した価値的な全体へと綜合」し、価値としての身体の問題を提起しなくてはならない」［ЭСТ:43-44］。「身体は何か自足的なものではない。それは他者を、その認知と形づくる活動を必要とする」のであり。「他者の外的身体は課せられて」おり、「それを能動的に創造しなければならない」［ЭСТ:47］のである。

このように、バフチンにおける人格の具体的な身体性の強調は、あきらかに否定神学的な「受肉」の問題と結びついており、そこから、存在者の人格の有限性、つまり未完成性が導き出される。(18) 他者の存在の必然性を保証しているのは、〈私〉の具体的で唯一かけがえのない身体という欠如、不完全性（空間的・時間的限定）そのものなのである。バフチンがフィジカルで現世的で限定された存在者の身体にあれほどにこだわるのは、まさにこのためだ。否定神学の論理にはもともと、超越性について思考すればするほど、存在者のもっともフィジカルな身体性が強調されるという特性がある。バフチンにおいて、世俗的な肉体性や不完全性（複数性）が執拗に強調されるのは、まさにそれが、逆説的に人格と世界の全一性に結びつくからなのである。

バフチンにおける身体の特性

このように見てくると、バフチンの人格論は、いわば極限まで徹底されることで反転された否定神学なのだと考えることができるだろう。バフチンにおいては、超越者の存在を、可能性としてであれ直接肯定的に語ることはできない。彼が強調するのが超越者ではなく、あくまで現実に生きる存在者相互の時間・空間的限定性、つまりフィジカルで具体的な身体の共存在＝出来事となるのはそのためだ。つまり彼は、「否定としての超越者」を語るのではなく、それを反転させて「肯定としての限定的存在者」を語ろうとするのである。だから、彼の目論む「共存在＝出来事としての存在を開示しようとする第一哲学は、［…］この行為の世界を記述する現象学でしかありえない」［ФП:105］ということになる。

だとすれば、バフチンのとくに初期の著作がメルロ＝ポンティの現象学的身体論と響きあうのは偶然ではない。たとえばメルロ＝ポンティにおいて、身体はやはり自足したものではなく、外部にある他者を必要とする。また言語の身体性や触覚の意義を強調する点でも両者は似かよっている[19]。しかし、注意しなければならないが、バフチンが好んでとりあげる身体経験は、かならずしも、メルロ＝ポンティが分析するような存在者の身体性の日常的な構造ではない。〈カーニヴァル〉における特異な身体性の強調や、〈ポリフォニー〉における複数の声の交錯など、バフチンのとりあげる身体のありかたは、むしろ日常的な身体経験からすれば、きわめて異質で特殊なものであり、それは、現象学的人間学や現象学的身体論だけから導き出すことはできない。忘れてはならないのは、ここでもまた、バフチンの人格論の否定神学的で逆説的な構造が、その重要なコンテクストを形成しているということなのである。

a　見る／ふれる

バフチンにおける身体の特殊性を考える場合にまず考慮しなければならないのは、彼の身体論、つまり存在者の現象学的時間・空間構造分析において、視覚と触覚のはたす役割のあいだにある微妙な差異である。たとえば鏡像の問題のなかに、そのことは端的に現れている。バフチンにおいて、鏡像のテーマが好んでとりあげられるのは偶然ではない。なぜならバフチンの人格論で問題になっているのもまた、ラカンやメルロ＝ポンティの場合と同様、存在者の内的な視野における見えるものと見えないもののあいだの現象学的な相関関係だからである。四〇年代に書かれたとされる「鏡の前の人間」という断章によれば、「私には自分を外から見る視点はなく、自分の内的イメージに近づく方法はない」のであり、したがって鏡像においては「私は自分を世界の目で、他者の目で見ている」［CC5:71］ことになる。しかし、バフチンの鏡像は、存在者の人格において、ラカンやメルロ＝ポンティにおけるほど大きな形成的意義をもっていないことに注意する必要がある。たとえばバフチンは『作者と主人公』のなかで、つぎのように述べている。

自分の外貌を見るまったく特別な場合なのが、自分を鏡で見ることである。一見、ここでわれわれは自分を直接見ているようだ。しかしそれはそうではない。われわれは自分のうちにとどまり、自分の反映を見ているだけであり、それはわれわれが世界を見、経験する直接的モメントにはなりえない。われわれが見るのは自分の外貌の反映であって、みずからの外貌をまとった自分ではなく、外貌は私を完全に包んではくれない。［…］鏡があたえてくれるのは自己客観化の素材でしかなく、しかもそれは純粋な形ではない。［ЭCT:31］

もちろんラカンの場合にも、鏡像は〈私〉を外側から形成し、内的経験における寸断された身体を統一的に整形するだけでなく、イメージ、つまり想像的なもののなかに〈私〉を捕らえ、双数的な鏡合関係へとおとしいれる疑似餌のような危うさをもってはいる。しかしバフチンは、鏡像のそうした形成的役割そのものにさえ懐疑的なように見える。彼にとっては、自己の鏡像による身体形成とは、自分で自分を完結させるという「虚偽と嘘」（「鏡の前の人間」）にほかならない。だからバフチンは、「自画像」や「自分の写真」すら、「全一の人間」を含んでいない「不気味」なものと呼んではばからない。

それどころか、もともとバフチンにおいては、一般に視覚的イメージ自体がさほど優遇されていない。四三年に書かれたノートには、つぎのような言葉がある。

物それ自身が自己のイメージに参加することはない。イメージは物そのものにとっては外からの一撃であるか、あるいは彼に贈られた外からの賜物だが、その賜物は正当なものではなく、偽善的で追従的なものだ。褒めたたえるイメージは、物が自分自身を偽っていることと融合する。物は隠し、誇張しているのだ。イメージの原理的な当事者不在性。イメージは物を覆い隠し、したがって、その変化の可能性、ほかのものになる可能性を無視する。イメージにおいては、物の声と、それについて語る者の声は出会わないし結びつかない。［CC5:67］

バフチンにとっては、自己を外側から整形し、客観的に完結させるための視覚的イメージはつねに偽りのものである。なぜなら、人格論的な全一性を保証するのは、何よりもまず、存在者の限定性、つまり未完成性、非完結性＝欠如であって、存在者を完全に外側から客観的にイメージ化できるのは非人格的な視点だけだからだ。われわれがみずから形成する「外的イメージ」が「空虚」で「非現実的で「薄気味悪く孤立」的なのはそのためである［ЭСТ:29］。限定的に肉化されたわれわれはそのような客観的な視点に直接立つことはできず、みずからのかけがえのない内的視野から、他の存在の限定性、不完全性（＝身体）に参加し、その「情動・意志的」なトーンに外側から情動・意志的な応答をあたえてやることしかできない。存在者の不完全性を無限遠点から俯瞰的に完結させるのではなく、存在者の身体の不完全性に直接応答し、それを外側からそのままに承認しじかに包み込んで、身体として形成してくれる他の身体的な存在者が不可欠なのだ。「目によるだけでは、描き出された人間を人間として、［…］見ること、その身体を価値や外貌の表現などとして見ることは、もちろんまったく不可能[20]」なのである。

だから厳密には、視覚的なものはバフチンにおいては二重化されている。非人格的な視覚的イメージではなく、情緒的にも空間的にも他者とのよりフィジカルな直接的接触をともなった、身体化・人格化された「視覚的全一体」こそが重要なのだ。このような身体化された視覚的イメージが、視覚表象よりむしろふれること、つまり触覚に近いことに注意しなければならない。カルサーヴィンも述べていたように、人格は「みずからの外的境界の内部において、本来の意味での個人的な他の諸身体と共存在し、境を接している」のであり、人格的な存在者相互の存在構造は、もともとつねに〈接触〉のなかで実現される。バフチンの人格論において、ふれることがきわめて重要な意味をもつのはそのためだ。

> 私の美的能動性は［…］抱擁、接吻、祝福の十字を切ることなど、他の人を外的完結性の契機のなかで価値的に承認する、あともどりのきかない行為のなかに表現される。［…］他者の価値的な稠密性はここではふれることのできるようなリアルなものとなる。というのも他者だけを抱擁し、全体を包み、その輪郭のすべてにふれて愛撫することができるからだ。［…］他者の唇にのみ、唇をふれることができ、他者のうえにのみ手を置くことができ、能動的に彼のうえに立ち、彼の存在のすべての契機にたいして、彼の身体とそのなかにある心に祝福の十字を切ることができる。

［…］身体を抱擁し、あるいは十字を切って祝福することで、われわれは、身体のなかにあり身体によって表現される心を抱擁し祝福しているのである。（傍点引用者）［ЭСТ:39］

バフチンにあっては、見えるものの背後にある見えないものの全一性は、鏡像的な視覚表象の背後にではなく、他者の身体をとおしたきわめて直接的な触覚的経験においてとらえられている。もちろん、こうした視覚と触覚の対置自体はわれわれにとってとくに目新しいものではない。フッサールは、視覚には身体の内的感覚がないため、触覚のように、感じている器官自体が感じられるということがなく、したがって「眼だけしかもたない主観には身体は決して現出しえないであろう」と述べている。(21) あるいはこうした触覚の効果をメルロ＝ポンティにならって「キアスム」と呼ぶこともできるだろう。

しかしその場合でも、「右手で左手をなでる」という有名な身体経験から出発する現象学的身体論とバフチンのあいだにある微妙な差異を無視することはできない。というのも自分の身体を自分で触ることは、鏡像の場合と同じように、自己の内部での主体と客体の交叉、あるいは坂部恵が言うような相互嵌入による主客の転倒、自他の区別の揺り動かしではあっても、(22) まだ外在的な他者をとおして実現された、私の身体の受肉ではないからだ。手を置くことができるのは「他者のうえにのみ」なのである。ポドローガがフッサールの議論を「〈私〉から〈世界内存在としての私〉へのナルシシズム的転換可能性」と呼ぶのはおそらくそのためだ。(23) バフチンの否定神学的な人格論にとっては、そもそも世界内で他者とともに受肉して複数的に共存する以前に、内的な〈私〉の意識など存在しえず、

〈私〉から〈世界内存在としての私〉への転換などはありえないのである。

ミハイル・マヤツキイによれば、ルネサンスや宗教改革による世俗化を経ていないロシア文化における視覚の特性は「否定神学的」なものであり、見えること、つまり現象として現れてあることが、そのままですでに存在であり、見かけとはすでに身体、つまり接触可能なものなのである。西欧的な視覚の特性においては真理と見かけの本当らしさは分離してしまっているのだが、否定神学的な論理においては、すでに述べたように、フィジカルなもの、限定された身体的なものを肯定することが、そのまま、見えるものの裏側にある精神的存在の肯定をも意味してしまう。だから、西欧の視覚にとっては欠如、闇はあらためて発見されなければならないものだが、否定神学的な視覚にとって、それは最初から光のなかにあり、同時に触知されてもいる。こうした視覚の特性は、たとえばフロレンスキイの逆遠近法（つまり物を裏側からも見ること）や触覚的視覚にかんする議論のなかに明確に見てとれる。(24)バフチンにおいても、〈私〉は最初から触知できる外在的な共存在の全一性のなかで一挙に見られているのであり、個々の身体の限定性＝欠如がそのまま触知可能な身体的（共）存在の全一性なのであって、だからそれを鏡像化し、あるいは自己にふれる自己へと還元することは、「偽り」であり「孤立化」にほかならない。

バフチンの視覚・触覚のこうした特殊性は、性愛的な身体性にたいする彼の態度のなかにもはっきりとあらわれている。注目すべきなのは、「愛撫」や「抱擁」、「接吻」といった、一見エロス的な接触があれほど強調されているにもかかわらず、バフチンの身体においては、通常の性行為が注意深く除外されているということである。彼によれば性的要因は、接触という「とりかえしのきかない行動の美的純粋さを濁らせる」ものである。

他者の身体へのまったく特殊なアプローチとは、性的なそれである。それは［…］、外的な、完結した自足的な芸術的限定性としての身体を創造する力をもたない。ここでは他者の外的身体は分解して、私の内的身体の一要因にすぎなくなり、それが私に約束してくれている情欲、快楽、満足など内的身体の可能性にかかわるときにしか、価値あるものでなくなる。そしてこうした内的可能性は、身体の外的な、しなやかな完結性を踏みにじる。性的なアプローチにおいては私と他者の身体はひとつの肉へととけあうが、この唯一の身体は内的なものでしかありえない。
［ЭСТ:47-48］

ノーマルな性行為がバフチンにとって否定的なものであるのは、それが他者の身体の外在性を〈私〉の自己の内的感覚へと内面化し解体してしまうからである。その意味で、ホルクイスト／クラークが、「バフチンは肉の歓びを讃え［…］、豊富なセックスを愛でた(25)」と言っているのはおそらく半分しか正しくない。たしかに彼のラブレー論は、一見その〈身体的下層〉の強調によって、生殖のイメージに満ちているように見える。だがその場合でもエロスはやはり、個人的な男女一対のノーマルな性行為としては表象されていない。というのも、カーニヴァル的な「グロテスクやフォークロアのリアリズ

ム」においては、生殖は「単細胞有機体の死」「つまり二つの細胞、二つの有機体への分裂」であるからだ。(26)

ラブレー論においては、エロス的な関係は、糞尿（肛門）や食物摂取（口唇）などの領域と重ねられているのであり、いわば前性器的な多形性としてあたえられている。つまり、そこでは、性的身体さえも、エディプス的主体化によって局所化、内面化されておらず、完全に外在的な身体性として、身体の表面全体をそのフィジカルな外在性のままにエロス化しているのである。カーニヴァルのグロテスクな身体が、その表面のいたるところに異様な突起物や穴を形成するのはそのためだ。このように考えれば、カーニヴァルの身体がまさに「寸断された身体」として表象されるのも偶然ではない。というのも、〈私〉を鏡像的に整形することを拒否するバフチンにとっては、性的身体さえも、プライヴェートなものに内面化し閉じた統一のなかで自足することはできないのであり、それはいわば外側へと複数的に引き裂かれ反転されてしまっているからだ。そしてまさにそのことが逆説的に、反対物の一致、つまり人格の多数的統合、全一性と呼ばれるものなのである。

b　言葉と声

バフチンにおいては言葉もまた、人格的に身体化されなければならないことはいうまでもない。よく知られているように、バフチンにとって言葉とは、つねに取りかえのきかない限定的位置から一回的に発せられる具体的な「声」としてあり、「声」としてあることにおいてすでに他の声への応答として外在化されてしまっている。彼が「声」や「情動的・意志的音調《トーン》」、「イントネーション」といった、一見言葉の物質的、音声的な側面と思えるものに異常なこだわりを見せるのは、言葉がまさに肉化され外在化された人格性としてあるからだ。「言語に創造的に向かいあうとき、声をもたない、だれのものでもない言葉など存在しない。どんな言葉も声をもつ」。声によって身体化され人格的な接触性をおびている言葉はつねに対話的なものとなる［CC5:331-335］。いわば言葉は、身体的限定性、非完結性であることによって、一挙に外在化され、他者の言葉＝身体によって縁どられる共存在として否定神学的に全一化されてしまっている。言葉のもつ声や音調、イントネーションは、いわば聴覚的な身振り、あるいは音声的触覚であって、言葉の記号的な表象性の裏にある人格的な輪郭をまさぐっていくためのものなのである。

興味深いのは、言葉を複数の声の応答、複数的な物質的・身体的外在性としてとらえる理解が、二〇世紀初期のロシアの宗教思想にとってはほとんど常識と化していたことである。一九二七年に『名の哲学』を出版したアレクセイ・ローセフは、フッサールの現象学を応用しながら、言葉の音声が、たんなる音素ではなく「人間の声」であることを強調し、さらに「名」が人格的な身体的感覚をそなえていると主張するが、そこに言葉《スローヴォ》＝ロゴス、つまりキリストにおける神的本質の「受肉」にかんする宗教的存在論が前提されていることは疑う余地がない(27)。カルサーヴィンにおいては、言葉はかならずしも中心的な主題ではないが、彼にとって人格的な関係が、間主観的で身体的な対話・応答の行為的関係ととらえられていることは明白だ。たとえば彼は、人格における行為の意味を説明しようとして、つぎのような例をあげる。

たとえば対話者たちに自分の理論を述べているとき、私は思考の「客観的」自己開示に融け合うようにしてそれと融け合い、自己をそれ［自分の理論］として自覚するようになり、またそれを自己として自覚していた。あるいは——ほとんど自覚していた。それとともに私は私の対話者たちの思考を「触り」、彼らのなかに生まれた疑いを先取りし、それをみずからのものとして克服しようとしていた。（傍点原著者）［PΦC:36］

こうした一節は人格、身体（触覚）、そして対話のあいだにある関係性を凝縮したかたちで示しているが、この人格の応答行為のモデルになっているのもまた、造物主と被造物の呼びかけと応答にほかならない。

創造の行為そのものもまた、神の顕現にほかならない。それを創造と名づけるときに忘れてはならないのは、造物主の行為には、あたかも造物主が存在へと被造物を呼び出すものであるかのように、被造物の自由な応答がともない、被造物がみずから自由にその呼びかけに向かうのだということである。(28)

やはりバフチンと実際に親交があった宗教思想家アレクサンドル・メイエルの場合には、両者の主張やタームのおどろくほどの類似は、さらに注目すべきものと言わなければならない。イスポフは、バフチンの初期、そしてそれ以後のいくつかのテクストは、とくに〈他者〉にかかわる部分においては、「メイエルの二〇―三〇年代の研究を片っ端から〈引用〉している」とまで断言するのである[29]。

メイエルにとって、「言葉は発音されるものではなく、誕生するもの」、つまり生きた身体である――「思考と語りのプロセスは、現象としては、われわれの言葉が生まれるときにそれを包む肉体となっている」。だから、「言葉はある種の統一的行為」としての生なのだが、「生とはその本質からしておそらく、相互の応答し、相互の呼びかける遊戯」なのである。そして「そのことが意味するのは、生とは愛であるということだ。というのも、愛は結局のところ呼びかけのなかに表現されるのであり、それが何かを要求し期待するとすれば、それは応答だけだからだ」。「思考は、そしてそれゆえ言葉がはじまるのは、客観的に、現実そのもののなかで鳴り響く言葉への応答が起こる場所において」なのである。

> 音をまったくともなわず、そのため音にたいして中立的な行為などけっして存在しない。[…]そうした行為のなかでは人間は、自分の顔《リツォー》=人称を知らない存在と等しくなってしまうことだろう。というのもおのれのシンボルのなかで、一体となった言葉へといたる全行程を踏破したいという欲求は、人格《リーチノスチ》そのものに固有の欲求なのであって、自己のうちに人格を認めない者たちには備

わっていないからだ。[30]（傍点原著者）

メイエルにおいても、人格は、まさに音、声として物質的に外在化、身体化された言葉の触覚的でエロス的な対話の限定性のなかで、逆説的に全一的なものとしてあたえられる。というのも具体的な音として有限の存在のなかに限定され、欠如をかかえることが、逆に「全行程の踏破」つまり人格の全一性（大文字の「他者」）への到達を、欲求（あるいはカルサーヴィンの言う欲望《ホチェーニエ》）の対象として肯定することになるからだ。

こうした欠如と欲望の否定神学的アンチノミーは、あきらかにラカンにおける欲望の弁証法と類似した構造をもっている。ラカンの場合にも、〈私〉の身体の現象学的な限定性が、欲望のかなたにある（大文字の）他者との性愛化された語らいの関係としてあらわれ、しかも、そうした欲望の対象は、自己のエディプス的整形における欠如部分、あるいは残余としての〈対象a〉をスクリーンとして外在化されているのである。この意味で、ラカンが〈対象a〉の具体例として、乳房、糞、眼差しにくわえ声を挙げていることは興味深い。[31] というのも、バフチンや他のロシアの思想家たちの例からあきらかなように、声もまた、触覚的に性愛化され愛撫される身体的外在性の「境界＝輪郭」のひとつ、つまりラカンの用語で言えば「縁《ふち》」となっているからだ。「愛は境界を慈しみ愛撫する」［CC5:66］のであり、それは乳房が口唇性を、糞が肛門性を、そして眼差しがラカンにおいては見ることでなくむしろ見られることを意味しているのと同じなのである。

ただしここでも、分析家としてのラカンの目的が、そうした欲望の仮の対象、つまり〈対象a〉の空虚さ——転移の対象が欲望の虚ろなスクリーンにすぎないこと——を示すことなのだとすれば、バフチンにおいてはむしろその構図が反転され、〈対象a〉的な身体的外在性がそれ自体豊かさ、余裕としてとらえられていることに注意しなければならない。

たとえばバフチンは、〈私〉を外側から包む外在的な身体的他者の見る目（ラカンの言う「眼差し」）を、「見る目の余裕《イズブィトク》」と呼んでいるのだが、ここでは〈私〉における限定された身体性の欠如が、他者の側から見た余裕としてむしろ積極的に肯定されている。「余剰」「豊富さ」を意味するロシア語の「イズブィトク」という語は、存在を意味する「ブィチ」の語幹に、「除去」と「過度」の両義性をもった接頭辞「イズ」を合成した語であり、まさに存在者の限定性、欠如そのものが即存在の過剰であり豊かさであるというバフチンの基本的なコンセプトをきわめてコンパクトにあらわすものなのである。

もちろんラカンにおいても、〈対象a〉は排除されたものであると同時に剰余でもあるという両義性をもってはいる。だがそれでもラカンの強調点があきらかに欠如や空虚といった否定的な表現に置かれており、主体はそうした自己の欠如をあらためて発見したうえでそれを受け容れなければならないのにたいして、人格はもともと多数的統一として全一的にしか実現しないと考えるバフチンにとっては、そうした問題ははじめから存在していない。というのも人格的な〈私〉の身体性つまり欠如は、その接触的な外在性のなかで、すでに同時に他者たちのやはり身体的な存在の余剰、豊かさに縁どられており、〈私〉もまた他者たちにとって触ることのできるフィジカルな豊かさとして他者たちを縁どっているからだ。ラブレー論において、〈カーニヴァル〉が、身体のフィジカルで「無遠慮な接触」として描かれることが意味するのも、まさにこうした接触的な縁どりである。

無遠慮さに不可欠な要因のひとつとしての、フィジカルな接触、身体どうしの接触。フィジカルな接触の圏域、私の身体が支配する圏域へと入ること。そこでは、手や唇でふれることができ、つかみ、たたき、抱きしめ、切り刻み、食べ、自分の身体へと引き寄せることも、あるいは他の身体によってふれられ、抱きしめられ、切り刻まれ、食べられ、呑み込まれることもありうる。この圏域では、対象のあらゆる側面が開示される（顔も尻も）。たんに外見だけでなく、その内部も、その深淵も。これは、空間・時間的圏域だ。（「ラブレー論の増補と改訂」一九四四年）［CC5:81］

c　笑い

おそらく、ラカンや、そして一般に精神分析が『オイディプス』や『アンチゴネー』といった悲劇を参照先として選びがちなのにたいして、バフチンが執拗に〈笑い〉にこだわるのはそのためだ。というのも、バフチンにとって〈笑い〉はつねに余裕や余剰と結びついているからだ――「生真面目さは出口のない状況を山と積み上げるが、笑いはそれを超え、そうした状況から自由にしてくれる。笑いは人を束縛するのでなく解放する。笑いの社会的、コロス（合唱）的性格、その全国民性、全世界性への志向。笑いの戸口はそれぞれだれにでも開かれている」（「一九七〇—一九七一年の覚え書き」）［ЭСТ:339］。こうした記述を見れば、生真面目さが排他的、自足的に閉じることであるのにたいし、笑いはつねに外在的で複数的なものを許容する余裕だとバフチンが考えていることがわかる。

じつは、人格の外在的に身体化された多数的統合＝全一性をとくに〈笑い〉としてとらえることは、他の宗教思想家においては見られない、バフチン独自の視点なのだが、興味深いことにバフチンは、四〇年代のノートのなかに、笑いと悲劇的生真面目さがじつは表裏の関係にあり、似た機能をそなえていることを一度ならず記しているのである。

> 悲劇も笑いもともに、（歴史的あるいは宇宙的）変化とカタストロフという古くからの人間の体験や、神話、言語、イメージ、身振りという人類の基本的財産のなかに蓄積された、人類の記憶と予感を吸収している。悲劇も、そしてとりわけ笑いも、彼らから恐怖を追い出そうとするが、そのやり方は異なっている。悲劇の生真面目な勇気は閉じられた個人の領域にとどまっている。笑いはそれにかわって陽気さと罵声で応答する。（「一九四一年のノート」傍点原著者）［СС5:463］

バフチンの人格論がもつ反転された否定神学的特性を考えれば、〈笑い〉における余裕がまさに欠如の反転にほかならず、したがって笑いが悲劇の反転にほかならないことは、容易に見てとれるだろう。バフチンが〈笑い〉の両面価値性を執拗に強調するのもそのためだ。「コミカルなものの現象のなかには、否定的なものと肯定的なものが不可分に融合している」［CC5:50］。なぜなら〈笑い〉とは、欠如であると同時に過剰でなければならず、否定神学的な否定による肯定。反対物の逆説的一致でなければならないからである。

ラカンは主体を欠如ととらえ、それによって否定神学的に大文字や小文字の他者を陰画として描き出して見せたが、バフチンは、そうした存在者の限定性、欠如そのものを、さらに反転し、大文字の他者の否定性（エディプス的禁止）を、限定的他者たちの多形的、複数的で豊かな肯定性へと読みかえてしまう。というのも、宗教的人格論がもともとそなえていた否定神学的な論理性をつきつめていけば、そのような限定的身体の多数性、あるいは多形性をひたすら肯定し、身体の余剰、豊かさを讃えることによってしか、人格の全一性にたどりつくことはできないからだ。バフチンにおいては、人格は初期の二〇年代からすでに、ラカン同様「すべてではない」（『作者と主人公』）［ЭСТ:35:106］ものだったのだが、この否定性は、まさに否定神学的な肯定にほかならない。「真の否定はイメージを生むことができない。イメージのなかには（もっとも否定的なものでさえ）、つねに肯定的要因（愛する―見とれる）が存在する」［ЭСТ:360］。

ここでわれわれが思い出すべきなのは、このような否定による肯定が、まさに精神分析の主要な発見でもあったということかもしれない。一九二五年に発表されたフロイトの論文「否定」が扱っているのは、無意識には否定はないということ、否認の形式とは、じつは裏返された承認の形式であるということなのだから。精神分析を精力的に研究していたバフチンサークルが、フロイト理論のもつこうした否定神学的含意に気づいていなかったとは信じがたい。実際、ラブレー論は裏返されたフロイト主義ではないかという見方も示唆されはじめている。(32) とくにタマルチェンコは、フロイトの論文「機知とその無意識との関係」が、バフチンの〈笑い〉と関係しているのではないか、と推測するのである。(33)

このような推測はもちろん、今のところ実証的には証明しがたい。だが、バフチンの人格論において、否定神学的な反対物の一致、あるいは否定による肯定という契機がいかに重要なものだったかを思い出せば、事実関係は別として、彼の〈笑い〉の理論がフロイトの機知論やユーモア論に通底する論理性を備えていることは、容易に理解できるだろう。というのも、フロイトの機知論やユーモア論において問題になっているのもやはり、自分を他の視点から見るということ、つまり自己の外在化にほかならないからだ。とりわけユーモアは、危機的な状況において、自分を超自我の視点から外在化し、余裕を見せることで、恐怖から自我を防衛するという機能をもっているのであり、それは「自我の防衛」という心理主義的な矮小化を除けば、恐怖からの解放や自己の外在化において、バフチンの〈笑い〉と似た面をそなえている。ユーモアも〈笑い〉も、いわば、人格の欠如、否定性を、外在化された視点から肯定的なもの、余裕へと一挙に反転する、否定による肯定の論理によって作動しているのだから。

おわりに

以上のように、〈対話〉、〈ポリフォニー〉、〈言葉〉、〈声〉、〈カーニヴァル〉、〈笑い〉といったバフチンの重要な基本的コンセプトがいずれも、何らかのかたちで人格の問題と関係していることはあきらかであり、しかもそれが、ロシアの宗教思想、とくに宗教的人格論の否定神学的性格と深くかかわっていることは、否定しようのない事実である。

バフチンにおいて人格とは、その身体の空間的・時間的な限定性（欠如）の否定神学的反転としてもたらされる他者の触覚的身体との多数的統一、つまり全一性であって、そこでは〈私〉の身体は、つねにその表面全体が他者の身体によって接触され、多形的に性愛化されている。こうした人格はあくまで否定神学的に構成されていて、超越者がそこで積極的に語られることはない。だから、バフチンの理論があまりに世俗的・異教的であり、神が直接語られていないという理由で、その宗教性や全一性との関係を否定することは、〈宗教的全一性〉の概念をきわめて図式的にしかとらえない見方だと言わざるをえない。「この世を聖なるものとし祝福することとこそ、神の存在そのものの存在論的陽否陰述《アポファティカ》＝否定神学なのであ」り、だから「笑いはバフチンにとって、存在が、遠い世界の内部へ否定神学的に突入していく祈りの原理——神の高みへの激発」であって、バフチン自身の言葉を使えば「全一的《ソボールヌイ》笑い」なのである。[34]「小説の時空間」論もまた、「あらゆる存在が目にも見え耳にも聞こえる」古典ギリシャの人間像の「あますところなき外在性」「古代の全一性」の回復を、近代小説のなかに探求したものである［ВЛЭ:284-286］。

トルビンやコージノフ、エマーソンが、カーニヴァルの笑いとは神からの賜物であり、そこに宗教や人格がないとする考え方が誤っていることを指摘するのも、(35)まさにこのような宗教的人格論の否定神学的全一性を視野に入れなければ理解することはできない。また、全一性がじつは複数的外在性として、つねに差異を孕み開かれた「すべてではない」あり方だとすれば、カーニヴァル論における宗教的全一性やコレクティヴィズムを単純に全体主義と同一視して批判することも、バフチンが宗教的全一性とは無関係だと考えるのと同程度に的はずれでしかない。しかしそのことは、より繊細な意味で、バフチンの理論のなかに、複数性をその差異のままに呑み込んでしまうような、より複雑で巧妙な全体化の理論的可能性が示されていることを否定するものではない。

事実カルサーヴィンの宗教的人格論は、一九二〇年代末には、「ユーラシア主義」のイデオロギーへと変貌していった。彼によれば、国家もまた人格であって、それは複数的外在性を許容する。つまりロシア・ソヴィエトがユーラシアの諸民族や異教徒を統一し帝国支配することは、ロシアの民族・宗教の人格的アイデンティティといささかも矛盾しない。なぜなら人格とはもともと矛盾するものの統一なのであり、そしてそうした複数性の統一を根拠づけているのはロシア正教だからである。(36)バフチンにおいても、〈笑い〉はたんに美的なものなのではなく、国民や世界の全一性＝多数的統一と結びついている。「笑いの社会的、コロス（合唱）的性格、その全国民性、全世界性への志向」が意味するのはそのようなことである。

もちろん問題は、バフチンが宗教的全一性のイデオローグであるかどうか、などということにあるのではない。重要なのは、彼が宗教的人格論の全一性の理論的可能性を、新カント派、現象学、精神分析などとの対話的関係に投げ込み、それらを、神学的な論理と言葉で読みかえていったこと（あるいはその逆）にある。バフチンの理論はそれ自体が複数的で外在化されており、異なる理論や矛盾がその差異のままに共存在しているのであり、宗教はたしかにその一部にすぎない。だが非常にやっかいなのは、逆にいえば、そのこと自体すでに、否定神学的人格論がバフチンの理論の基本的枠組みであることの証明になってしまってもいるということなのだ。というのもそうした矛盾や差異を肯定することこそ、まさに宗教的人格論的な全体化の基本的コンセプトにほかならないのだから。いわば宗教的人格論は、バフチンの一部でしかないという、まさにそのことによって、否定神学的にバフチンの全体となってしまっているとも言えるのである。

（1）*Бахтин М.* Эстетика словесного творчества. М., 1979. С. 348.（以下 ЭСТ と略記し、本文にページ数とともに示す）。
（2）*Бахтин М.* Собрание сочинений. Т. 5. М., 1996. С. 358-360.（以下 СС5 と略記し、本文にページ数とともに示す）。
（3）桑野 隆「ロシア回帰とバフチン」（『比較文学研究』六一号、東大比較文学会、一九九二年、八四－一〇〇頁）、桑野 隆「バフチンと全体主義――カーニヴァル・スターリニズム・ソボールノスチ」（『思想』

四号、岩波書店、一九九六年、一四四―一六二頁）を参照。

（4）カテリーナ・クラーク、マイケル・ホルクイスト『ミハイール・バフチーンの世界』川端香男里、鈴木晶訳、せりか書房、一九九〇年、一五八―一八七頁、*Конкин С.С., Конкина Л.С.* Михаил Бахтин. Саранск, 1993. С. 107-108. などを参照。

（5）*Бочаров С.Г.* Об одном разговоре и вокруг него // Новое литературное обозрение. 1993. №2. С. 71-72. また欧米でも最近バフチンと宗教思想の関係が注目されている。Mihailovic,A., *Corporeal Words: Mikhail Bakhtin's Theology of Discourse*, Northwestern U.P., Evanston, Ilinois, 1997; Coates,R., *Christianity and Bakhtin: God and the Exiled Auther*, Cambridge U.P., Cambridge, 1998; Felch,S.M., Contino,P.J. (eds.), *Bakhtin and Religion: A Feeling for Faith*, Northwestern U.P., Evanston, Ilinois, 2001. などを参照。

（6）クラーク、ホルクイスト、前掲書、一一三頁。

（7）*Савкин И.А.* Дело о Воскресении // М.Бахтин и философская культура XX века. Вып. 1. Ч. 2. СПб., 1991. С. 118; *Бородич В.М.* М.М.Бахтин и русская религиозная философия // Бахтинские чтения I. Витебск, 1996. С. 36; *Мелих Ю.Б.* М.М.Бахтин: Параллели к религиозной философии Л.К.Карсавина // Диалог. Карнавал. Хронотоп. 1999. № 4. С. 74.

（8）クラーク、ホルクイスト、前掲書、一六三頁。

（9）*Карсавин Л.П.* Религиозно-философские сочинения. Т. 1. М., 1992. С. 18.（以下 РФС と略記し、本文にページ数とともに示す）。

（10）クラーク、ホルクイスト、前掲書、一一三頁、*Тамарченко Н.Д.* «Эстетика словесного творчества» Бахтина и русская религиозная философия. М., 2001. С. 99.

（11）*Пул Б.* Роль М.И.Кагана в становлении философии М.М.Бахтина (от Германа Когена к Максу Шелеру) // Бахтинский сборник III. М., 1997. С. 162-181; *Бонецкая Н.К.* Бахтин и традиции русской философии // Вопросы философии. 1993. № 1. С. 83-93.

（12）*Бонецкая.* Указ. соч. С.91-92.

（13）*Межейкис Г.Й.* Истина как любовное сотворчество (Опыт постижения истины Бахтиным и Карсавиным) // М.Бахтин и философская культура XX века. Вып. 1. Ч. 2. СПб., 1991. С. 82.

（14）*Исупов К.Г.* Апофатика М.М.Бахтина // Диалог. Карнавал. Хронотоп. 1997. № 3. С. 19-31.

（15）落合仁司『地中海の無限者——東西キリスト教の神—人間論』勁草書房、一九九五年、九四頁。

（16）*Карсавин Л.П.* О бессмертии души // Русские философы. Конец XIX – середина XX века. М., 1993. С. 267.

（17）*Бахтин М.М.* К философии поступка // Философия и социология науки и техники. Ежегодник 1984-1985. М., 1984. С. 92-93.（以下 ФП と略記し、本文にページ数とともに示す）。

（18）ミハイロヴィチやチャールズ・ロックらは、キリストのうちに、神と人がひとつの人格《プロソポン》として結合していること（つまり神の受肉）を認めたカルケドン信条が、バフチンにとってきわめて重要なものであると論じている。Mihailovic,A., *op. sit.*; Lock,C., "Bakhtin and the Trope of Orthodoxy", in Felch,S.M., Contino,P.J. (eds.), *op. sit.*, p. 98.

（19） M・メルロ＝ポンティ『見えるものと見えないもの』滝浦静雄、木田元訳、みすず書房、一九八九年、一八九頁。バフチンとメルロ＝ポンティとの類似点については、Gardiner,M., " 'The Incomparable Monster of Solipsism': Bakhtin and Merleau-Ponty", in Bell,M.M.,Gardiner,M. (eds.), *Bakhtin and Human Sciences: No Last Word*, Sage Publications, London, Thousand Oaks, New Delhi, 1998, pp. 128-144. などを参照。もちろん、バフチンとメルロ＝ポンティはともにマックス・シェーラーの人格主義の影響を受けているので、その類似は当然とも言える。

（20） *Бахтин М.М.* Вопросы литературы и эстетики. М., 1975. С. 52.（以下 ВЛЭ と略記し、本文にページ数とともに示す）。

（21） エトムント・フッサール『イデーンII―I』立松弘孝、別所良美訳、みすず書房、二〇〇一年、一七八頁。

（22） 坂部恵『「ふれる」ことの哲学』岩波書店、一九八三年、二七―二九頁。

（23） *Подорога В.* Феноменология тела. М., 1995. С.126.（傍点引用者）。

（24） *Маяцкий М.* Некоторые подходы к проблеме визуальности в русской философии // Логос. 1994. №. 6. С. 47-76.

（25） クラーク、ホルクイスト、前掲書、一七八頁。

（26） *Бахтин М.М.* Творчество Франсуа Рабле и народная культура средневековья и ренессанса. 2-е изд. М., 1990. С. 61-62.

(27) *Лосев А.Ф.* Философия имени. М., 1990. С. 36, 103. 大須賀史和『A・F・ローセフの言語哲学――思想と時代』平成一一～一二年度科学研究補助金成果報告、二〇、三三頁などを参照。

(28) *Карсавин Л.П.* Восток, Запад и русская идея // Карсавин Л.П. Сочинеия. М., 1993. С. 198.

(29) *Исупов К.Г.* Михаил Бахтин и Александр Мейер // М.Бахтин и философская культура XX века. Вып. 1. Ч. 2. СПб., 1991. С. 61.

(30) *Мейер А.А.* Слово – символ // Минувшее. Вып. 6. Париж, 1988. С. 214-224.

(31) ジャック・ラカン『精神分析の四基本概念』岩波書店、二〇〇〇年、三二七頁。

(32) *Иванов В.В.* Избранные труды по семиотике и истории культуры. Т. 1. М., 1998. С. 745; *Тамарченко.* Указ. соч. С. 143.

(33) *Тамарченко.* Указ. соч. С. 129.

(34) *Исупов.* Апофатика М.М.Бахтина. С. 21-25.

(35) *Турбин В.Н.* Из неопубликованного о М.М.Бахтине // Философские науки. 1995. № 1. С.242; *Кожнов В.* Бахтин и его читатели. Размышления и отчасти воспоминаия // Диалог. Карнавал. Хронотоп. 1993. №. 2-3. С. 128; *Эмерсон К.* «Новый Бахтин» у вас в России и у нас в Америке // Философские науки. 1995. № 1. С. 250.

(36) カルサーヴィンとユーラシア主義について、詳しくは、貝澤 哉「複数性の帝国――二〇世紀初期のロシア思想における「複数性」の理論」(「批評空間」II―二一、太田出版、一九九九年四月、七一―八四頁、本書第二部所収)を参照。

対話化されるイデア――バフチンのドストエフスキイ論とロシア・プラトニズムのコンテクスト

バフチンという対話

バフチンの『ドストエフスキイの詩学の諸問題』の中心的主題が、「ポリフォニー小説」と「カーニヴァル」という二つの鍵概念にあることは、なにもいまさら言うまでもあるまい。実際、『ドストエフスキイの詩学の諸問題』をめぐる議論は、これまで、つねにこの二つの概念の周囲に幾重にも積み重ねられてきたといってよいのだから。ポリフォニー小説論成立の起源の探求や、「メニッペア」的ジャンルの痕跡をドストエフスキイや彼以外の作家たちのなかに見出そうとするさまざまな試み、カーニヴァルのなかに革命的解放を見ようとする志向から、逆に全体主義のひそかな表出をそこに嗅ぎとろうとする企てにいたるまで、バフチンを論じようとする者たちは、当然ながら「ポリフォニー小説」だの「カーニヴァル」だのという、それまで聞いたこともなかったこの謎めいた奇妙な二大概念といやおうなく向き合わざるをえなかったし、それをめぐる侃々諤々の議論の渦中に参加せざるをえない仕掛けになっているらしい。

もともとよく考えてみれば、小説が「ポリフォニー」だったり、文学が「カーニヴァル」だったりするなんて、じつに意外な組み合わせである。今では慣れてしまってそれほどに違和感もないが、はじめて読んだ人たちは、さぞ面喰らったことだろう。世間では、バフチンは典型的な学者の文章を書く悪文家で通っているのだが、じつはけっこうなしたたか者なのではないか。このような謎の多い奇妙な概念を発明することで、そうした概念のまわりに対話的な議論の大きな渦を招き寄せてしまうのだから、まさにこれらの概念自体がすぐれてポリフォニックにできているわけである。

しかしそうだとすれば、「ポリフォニー小説」や「カーニヴァル」という概念を、それこそしかつめらしく学問的、論理的に整理しようとしても無駄だ、ということになりかねない。というのも、相反するさまざまな議論を呼び集める、つまり「ポリフォニック」であるということはすなわち、バフチン自身によれば「未完結で開かれている」ということなのだから、せっかく開かれている(つまり未規定な)その概念を一義的に規定してしまったら、コテコテの「モノローグ」になってしまうではないか。

バフチンは、ドストエフスキイの対話的なテクストについて、モノローグ的に語っているのではない。当然のことだが彼自身の言葉もまた対話化されているはずだ。彼の著作は、普通の意味での文芸理論書や学術書ではないし、いわゆる科学の言葉で書かれているのでもない。一見学術論文や理論書のように見えても、じつはそれは隠された対話(ミクロディアローグ)なのだと見るほうがはるかに自然なことではないだろうか。

たとえば、一九二〇年代初期の「作者と主人公」といわゆるドストエフスキイ論第一版、第二版におけるドストエフスキイの評価に一貫性がない――「作者と主人公」ではドストエフスキイは美的完結性を持たないとして否定的に評価されていた――ということこれまで幾度となくくりかえされてきた議論も、バフチンの言葉自体がはらむこうした根源的な対話性を視野に入れれば、まったく新たな見方が可能になるにちがいないのだが、ここでは、多少の大風呂敷になることは覚悟のうえで、それよりもさらに大きなパースペクティヴで考えてみよう。

あまり指摘する人がいないのだが、じつはバフチンのドストエフスキイ論(とりわけ第二版)にひそかに書かれているのは、西欧の理論的・理性的な言葉の歴史の根源にあるとされているある著作家のテクストが、やはりバフチンやドストエフスキイとおなじ対話的な言葉のジャンルを志向していたのだ、という、文化・思想史の遠近法的常識を根底からくつがえすような大問題なのである。もちろん、この著作家とはプラトンにほかならない。

「メニッペア」論の気宇壮大さの陰に隠れてしまっているが、ドストエフスキイ論ほどバフチンがソクラテスの対話篇について饒舌に語っているテクストはほかにはない。しかも、いろいろと留保をつけているにもかかわらず、バフチンはプラトンのソクラテス対話篇を「メニッペア」つまりカーニヴァル的ジャンルの源流のもっとも早い時期のものとしてきわめて重要視しているようにすら見える。要するに、ニーチェ＝ハイデガー＝デリダ的に言うなら「西欧形而上学」「存在忘却」「ロゴス中心主義」の元凶であると目されるプラトンを、バフチンはヨーロッパ小説の歴史の源泉に位置づけ、ドストエフスキイの革新的な「ポリフォニー小説」「カーニヴァル文学」の原型であると示唆していることになるのである。

これは驚くべきことであるはずだ。なぜなら、西欧形而上学の抽象的な哲学的観念性（イデア論）の基礎を築き、そのことでニーチェやハイデガーからあれほど批判されたプラトンが、ここでは生きた人格の肉化された対話（つまり観念の対極にある身体性）の起源として、あらためて小説の歴史の源流に据えられることになるからだ。そもそもドストエフスキイほど、西欧の理性的・観念的な思考を忌み嫌った者もいないはずである。なぜプラトンが、よりによってこのドストエフスキイの言葉のジャンル的源流に位置づけられてしまうのだろうか。ある意味では、バフチンのドストエフスキイ論は、対話をキーワードとすることで、西欧文化・思想史のパースペクティヴそのものを根底から書き換えようとする、ニーチェやハイデガーに匹敵するほどの大きな構想をはらんでいるのではないか。

しかもさらに興味深いのは、こうした、西欧的な観念論的理解とは真っ向から異なるプラトンの読みは、じつはバフチンの独創でもなんでもないということだ。なぜなら一九世紀後半から二〇世紀初頭のロシア宗教思想史の文脈においては、プラトンを観念論ではなく肉化・身体化された具体的で対話的な思想家だとする評価は、ほとんど常識と化していたのだから。いわばバフチンは、ニーチェのプラトン批判と、ロシア思想史における独自のプラトン理解を、ドストエフスキイというアリーナで対話させようとしているわけである。

つまり、彼のドストエフスキイ論はたんなるドストエフスキイの研究書でもなければ、西欧小説史における「ポリフォニー小説」「カーニヴァル文学」の系図でもない。そこには、古代から近代にいたる西欧の哲学思想・文学の言葉という広大なパースペクティヴを、プラトンの対話にたいする独特なアプローチを支点とし、ドストエフスキイを梃子として、対話的な言葉というこれまでにない視点から大胆に読み換え、それまでの思想・文化史の常識的遠近法を根底からくつがえして、その系譜のなかにみずからの言葉をも定位させようとする、バフチンの秘められた構想を読み取ることができるのである。

ニーチェ、そしてそれを受け継いだハイデガーの哲学史読み換えの壮大な構想にも比せられるべきこうした大胆な遠近法の転換を、バフチンはやはりニーチェから学んだのかもしれない。彼は晩年のインタヴューで、少年時代「ニーチェに猛烈に熱中」し、ドイツ語の原文をそらんじていたことを告白している。(1) しかしユニークなことに、プラトンを西欧形而上学の観念的な言葉や存在忘却の元凶と見なす彼らとは逆に、バフチンは、プラトンを生きた対話的な言葉の最初の実践者としてその読み換えの起点に置こうとする。

このように、一見それほど目立たないプラトンに注目すると、バフチンのドストエフスキイ論における対話的な言葉の隠されたコンテクストがより鮮明に浮かびあがってくるように思える。それは「ポリフォニー小説」や「カーニヴァル」概念の成立史や理論的規定を躍起になって詮索しようとするより、はるかに重要なことのような気がするのだ。

ドストエフスキイ論のなかのプラトン

バフチンは、ドストエフスキイ論第一版『ドストエフスキイの創作の諸問題』(一九二九)を上梓する以前にも、プラトンとドストエフスキイの関係に言及していた。一九二五年にレニングラードでバフチンが行っていたロシア文学史講義を筆記したミルキナのノートを見ると、「ドストエフスキイのプロットはプラトンと通俗小説の奇妙な混合である」という言葉が書き付けられている。(2) もっともこの表現は、レオニード・グロスマンの研究書からのリテラルな引用にすぎないので、それ自体はさして意味がないようにも思える。

実際のところ、二〇年代をとおして断続的に執筆されていたドストエフスキイ論第一版では、プラトンにたいする評価はかなりちぐはぐなものに見える。たとえば、先行研究を概観する第一部第一章でバフチンは、「プラトン的意味での《イデアそれ自体》あるいは現象学者たちが言う《イデア的実在》をドストエフスキイは知らない」と述べているし、第二部第四章「ドストエフスキイにおける対話」の結末部分(この本全体の結末にあたる)では、ドストエフスキイとプラトンの対話のちがいをむしろ強調してすらいるのである。

この点で、ドストエフスキイの対話はプラトンの対話と異なっている。後者においては、全面的にモノローグ化されているわけではないとはいえ、それでも声の複数性はイデアのなかで消される。イデアはプラトンにとって出来事でなく、実在と考えられているのである。[…]ドストエフスキイの対話をプラトンの対話と対比すること自体、われわれにとって本質的でなく、生産的でないように見える。というのもドストエフスキイの対話は、純粋に認識的、哲学的対話ではまったくないからだ。(3)

ところが、バフチンはなぜか、はるか前の第一部第三章の冒頭では、わざわざ注をつけて、プラトンのイデアリズムはモノローグ的なものではないと断っている。

プラトンのイデアリズムは純粋にモノローグ主義的なものではない。彼が純粋なモノローグ主義者となるのは新カント派の解釈においてのみである。プラトンの対話は教育的タイプのものでもない。もっともモノロギズムはそこでも強いのではあるが。プラトンの対話についてわれわれは後に、ドストエフスキイの対話との関連で語ることにしよう。それ[ドストエフスキイの対話]はふつう(たとえばグロスマンのように)プラトン的タイプの対話として規定されているのである。

なんとも微妙な言い方だが、ここでは彼はプラトンに対話的可能性への余地を残しているようにも見える。お分かりのように、ここで「後に語る」と言っているのが、この前に引用した第二部第四章の結末部分であり、またここで言うグロスマンの規定とは、冒頭に掲げた「ドストエフスキイのプロットはプラトンと通俗小説の奇妙な混合である」を指しているわけなので、バフチンはグロスマンにたいする論争的な立場上、わざと第二部第四章でプラトンを過度に否定的に扱っているのかもしれない。

そう考えるのは推測にすぎないが、それでも、そう考えたくなるのには理由がある。どうやらバフチンはじつはこのグロスマンの規定そのものがけっこう気に入っていたふしがあるからだ。一九四〇年代に書かれたと推定される「ドストエフスキイの小説の歴史的タイプ（ジャンル的変種）によせて」というメモの冒頭でも、彼は似たような表現をふたたび使っている。

このタイプの一見した新しさ、意外性、パラドクス性、撞着性（プラトンの対話と波乱万丈の冒険通俗小説との融合、リアリスティックな幻想小説、深遠なリアリズム、主人公としてのイデー、悲劇小説等々）。(5)

興味深いのは、二九年版で批判したはずのグロスマンの規定をバフチンみずからが蒸し返していることだ。このメモが重要なのは、それが、四〇年代になってドストエフスキイ論の改稿を企てようとしていたバフチンが書いたと思われる現存する最初のメモだからである。つまり、このメモは、カーニヴァル論を大幅に増補して改訂される一九六三年の第二版『ドストエフスキイの詩学の諸問題』の構想に直接つながるものであるわけだが、この第二版はその増補されたカーニヴァル論のなかに、プラトンやソクラテスの対話にかんする言及を大量に含んでおり、またそれに合わせるように、先に引いた第一版におけるプラトンへの言及のうち否定的な第二部第四章の結末部分はばっさり削られている。要するに、プラトンへの評価は第二版ではるかに肯定的で豊かなものに変えられていったのだが、このメモは、その構想がすでに四〇年代から芽生えていたことを示唆しているのである。

実際のところ、新たに書き足された第二版のカーニヴァルをめぐる章のなかで、プラトン、あるいはソクラテスの対話には、ある種特権的な地位すら与えられている。なぜかバフチンのドストエフスキイ論におけるカーニヴァル概念の話になると、研究者たちは「メニッペア」にばかり目を奪われてしまうのだが、じつはバフチンはジャンルとしての「ソクラテスの対話」を、メニッペアにおとらず重要なカーニヴァル文学の源流と見ていた。

小説や芸術的散文の発展におけるこの「カーニヴァル的」変種を、われわれは仮に「対話的」と名づけることにしよう。それはすでに述べたように、ドストエフスキイへと継承されるものなのだが、この変種にとって決定的な意味を持っているのが、まじめな笑いの領域の二つのジャンル――「ソクラテスの対話」と「メニッポスの風刺」である。(6)

この言葉につづいてバフチンは、ロシア語原文でおよそ四頁にもわたって、「ソクラテスの対話」

という古代文学のジャンル的特徴を延々と羅列しはじめる。「真理は対話的性格を持つ」とか、《シンクリシス》（さまざまな見方の対比）と《アナクリシス》（相手を挑発して意見を言わせる）という技法、主人公をイデオローグとして造形したり、異常なシチュエーションに主人公を置いたりするやり方、観念でなく、具体的な人物像としてイデーが造形される等々……。こうした「ソクラテスの対話」の特性が、いずれもドストエフスキイのカーニヴァル的な特質の分析に不可欠な要素であるのは言うまでもないが、それどころか、「メニッポスの風刺」自体もその起源には「ソクラテスの対話」があった、とさえバフチンは論じている。いろいろと細かい留保はあるものの、彼によれば、メニッペアとソクラテスの対話こそ、ポリフォニーの出現のための条件を準備したのである。

もちろんここでバフチンが「ソクラテスの対話」としてとりあげるのはジャンルの総体であって、プラトンのソクラテス対話篇に限られているわけではない。ソクラテスの対話を書いた者はほかにもいるからだ。しかし、なんといってもこのジャンルを代表する作品がプラトンの著作であるとバフチンが見なしていたことはあきらかだろう。その証拠に彼は、短篇『ボボーク』で墓の下からしゃべりだした死人プラトン・ニコラエヴィチを「ソクラテスの対話」へドストエフスキイのほのめかしととらえるのみならず、まさにプラトンのソクラテス対話篇そのものにカーニヴァル的笑いを見出そうとするのである。

たとえばプラトン（初期）の「ソクラテスの対話」では、笑いは（完全にというわけではないが）

弱められているけれども、メインの主人公（ソクラテス）の造形の構造のなかや、対話の運び方のなかに、だがそれにもまして、生成しつつある存在の陽気な相対性へと思考を投げ込み、抽象的・ドグマ的（モノローグ的）な硬直状態のなかに固まるすきを与えることがない、まぎれもない本物の（レトリカルではない）対話性のなかにそれは残っている。しかし初期の対話ではあちこちで笑いは人物像の構造から抜け出し、いわば大音声となって破裂する。後期の対話では笑いは最小限にまで弱められる。(7)

ここでもあれこれ留保がつけられているとはいえ、プラトンの対話篇をあくまでカーニヴァル的ジャンルのテクストとして読もうとするバフチンの意図はきわめて明確で確信犯的でさえある。カーニヴァルやポリフォニー、メニッペアにばかり気をとられているとなんとなく見すごしてしまうのだが、ここではプラトンがいつのまにか、西欧形而上学、イデア論、観念論哲学の創始者という私たちの常識とまったくかけはなれた、なにか別のものになってしまっているのである。

そもそも、具体的な人物像としてイデー（つまりイデア）が造形されるなどということは、プラトンのイデア論のイロハに照らしてもあきらかに奇妙だろう。学校的な常識では、イデアとは想起することはできても、見たり触ったり、ましてそれと語らったりできるはずもない向こう側の世界のものであったはずだ。思い出してほしいのだが、バフチンは一九二九年の第一版ですでに、「主人公としてのイデー［＝イデア］」などということを口走っていた。主人公像が即イデアそのものの感性的具体化であるということは、バフチンにとっては最初から至極当然なことだったのである。

ロシア・プラトニズムと肉化されたイデア

このことを考えるためには、プラトンの対話篇、そしてイデア論をきわめて即物的、形而下的《フィジカル》=肉体的に把握するこうした特異な理解が、じつはバフチンがすごした一九世紀末から二〇世紀初頭のロシアにおいて、きわめて流布したものであったことを知っておく必要がある。いわゆるロシア宗教思想の系譜に属する者たちだが、たとえばバフチンより一三歳年上の神学者パーヴェル・フロレンスキイなどがきわめてわかりやすい例だろう。

ペテルブルク大学でバフチンの先生でもあった哲学者ニコライ・ロスキイは、フロレンスキイのプラトン理解をこんなふうに一言で要約する――「大きな価値をもっているのは、プラトンのイデアが生きた具体的な人格であって、抽象概念ではないというフロレンスキイの教えである[8]」。「大きな価値をもつ」と言っているくらいだから、ロスキイ自身もこの考え方に賛同していることはあきらかだろう。フロレンスキイによれば、プラトンのイデアとは、あくまで肉体をもち感性的な形をそなえた具体的な人格の像なのである。

ではなぜ、フロレンスキイにとってイデアは人格化されなければならないのか。詳しく説明している余裕はないが、ことは「神人キリスト」の問題にかかわる。イエスは神であるとともに人であった。

つまり有限な身体としてフィジカルな姿をとっていながら、神的な超越性をそなえていたのである。この時代のロシア宗教思想家たちにとって「人格《リーチノスチ》」とは、このような特殊な存在者の構造を意味していた。バフチンが福音書つまりキリストの物語をカーニヴァル的ジャンルととらえていたことを思い出そう。

しかもここには、プラトニズムが深くかかわっている。よく知られているように、「神であるのに人でもある」という矛盾を解決するのに、ヘレニズム時代のキリスト教父たちは、本質＝イデアを、有限の（つまり身体・形をもった）人間が分有しうる、とする新プラトン主義の理論的枠組みを流用し、「神と人」に組み換えたわけである。

フロレンスキイは当然こうした神学の歴史を熟知しており、だから逆にプラトンをキリスト教的に読んで、イデアはつねに具体的肉体として人格化されているはずだ、と説くことになる。敬虔なキリスト者であり、青年時代に複数の宗教哲学サークルに出入りし、一九二八には宗教活動を理由に逮捕までされたバフチンは、むろんロシア宗教思想の人格論やプラトンの特異な理解を細部にいたるまで知悉していたはずである。

ロシア宗教思想のこうしたユニークなプラトン理解がどれほど一般化していたかを理解するには、アレクサンドル・コイレの『プラトン』を一読するとよいだろう。フランスの科学思想史家として知られているコイレは、じつは南ロシア出身の亡命者であり、バフチンとほぼ同世代（三歳年長）で、革命前にはロシア宗教哲学を研究していたのだが、その彼がフランスで書いた一般向けのプラトン入門書は、プラトンのイデア論を完結した理論として抽出するよりも、その対話的な文学ジャンルを評価したり、対話の未完結性を主張したりする点で、バフチンのプラトン理解ときわめて近いものが感じられる。

たとえばコイレはこんなふうに言う。

ソクラテスが提起した問いにみずから直面して、読者はその答えをずばり教えてもらいたいものだと思うにちがいない。しかし、こうした天下り的答えこそ、ソクラテスが与えることをほとんどの場合拒んだものなのである。彼の対話篇［…］には決着がない。そこでなされる議論は、私たちに自分が無知であったという事実を認めざるをえなくさせながらも、結局は、尻切れとんぼの状態で終わってしまうのである。(9)

しかもその理由は、プラトンが対話的ジャンルを選択したからなのだ。「対話体というものはきわめて特殊な文学類型に属し」ており、

文学類型としての対話篇は——ひとつの戯曲作品である。［…］つまりそうした対話篇にはどれにも、舞台に出てくる二人の人物——討論する二人の対話者——のほかに、第三の人物が存在する。この人物は舞台に登場しないが確かに存在し、しかもきわめて重要な役割を演ずる。そして

この第三の人物こそ聴衆すなわち読者なのである。(10)

バフチンほど派手ではないが、ここには、対話というジャンルがそもそも未完結的なものであること、しかも、プラトンにおいてはその対話性というジャンル構造自体のほうがイデア論などよりはるかに重要であり、さらにそれは読者をも対話の渦中に巻き込んでゆくのだ、というバフチンと共通したプラトン観がはっきり感じられるにちがいない。最近の研究では、バフチンがこだわった「真理は対話的性格を持つ」というソクラテス対話篇の特徴は、すでに一八五〇年代には、ロシアの思想界では常識だったという指摘もある。

それだけではない。「ポリフォニー小説」というドストエフスキイ論最大の鍵概念そのものも、じつはロシアにおけるプラトン理解の系譜と密接に関係している可能性がある。バフチンがドストエフスキイの小説の対話性の構造を「ポリフォニー」という音楽用語で定式化したこと自体すでに、ロシア宗教思想におけるプラトン理解やイデアの人格的構造にかんする議論のコンテクストに寄り添うかたちでなされているかもしれないのだ。

たとえば、一九一〇年代から二〇年代にバフチンが出入りしていた宗教サークルのメンバーであり、のちに亡命して、いわゆる「ユーラシア主義」のイデオローグとなった思想家レフ・カルサーヴィンは『人格について』(一九二九)という著書のなかで、「人格」は他者との接触のなかで相互的に生成する、というバフチンにきわめて近い思想を唱え、そうした複数の主体が相和する人格の構造を「シンフォニー的人格」と名づけた。[11] もっと直接的な例もある。フロレンスキイやカルサーヴィンと同年齢で、「闘う思想家」として知られた宗教思想家ヴラジーミル・エルンは、ロシア革命の年、『パイドロス』にかんする浩瀚な論文「プラトン最高の解脱」を執筆中に死去したが、未完に終わったそのテクストのなかで彼は、プラトンの対話的作品を、建築的な構造をもつ個々のメロディやリズムが調和的に結合し、「ある不可分のポリフォニー的一体をなしている」と評していたのである。[12]

そもそもバフチンが、「ドストエフスキイの主人公は片時も自己自身と一致しない」とか、「人間は決して自己自身と一致しない。彼にはA＝Aという等式を適用することはできない。ドストエフスキイの芸術的思考によれば、人格の本当の生命が生きられるのは、あたかも人が自分と一致しないこの点［…］においてなのである」などとことあるごとに指摘するのも、[13] ロシア宗教思想におけるプラトニズムと人格の構造にかかわる議論のコンテクストから見れば当然のことである。たとえばフロレンスキイは、「純粋な人格という意味での人格とはまさに、それぞれの《私》にとってひとえに理想――欲求と自己構築の最終地点」であり、「生とは、流動する非自己同一的なものである」と述べている。フロレンスキイのきわめて高名な主著『真理の柱と基礎』（一九一四）にあるつぎのような言葉を読めば、バフチンの主張はじつは、このアイディアをドストエフスキイの主人公像へと読み換えたものにすぎないのではないかとさえ思えてくる。

「A＝A」の法則は、自己確認のまったく空虚な図式となってしまい、いかなる現実的要素も自己によって綜合しない――「＝」でつなぐべきなにものもないのである。「私＝私」はあからさまなエゴイズムの叫び――「私だ！」でしかない。というのも差異が存在しないところには、結合もないからだ。［…］「私」は「今」「ここ」という死せる荒れ地となる。(14)

イデアという一見もっとも観念的で抽象的なものが、主人公という具体的・感性的でフィジカルな形をもったなまなましい像とされてしまう、なんとも意表を突くバフチンのプラトン理解がじつは、このようにロシア宗教思想におけるプラトン受容の幅広いコンテクストを色濃く反映していることは、これまで述べてきたことからもかなりはっきりしたのではないだろうか。彼のドストエフスキイ論はある意味では、プラトン的イデア（観念）そのものを肉化され生きた存在へと反転させることで西欧的な哲学・思想の遠近法――理論理性や観念論、主客の認識モデルへの鋭い批判を展開しようとしたロシア宗教思想の構想を、そのまま文学の主人公やジャンル・言葉の次元へと変換したものにほかならない。だからこそ、バフチンのドストエフスキイ論は、対話的な言葉という視点から見た西欧小説史の全面的書き換えという大胆な構想をもちえたのであり、この隠された論争的な姿勢が、「ポリフォニー小説」「カーニヴァル」というバフチンの概念を、手軽に使える都合のいい道具などではない、対話的で論争的な概念にしているのである。

（1）Беседы В.Д.Дувакина с М.М.Бахтиным. М., 1996. С. 38.

（2）*Бахтин М.М.* Собр.соч. Т. 2. М., 2000. С. 267.
（3）Там же. С. 173.
（4）Там же. С. 61.
（5）*Бахтин.* Собр.соч. Т. 5. М., 1996. С. 42.
（6）*Бахтин.* Собр.соч. Т. 6. М., 2002. С. 123.
（7）Там же. С.185-186.
（8）*Лосский Н.О.* История русской философии. М., 1991. С. 244.
（9）アレクサンドル・コイレ『プラトン』川田殖訳、みすず書房、一九七二年、四頁。
（10）同書、一二頁。
（11）*Карсавин Л.* Религиозно-философские сочинения. М., 1992. С. 130 и далее.
（12）*Эрн В.Ф.* Сочинения. М., 1991. С. 481.
（13）*Бахтин.* Собр.соч. Т. 6. С. 61, 70.
（14）*Флоренский П.* Столп и утверждение Истины. С. 28.

第二部　複数性の帝国——近現代ロシア文化史を読み直す

ロシア文化史の新しい見方――A・エトキント、B・グロイスの文化史研究を中心に

「ロシア文化史」という神話

現代ロシアの文化研究は、今大きな転換の時代をむかえている。八〇年代末から九〇年代にかけて、文化研究のさまざまな分野で、それまでのロシア文化史理解の常識的パースペクティヴを解体し、その批判的な組み換えをめざす動きが顕在化してきたのである。しかし注意しなければならないが、それは、社会主義体制の崩壊によって、それまで抑圧されていた「本来のロシア文化」が発掘され復活したという意味ではまったくない。

ゴルバチョフによる自由化政策がはじまった八〇年代後半のロシア文化を支配していたのは、政治的に抑圧された過去の文化の後ろ向きな発掘や復活でしかなかった。当時のロシアの文化状況を支配していたのは、ニコライ・グミリョフやプラトーノフ、ソロヴィヨフやベルジャーエフなど、ソヴィエト体制によって抑圧されていた過去のロシア文化の掘り起こしであり、その背後には、不幸な政治

的状況によって葬り去られた「本来のロシア文化」を取り戻さなければならないというナショナリスティックな動機が濃厚にまとわりついていた。

ところが、九〇年代に入る前後から、最初は在外ロシア人研究者のあいだで、さらにロシア本国でも、そうした状況に対する批判の動きが顕在化してきた。これまでソヴィエト的な偽文化として否定的に扱われてきたスターリン時代以後の「社会主義リアリズム」を、ロシア文化史や思想史の流れのなかに有機的に位置づけ、旧来のロシアの文化研究に大きな衝撃をもたらしたボリス・グロイスやイーゴリ・ゴロムシトクら旧ソ連亡命研究者たちの仕事、またこれまで問われることのなかったロシア文化史の様々な時代のディスクールを支配するイデオロギー構造を、精神分析や言説分析の手法を用いて解明する試みに着手し、近年注目されているアレクサンドル・エトキント、セルゲイ・ジモヴェツ、イーゴリ・スミルノフらの文化史家の著作などが、こうした新しい傾向を代表するものといえるだろう。

彼らは、八〇年代後半からロシアに流入しはじめた西欧の現代思想や精神分析、欧米の最新の文化研究とのかかわりのなかで、ロシア文化史、思想史の意味を根底から問い直そうとしている。それは思想史から文学、心理学や美術史まで、ロシア文化史の広い領域や時代を対象としており、またそのアプローチも多様なのだが、彼らの議論からある共通点を抽出できるとすれば、それは、近代(一九世紀)以後のロシア文化・思想史の流れと、ソヴィエト的イデオロギーが実は一体のものであること、そして、政治権力の不当な抑圧からよみがえったとして無批判に肯定される「ロシア本来の文化的成果」自体が、実は、ソヴィエト的権力と同じ文化的基盤のうえに形成されているということを明らかにしようとした点であろう。

彼らにとってロシア文化史とは、「ロシア文化の本来性」といった神話を文化的に支え、再生産していくイデオロギー装置なのであり、したがってこれまでロシア独自の優れた成果とみなされ評価されてきた文学や文化も、実はそうした神話の再生産装置として批判されなければならない。新しいアプローチをつらぬいているのは、「ロシア的なるもの」の神話にたいする強い批判意識であり、これまでロシア文化史を語ろうとするとき、つねに反復されてきた「ロシア文化の本来性」や「ロシア文化の特殊性」にかんする言説のイデオロギー性と無根拠性を直視しようとする態度である。それは最終的には、「ロシア文化史」という言説そのものが孕んでいるイデオロギー的機能を明るみに出すことなのである。

ここでは主にエトキントやグロイスらの仕事を中心に、こうしたロシア文化史研究の新しい流れを考察することになるが、私たちがとくに注目したいのは、「銀の時代」、「アヴァンギャルド」をめぐる従来の評価にたいする彼らの徹底した批判である。なぜなら、「銀の時代」や「アヴァンギャルド」理解の根源的な批判や見直しは、これまでのロシア文化史の組み換えのなかでも、彼らがとくに勢力を注いでいる分野であり、また常識的なロシア文化史理解にとってもっとも大きな衝撃をあたえ、「ロシア的なるもの」の神話の批判的解明をめざす彼らの姿勢をもっとも強烈に印象づけた分野でもあるからだ。そこで、まず「銀の時代」と「アヴァンギャルド」を例にとって、彼らのロシア文化史組み換えの作業を具体的に検証し、そのうえで、近代から今日にいたるまでそうした「ロシア文化史」の言説を支えてきた「ロシア的なるもの」のイデオロギーとは何なのか、理論的な観点から検討することにしよう。

銀の時代

ロシア文化史における「銀の時代」とは、象徴派やアクメイズムなどモダニズムの文学や芸術、ロシア宗教哲学などが最盛期をむかえた一九世紀末から二〇世紀初頭の時期を指す。「銀の時代」という名称は、それが、トゥルゲーネフ、ドストエフスキイ、トルストイなどを輩出した一九世紀のいわゆるロシア文化の「黄金時代」につぐ文化的繁栄の時代と見なされていることを意味する。ベルジャーエフやフロレンスキイなどの思想家、ブロークやマンデリシタームなどの文学者を生み出したこの時期の文化は、ソヴィエト時代には政治的理由から消極的な評価しか与えられなかったのだが、八〇年代後半のいわゆる「ペレストロイカ」以後、禁止されていたテクストや名前がつぎつぎと復権され、現在ではロシア文化史における最高の到達点とさえいわれている。

ところがアレクサンドル・エトキントは、「銀の時代」にたいするこうした従来の理想的イメージを根底から覆し、スターリン時代のソヴィエトにおける全体主義的なイデーの起源が、「銀の時代」にまで浸透していることをあきらかにしようとした。

精神分析の専門家で、ロシア科学アカデミー社会学研究所に勤めるアレクサンドル・エトキントは、九〇年代にはいって、『不可能なもののエロス――ロシアにおける精神分析史』（サンクト・ペテルブルク、一九九三）、『ソドムとプシケー――「銀の時代」の知性史』（モスクワ、一九九六）、『鞭身教徒――セクト、文学そして革命』（モスクワ、一九九八）などの著書をあいついで上梓し、膨大な資料を駆使しながら、「銀の時代」の意義を再検討に付す作業を一貫して続けている。それでは、彼は「銀の時代」をどのようにとらえ直そうとしているのだろうか。

「銀の時代」にたいするエトキントの姿勢のなかに一貫しているのは、この一九世紀末から二〇世紀初頭のモダニズムの時代が、たんにロシア文化史における最大の高揚期であるだけでなく、ロシア史における後の悲劇を準備するものでもあったという認識である。たとえば彼はつぎのように述べている。

文化史のなかに、モダニズムはその起源とその帰結を持っている。モダニズムとは伝統からの断絶、新たな形式をとって伝統のなかに回帰してゆく病的プロセス、ポストモダンへの過渡期……である。銀の時代はロシア文化の偉大な飛翔を生みだしたが、その悲劇的な墜落を準備したのもそれだった。銀の時代の理想化から、その批判的歴史へと移るべきである。ロシアの地下文化の忘れられた奇妙さから、世紀初頭の輝かしい飛躍、そしてそこから――今世紀のロシアでおこったあらゆる恐ろしい出来事、あるいは精彩を欠く出来事へと向かう過程を見破らなければなら

い。(1)

「銀の時代」は、ロシア文化史の最高の成果などではなく、その直後の「悲劇」すなわち「全体主義」の時代や文化を直接準備するものだったというこうした主張は、従来のロシア文化史研究の常識を完全に破壊するものだ。というのも、これまでの文化史の理解では、「銀の時代」の文化的繁栄は、革命とそれに続く全体主義体制によって禁圧され、中絶を余儀なくされたと考えられてきたからだ。

ではエトキントは「銀の時代」のどのような特徴のなかに、ソヴィエトの全体主義的文化との連続性を読み取ろうとするのだろうか。

それは、「銀の時代」に広く浸透していた「フィジカルなものとしての自然（＝カオス）を、精神的なものとしての文化（＝コスモス）へと組織化したい」という欲望であるとエトキントは考えている。

たとえば、一九世紀後半から発展し、異端の民衆的宗教セクトにたいする異常なまでの憧れとして「銀の時代」の文化に定着した「ロシア民衆（ナロード）」にかんする神話は、実はロマンティックな理想的イメージを自国の民衆に投影することによって、具体的でフィジカルな他者を、ユートピア的な「ロシア民衆」像へと理念的に回収してしまうものにほかならないとエトキントは指摘する。

フィジカルなものを消去し、それを精神的なもの、理念的なものへと回収したいという「銀の時代」の欲望は、当時の文学者や思想家のセクシュアリティにたいする独特の態度にもはっきりと現れている。たとえば象徴派詩人ブロークは、生の美的革新の表現として「去勢」というメタファーを使うのだが、性的区別の消去や肉体的情欲の否定（去勢）とは、フィジカルなものとしての自然を、精神的なものとしての文化へと組織することの当然の結果であり、モダニズム以降のロシア文化において、けっして例外的なものではない。思想家ニコライ・フョードロフの未来のユートピア的共同体においては、テクノロジー（文化）によって人々は共同事業へと団結し、その死後の世界のなかで性（フィジカルなもの）から解放される。同じくこの時代を代表する思想家ソロヴィヨフにおいては、理想的人間は男や女であってはならず、その二つの高次の結合なのであり、性的区別は死を招く。ベルジャーエフにとっても、性交は、アダム、キリストが備えていた、失われた両性具有を取り戻そうとする行為だった。

このように、「銀の時代」の言説をつらぬいているのは、精神的な観念やイデーを（文化）を、フィジカルで具体的な現実（自然）に投影することで、フィジカルな現実を抑圧し、支配しようとする欲望なのであり、しかもそれは、ボリシェヴィキ革命やソヴィエト全体主義イデオロギーへとまっすぐにつながっている。なぜなら、全体主義的文化がめざすのは、まさにイデオロギー（精神的なもの、観念）による、現実の支配、改造だからだ。

ボリシェヴィキはイデオロギーのなかに、人間のふるまいを変え、労働生産性に影響し、病人を健康にし、健常者をスタハーノフ作業員にすることのできる全能の道具を見ていた。そしてかなりの程度まで、そうしたことが起こっていたのである。イデーは方法となり、テクストは生となった。[254]

「人間の自然とは、たんにその文化である、という信仰は、人間の事業のあらゆる領域へのラディカルな干渉の規模をとてつもなく大きくする。事実上、自然を文化で置き換えることは、どんな全体主義プロジェクトにおいても知的な基盤となっている[256]」。ソヴィエト全体主義やその根底にある革命イデオロギーの特徴は、人間や社会は完全に改造可能であり、イデオロギーによって完全にコントロールされなければならない、という点にある。「銀の時代」から受け渡された「自然」にたいする「文化」の干渉度は、全体主義時代にいたってそのピークを迎えたと、エトキントは考えるのである。

このように、「銀の時代」のロシア・モダニズムの根底にあるイデーは、ある種の屈折を受けながらも、革命期、そしてスターリン時代へと受け継がれ、機能しつづけていく。そのイデーの核心を、エトキントは次のように要約する。

権力のイデーは、ロシア・モダニズムのセミオシスをつらぬき、その内的次元となっている。文化には、自然に対する権力が備わっていなければならない。自然はサボタージュするが、しかし従属しなければならない。ミチューリンが言っていたように、自然からの好意を待っているのではなく、それを奪い取ることが、われわれの課題なのだ。文化は記号の世界であり、自然は意味されるものの世界だ。記号は意義よりも重要であり、意義を変更する権力を与えられている。社会的権力は記号に支えられており、それ以外の何者にも決定づけられることはない。「意味するもの／意味されるもの」という対立は、「権力／従属」という対立に相関している。そしてどちらも、「文化／自然」という普遍的対立に一致しているのである。［259］

以上のように、フィジカルなものを排除しようとするユートピア的イデーは、一九世紀以降のロシアにおける文化のテクストを支配し、「ロシア民衆」の再発見と理想化をうながし、モダニズムの性的メタファーに浸透し、社会主義時代の文化理論として生き残り、そして現在にいたるまで、さまざまなユートピア的言説やロシアのナショナリスティックなイデーとして、形を変えて再生産されつづけている。エトキントが、従来の文化史理解を根底から覆し、ロシア文化の最高の達成とされる「銀の時代」の素朴な理想化を退けるのは、彼が文化のテクストそのもののなかに潜むこうした権力への欲望を掘り起こし、現代まで続くロシア文化史の神話の歴史的起源を批判的に問おうとしているからである。

アヴァンギャルドと全体主義芸術

「銀の時代」の文化史的な位置づけの変更とならんで、ロシア文化史研究の新しい傾向として近年注目されているのは、「ロシア・アヴァンギャルド」と総称される、一九一〇年代から二〇年代の文学・芸術上の一連の運動をめぐる見直しの動きだろう。

マレーヴィチやシャガール、カンディンスキイなどの美術家、フレーブニコフやクルチョーヌィフといった詩人を輩出し、演劇や映画においても世界的な影響をもたらしたロシア・アヴァンギャルドもまた、スターリン体制の登場とともに政治的に抑圧されたが、八〇年代後半以降のソ連の自由化政策によって「解禁」されて以降、ふたたびよみがえったロシア文化本来的な成果として、クローズアップされてきた。

しかしロシア・アヴァンギャルドにたいする新しい見方が示唆するのは、アヴァンギャルドが政治的に抑圧され、それとはまったく異質な社会主義リアリズム（全体主義芸術）が、権力による押しつけとして支配するようになったという、従来の文化史における通説の全面的な見直しである。これまでのロシア・アヴァンギャルドのとらえ方は、アヴァンギャルドと、そのあとの「社会主義リアリズム」との断絶を強調するものだった。しかしロシア・アヴァンギャルドは、社会主義リアリズムと敵対するものでも無関係なものでもなく、実はアヴァンギャルドそのものが、社会主義リアリズム（全体主義芸術）を準備したとされるのだ。

ボリス・グロイスの『全体芸術様式スターリン』（ドイツ語版一九八八、英語版一九九二、ロシア語版一九九三）やイーゴリ・ゴロムシトクの『全体主義芸術』（英語版一九九〇、ロシア語版一九九三）は、このような傾向をあらわす代表的なものといえる。

彼らは、アヴァンギャルドのどのような側面が、全体主義芸術を準備したととらえているのだろうか。たとえばゴロムシトクは、「芸術による世界の変革」というイデーなど、アヴァンギャルドのいくつかの特徴が、全体主義芸術によって受け継がれ、発展されていると主張しているのである。(2)

グロイスは、ゴロムシトクが指摘するこうした点を、より詳細に考察している。グロイスのアヴァンギャルド理解における最大の特徴は、アヴァンギャルドを前衛的なものではなく、むしろ反動的で終末論的なものとしてとらえているところにある。彼はまず、アヴァンギャルドはテクノロジーをポジティヴにとらえるという従来の考え方を否定する。

テクノロジーは、伝統的な自然の統一を破壊することによって、そのような統一した自然を再現することを前提しているミメーシスの芸術を無意味にしてしまい、そのため、芸術は真理や世界の反映ではなくなってしまう。グロイスによれば、この事態を打開するため、逆にテクノロジーを利用して、失われた自然の統一を取り戻そうとするのがアヴァンギャルドなのである。

つまりアヴァンギャルドは、世界を反映することが不可能であるならば、みずから新たな統一的世界を（テクノロジーを利用して）ゼロから人工的に創造することでその問題を解決しようとした。この意味でアヴァンギャルドは、従来考えられているような未来を志向する前衛的運動ではなく、失われた理想郷を取り戻そうとする反動的なものである。ここにはアヴァンギャルドの終末論的性格が現れており、彼らがめざす「未来」とは実は、歴史を超越した絶対的過去、無垢の自然＝無意識でしかない。アヴァンギャルドは初期値への「回帰」にほかならず、理想的な世界全体をゼロから創造しなくてはならない。

グロイスによれば、社会主義リアリズムとは、このような、失われた統一的世界を人工的に創造しようとするロシア・アヴァンギャルドのイデーが、極限まで現実化されたものにほかならない。ゼロから世界を再創造するためには、アヴァンギャルドはたんなる芸術の領域を超えて、世界を変革し支配する力を持たなければならない。

> 自然の個々の局面を再現しようとする伝統的なタイプの芸術家が自己に課すのは限定的な課題でよい。というのも自然それ自体は彼にとってすでに完結した全体として現れるからだ［…］。しかし外界が黒々したカオスに変貌してしまったアヴァンギャルドの芸術家は、新しい世界をまるごと作り出す必要性に迫られ、そのため彼の芸術的プロジェクトは必然的に全体的で無制限なものとなる。したがって、このプロジェクトを実現するためには、世界にたいする全体的な権力——そして何よりも、全人類、あるいは少なくともある国の国民を従わせておのれの課題を遂行させることができるような、全体的な政治的権力が必要とされる。(3)

アヴァンギャルドがつねに革命主義やファシズムなど全体主義的な政治権力の近くにいるのは理由のないことではない。失われた世界の統一を回復するというアヴァンギャルドのイデーそれ自体が、全体主義的な文化形態を要請するのである。もちろん、ロシア・アヴァンギャルドにとって、「失われた世界の回復」とは追求されるべき理念にすぎなかったのだが、全体主義芸術(社会主義リアリズム)は、そのような「世界」がすでに実現し存在しているかのように描いている。しかし社会主義リアリズムにおいても、その目的は、すでに存在する何かの再現(ミメーシス)なのではなく、いまだかつて存在したことがなかった理想的な世界(社会主義、共産主義の世界)の完全な創造だ。つまり社会主義リアリズムの世界とは、ロシア・アヴァンギャルドが追い求めた〈理想的な世界の創造〉という理念の極端な現実化にほかならない。

社会主義リアリズムは普通、形式主義的なアヴァンギャルドにたいする完全なアンチテーゼとうけとられているが、今後はアヴァンギャルドが持っていたプロジェクトにたいするその継承性という観点から検討されていくことになるだろう。[…]スターリン時代は、芸術が生の描写であることをやめ、トータルな美的・政治的プロジェクトという手段によって、生の変革となるというアヴァンギャルドの基本的要求を現実化したのだった。だから、もしスターリンのなかに、観照的で模倣的な思考様式の時代に伝統的な哲学者=専制君主のタイプをうけついだ芸術家=専制君主を見いだすならば、スターリン時代の詩学は、構成主義[ロシア・アヴァンギャルドの一派]

の詩学を直接に継承しているのである。〔38〕

社会主義リアリズムはいわば、アヴァンギャルドが求めたことをアヴァンギャルド以上に実現してしまった。皮肉なことに、既成の芸術規範を破壊し、芸術を生と同一化しようとしたロシア・アヴァンギャルドの作品は、今では美術館の展示品となり、既成の芸術規範の一部となってしまったが、社会主義リアリズムの作品は、徹底的に規範的でオリジナリティのない空虚なポエティクスによって、逆に美術館的な芸術規範の無根拠性や俗っぽさをすっかり白日のもとに晒すことに成功したのだから。

私たちにとって興味深いのは、ロシア・アヴァンギャルドについてのグロイスのこうした見方と、エトキントの「銀の時代」理解とのあいだに、ある種の共通性が見出せることである。「銀の時代」が「自然（フィジカルなもの）」を「文化（精神的なもの）」によって置き換え、現実の他者を理念的イメージやイデオロギーに摩り替えようとしたのとまさに同じように、ロシア・アヴァンギャルドは現実の生を人工的なテクノロジーで改造し、理念的な統一を再創造しようとした。そしてこうした、イデオロギー（精神的なもの）による自然の再創造の究極的な形が、ソヴィエト時代における全体主義文化だった、と考える点で、エトキントとグロイスの見方は一致している。

そして彼らのこうした見方の背後には、少なくとも近代以後のロシア文化史を、ある権力や欲望を表象する文化装置としてとらえ、そうした視点から、これまで自明の価値として賞賛されてきたロシア文化の精華を根元的な批判にさらし、それらの文化的価値と、ロシアの全体主義イデオロギーや社会主義文化との隠蔽されたつながりを見いだそうとする共通の態度がある。彼らにとって、ロシアの独自性の優れた成果であるロシア文学や文化は、実は〈精神的なものによる、〈失われた／いまだ存在しない〉理想的統一の再創造〉という神話を文化的に支え、再生産する装置なのである。

「ロシア的なるもの」のイデオロギー

だが、それでは「銀の時代」から社会主義時代にいたるロシア文化はなぜ、〈存在しない理想的統一を精神的なものによって再創造する〉という神話にこれほどまでに囚われ、その再生産にとりつかれてしまったのだろうか。グロイスは、このような神話の直接の起源となったのは、一九世紀初期のロシア文化のディスクールにおいてはじまった、「ロシア的なるもの」の探求であったと考えている。というのも、彼によれば、もともとロシア文化にとっては、「ロシア的なるもの」の探求それ自体が、〈存在しないロシアの自己同一性の精神的・観念的な再構築〉として現れざるをえなかったからだ。グロイスはこの「ロシア的なるもの」のイデオロギー構造を「ロシアの民族的アイデンティティの探求」という論文であきらかにしようとしている。

それによれば、彼がとりわけ注目するのは、一九世紀初頭以降の近代ロシア思想史において、ロシアの自己同一性の探求が、つねに、同一性の不在としてしか現れてこないという逆説である。ロシア文化史において、シェリングとヘーゲルの影響が普及した一九世紀の一〇年代末から二〇年代にかけて大きな問題となったのは、「この時期までにロシア文化が、いったいいかなる独自のものをすでにつくりあげたか、ということである。答えは例によってきわめて悲観的なものだった。事実上何もないのである」(4)。

ロマン主義以降の西欧の観念論における歴史主義の展開のなかで、あらゆる文化形態や真理は相対化され、したがってあらたな独自性を創造する可能性もあらかじめ閉ざされてしまったロシアにとって、ただひとつ残されたのは、独自性がないということ自体をロシアの独自性へと逆転することだけだった。そしてグロイスによると、その逆転を可能にする唯一の方法が、「独自性／非独自性」を問題とするような西欧文化の反省的ディスクールそのものを超越してしまうこと、「思考、文化、《精神》あるいは魂のいかなる形の歴史にたいしても、なにか根源的に《異質なもの》」になろうとすることだったのである。

> ロシアの哲学とは、[…]このように、シェリング＝ヘーゲル的歴史主義の危機の時代における、ヨーロッパのポスト観念論哲学に共通のパラダイムの一部分なのである。それは、反省、弁証法、思考あるいは認識を超えたところにある、客観化されえない《異質なもの》としての無意識的なものが、はじめて発見された時代だった。[…]このため、チャアダーエフやスラヴ派たちのロシアは、ヨーロッパのポスト観念論における無意識的なもののもうひとつの名と見なすことができよう。[56]

ロシアは、「独自性／非独自性」というような西欧的意識を超越した「異質なもの」＝「無意識」を、自己の独自性として倒錯的に表象するしかない。しかも、グロイスにしたがえば、そのこと自体がすでに、ショーペンハウアーやキルケゴールなど西欧の「ポスト観念論哲学に共通のパラダイムの一部分」でしかない。つまり歴史的時間のなかにロシアの独自性、「ロシア的なるもの」の存在を見出せなかったロシア文化は、逆に、歴史を超越した、存在しないもの（異質なもの＝無意識）こそ「ロシア的なるもの」であるととらえ、存在しないものの存在をポジティヴに再構成しようとする倒錯に囚われていく。しかも、そうして得られた「ロシア的なるもの」は、特定の存在者や歴史性を超越してしまっているためにすぐれて「普遍的」なものと解釈されてしまうというのである。

グロイスによれば、一九世紀以降のロシア思想史はすべて、こうした欲望に動機づけられている。ロシアの哲学的ディスクールの始祖とされるチャアダーエフはロシアを世界精神の自己展開の外部に位置づけていたし、スラヴ派はロシアを、西欧的な歴史や、法と個人の対立を超越した普遍的な世界性として理解した。

［…］自己の民族的アイデンティティ、独立性、オリジナリティの問題に直面させられ、西欧文化に比して本当にエキゾチックで異質なものを何も提示できなかったロシア思想は、つねに、《異質なもの》についての西欧的ディスクールを現実化し物質化する場所としてロシアを解釈す

ることで、この問いに答えていた。その際、歴史的に形成されたロシアの生活形態はふつう批判にさらされ、本来のロシアは歴史以前の過去か、あるいはユートピア的未来に位置づけられた。それらは、《異質なもの》についてのしかるべき西欧の諸理論を手本にしてモデル化されていた。それに際してこうした諸理論は、そのネガティヴな、純粋に批判的な性格を除去され、そうすることで《異質なもの》を神学化する、あるいはすくなくとも《異質なもの》にポジティヴで肯定的な色合いを付与するようなかたちに変形された。［59］

こうして、以後のロシア文化史においては、現在において所有されていない本来性、不在の「ロシア的なるもの」を、過去（失われたもの）／未来（いまだ手に入れられていないもの）へと投影し、そうした観念的な、不在の統一的世界を獲得するために、フィジカルで具体的な現実として存在しているロシアの歴史的現在を抑圧・消去しようとするのである。しかもロシア文化史のディスクールにおけるこうした神話的構造の再生産は、けっして「銀の時代」やロシア・アヴァンギャルドで終わったのではない。グロイスの見解では、一九七〇―八〇年代、さらにはポスト・ソヴィエト時代である現代のロシアの前衛芸術やポストモダニズムも、歴史的時間を超えて芸術や表象の無時間的ユートピアを確保し、それをロシア文化の特性として賞揚しようとする点において、近代からつづく「ロシア的なるもの」の神話に囚われてしまっていることにかわりない。

今ロシアで、《異質なもの》、身体、欲望などについてのありとあらゆる現代的ディスクールにたいしてある種の興味が向けられているが、そのことが示すのは、こうした探求の結果がまたしても、ロシア思想にとって十分に伝統的なものになってしまうだろう、ということなのである。

〔59〕

おわりに

これまで、エトキントやグロイスの仕事を中心に、九〇年代から顕在化してきたロシア文化史見直しの動きの一端を検討してきたが、彼らの出現の意味を考えるうえで見落としてはならないことがある。それは、八〇年代後半のソヴィエトで自由化がはじまったとき、抑圧された「ロシア本来の文化の最高の成果」として再発見されたもののなかで、最も熱狂的に迎え入れられたのが、「銀の時代」とロシア・アヴァンギャルドだったことである。

たいへん滑稽なことに、そうした「抑圧からの復権」という動きのなかでは、伝統の破壊であったはずのアヴァンギャルドが、「失われたロシア本来の文化の復活」として美術館に飾られ、ロシア的伝統のナショナリスティックな象徴になりかわってしまう。しかしすでに見てきたように、それは、アヴァンギャルド自体が内包し、そして近代ロシア文化史のディスクール自体が孕んでいた危険性だったのである。

その意味では、現代ロシアにおける「ポストモダン」の流行現象もやはり、同じ流れのなかで起こっているといえるだろう。たとえば批評家ミハイル・エプシテインが最近主張しているような、ソヴィエト文化がポストモダンの無意識的先取りであり、したがってロシア文化は西欧の歴史を先取りしている、といった議論もやはり、西欧的な合理主義や体系性にたいする、共同体的で非合理なものとしての「ロシア的なるもの」の古めかしい神話を、意匠をかえて反復したものでしかない。

このように考えると、エトキントやグロイスらによるロシア文化史の批判的組み換えの射程が、特定の時代や事象にとどまるものでないことがわかるだろう。彼らの文化史批判は、現代ロシア文化の現状にたいする痛烈な批判意識をともなっている。現代のロシア文化は、ソヴィエト的な抑圧から解放され、「銀の時代」やアヴァンギャルドなどを再び組み込むことで、その本来の姿をようやく再構築しつつあるかのように見えるが、そのような「失われたロシア文化の本来性の再構成」という物語自体が、実は近代から綿々と反復されてきた「ロシア的なるもの」の神話の蒸し返しにすぎないとはいえないだろうか。ロシア文化史の優れた成果とされるものに隠されたイデオロギー的な構造にたいする彼らのこうした見方には、従来の文化史研究者たちからの厳しい反発や批判も数多い。しかし今後、ロシア文化の様々な分野で、そのディスクールにひそむイデオロギー的構造の研究がすすめば、私たちが今まで自明のものとして無批判に抱き続けてきた、ロシア文化のすぐれた価値や「ロシア的なるもの」の観念は、大幅な変更を余儀なくされるにちがいない。

（1）*Эткинд А.* Содом и психея. Очерки интеллектуальной истории Серебряного века. М., 1996. С. 6. なお、以下本書からの引用は、本文に［　］を入れページ数を表示する。

（2）*Голомшток И.* Тоталитарное искусство. М., 1994.

（3）*Гройс Б.* Утопия и обмен. М., 1993. С. 25-26. なお、以下本書からの引用は、本文に［　］を入れページ数を表示する。

（4）*Гройс Б.* Поиск русской национальной идентичности // Вопросы философии. 1992. № 1. С. 53. なお、以下本書からの引用は、本文中に［　］を入れページ数を表示する。

消去された自然――ロシア文化のディスクールにおける欲望と権力

問い直される「ロシア・イデオロギー」

少なくとも表面的に見る限り、ロシアにおける一九八〇年代後半以後の出来事（いわゆる「ペレストロイカ」やソ連崩壊）が、思想や文化のかつてない高揚をもたらしたことは疑う余地がない。たしかにそれは、ベルジャーエフ、フロレンスキイ、ローザノフなど二〇世紀初頭のロシアにおける重要な思想家たちの著作を多くのロシア人読者の手にはじめて引き渡し、ロシア・コスミズムからガチェフやレフ・グミリョフにいたるロシア思想の生命主義や文化有機体論の埋もれた系譜を明るみに出し、またニーチェ、フロイトといった、現代の思想状況のなかできわめてアクチュアルな問題を孕むテクストを、ロシアの言説空間に連れもどし、アヴァンギャルドや象徴派の芸術をふたたび現代に甦らせたのだといえる。

だがそれは本当に、これまで抑圧されていたロシア文化の真の成果が復興された、などといって、ただ喜んでいられることなのだろうか。私たちはもう、このような事態を、イデオロギーの桎梏から解放された「真のロシア文化」の復活などという物語へと回収することはやめなければならないのではないだろうか。なぜなら、つねに自明のものとしてそのように発見されてくる「真のロシア文化」という理念自体が、実はある特定の欲望のもとで、形を変えては再生産される恣意的な権力支配の枠組みにすぎないからだ。

その意味で、おそらく一九八〇年代末頃から一九九〇年代にかけて、ロシアの思想的・批評的言説はある種の重要な転回を示したと言うことができるだろう。なぜならこの時期に、思想や文化研究の多様な領域で、まさにこうした「ロシア的なるもの」のイデオロギーにたいする強烈な批判意識を持ったアプローチが表面化するようになったからである。ルイクリン、ポドローガ、グロイス、エプシテインなどの思想家、ゴロムシトクらの美術史家、ジモヴェッやエトキント、スミルノフなどの文化史研究者たちのアプローチを貫くのは、これまでロシア文化を語る際つねに反復されてきたロシアの特殊性や本来性にかんする言説が孕むナイーヴさや危険性を見極めようとする態度であり、そこでは、これまでロシア独自の優れた成果と見なされてきた文学や文化のテクストが、実は「ロシア的なるもの」のイデオロギー的権力構造を文化的に支え、再生産するイデオロギー装置としてとらえ直されてゆく。

たとえばグロイスやゴロムシトクのような現代ロシアの批評家たちは、ペレストロイカ以後「復活」したモダニズム、特に一九一〇―一九二〇年代のロシア・アヴァンギャルドが、実は三〇年代以降の全体主義的な「社会主義リアリズム」芸術の形成に深くかかわっていると考えている。だとすれば、「社会主義リアリズム」を偽りの芸術として排除しつつ、「アヴァンギャルド」を本来のロシア芸術の最高の達成として評価するのはある種の隠蔽をおこなうことであり、ロシアにおいて芸術が歴史的に担ってきたイデオロギー性を抑圧・消去することでしかない。しかもそのこと自体、「アヴァンギャルド／社会主義リアリズム」という対立項の入れ替えにすぎず、その抑圧の構造そのものは生き残ってゆく。つまりそれは、「真のロシア文化の復興」というスローガンのもとで、近代ロシアを貫いてきた支配と抑圧の構造がまたひとつ再生産されることにほかならない。

もちろん、こうした「ロシア・イデオロギー」批判の新しい流れは、ポスト構造主義以後の西欧における、ディスクールの権力支配にかんする分析の豊富な経験に背後から支えられている。しかしそれは、フーコー、ドゥルーズ、デリダ等のたんなる輸入や流行、ロシアにおける「ポストモダン」のファッション化（ロシアの現代文学ではその傾向が顕著だが）現象としてかたづけることはできない。というのも、おそらく彼らをつき動かしているのは、「民主化」への強い期待のもとに起こった社会主義体制という政治的な全体化の支配システムの崩壊が、結局はロシア・ナショナリズムの噴出や、幾度にもわたる政治的独裁化の危機をもたらしたにすぎず、ロシアの民族文化の精神的、美的な価値の復興というかたちでのあらたな全体化の欲望を呼び出すことにしかならなかったのではないかという、ロシアの現状にたいする深い疑念だからだ。

彼らの「ロシア・イデオロギー」批判を貫く、方法論上のもうひとつの鍵は、文化の支配構造にたいする精神分析的なアプローチだといえよう。むろん、西欧における構造主義からポスト構造主義への思想の流れは、精神分析的なものを抜きにして考えることはできない。しかしながら、ロシアでは事情はまったく異なっている。六〇年代になって世界的に広く認知されるようになったモスクワ・タルトゥ学派によるソヴィエト構造主義・文化記号論は、どのような文化のテクストも記号的構造の組み合わせに還元可能だと見なすことで、ソヴィエト社会・文化の優越性にたいする異議申し立てのひとつの形態となりえた。けれども、全体主義体制の崩壊が、明らかにあらたな全体的支配の構造を組織することにしかならない現在の状況のなかで、こうしたアプローチの有効性はほとんど失われてしまった。なぜなら、構造主義的アプローチでは結局、ある構造の解体は別のリジッドな構造をもたらすことにしかならないからだ。現象として物質化され意識化された記号的構造とは、実はその外部にある何かの効果でしかなく、その何か（無意識、欲望）を問うことなしには、結局ロシア文化を被う全体化のディスクールに取り込まれることから逃れるすべはない。ロシアの言説を支える無意識と欲望の問題が、はじめて正面から問われることになったのである。彼らが、精神分析と対決しようとしなかったソヴィエトの言語思想に執拗な批判をくわえるのも、こうした文脈のなかでのことだということに注意する必要がある。ディスクールの権力支配の構造をその無意識の欲望からとらえようとする方法は、とりわけエトキントやジモーヴェッツ、スミルノフ、ルイクリンに特徴的なものである。

モダニズム、そしてアヴァンギャルド

ロシアの文化・思想界の新しい流れを代表するこれらの者たちにとって当面の最大の課題となっているのが、ロシアの近代、特にモダニズムの文化・思想を根本的に読みかえ、これまでのロシア文化史、思想史の常識的枠組みが囚われてきた「ロシア文化」の観念=表象を批判的に解体することであるのはおそらくまちがいない。多くの場合その標的となるのは、ペレストロイカ以後、ロシア文化史における最高の達成として肯定的にのみ語られるようになったロシア・アヴァンギャルドや「銀の時代」の文化・思想なのである。アレクサンドル・エトキントを中心に、そうした批判の流れを追っていくことにしよう。彼は、象徴派やアヴァンギャルド、宗教哲学を生みだし、ふつうロシア文化の最高の成果と見なされる「銀の時代」について、つぎのように述べている。

文化史のなかに、モダニズムはその起源とその帰結を持っている。モダニズムとは伝統からの断絶、新たな形式をとって伝統のなかに回帰してゆく病的プロセス、ポストモダンへの過渡期……である。銀の時代はロシア文化の偉大な飛翔を生みだしたが、その悲劇的な墜落を準備したのもそれだった。銀の時代の理想化から、その批判的歴史へと移るべきである。ロシアの地下文化の忘れられた奇妙さから、世紀初頭の輝かしい飛躍、そしてそこから――今世紀のロシアでおこったあらゆる恐ろしいこと、あるいは精彩を欠いたことがらへと向かう過程を見破らなければなら

ない。(1)

興味深いのは、この一九世紀末から二〇世紀初頭のモダニズムの時代が、たんにロシアにおける文化の高揚期であるだけでなく、ロシア史における全体主義の時代を準備するものでもあったという認識だ。そしてこのような認識は、社会主義リアリズム（全体主義芸術）についてのボリス・グロイスのつぎのような発言を思い起こさせる。

社会主義リアリズムは普通、形式主義的なアヴァンギャルドにたいする完全なアンチテーゼとうけとられているが、以後はアヴァンギャルドが持っていたプロジェクトにおけるその継承性という観点から見てゆくことになるだろう。もっともそれは、アヴァンギャルドが想定していたのとはちがうかたちで実現されたのではあるが。この継承性の基本的な路線についてはすでに十分に素描した。スターリン時代が実現したのは、芸術が生の描写であることをやめ、トータルな美的・政治的プロジェクトという手段によって、生の変革となるというアヴァンギャルドの基本的要求であった。だから、スターリンのなかに、観照的で模倣的な思考様式の時代に伝統的な哲学者＝暴君のタイプをうけついだ芸術家＝暴君を見いだすならば、スターリン時代の詩学は、構成主義の詩学を直接に継承しているのである。(2)

アヴァンギャルドが、芸術による人間と世界の変革をめざし、芸術を大衆と結びつけて集団主義的全体化を押し進めようとした点で、後の全体主義芸術の基本的なコンセプトを先取りしていたことは、イーゴリ・ゴロムシトクもその大著『全体主義芸術』で詳細に論じている。もちろん純粋に文化史的・美術史的観点から見れば、こうした主張に合致しない個々の事例をあげて反論することは十分可能だし、事実、グロイスらはそうした批判にさらされてもいる。

だがおそらく、そうした反論は、グロイスやエトキントの意図を完全に見誤ったものでしかない。というのも、彼らにとって重要なのはロシア文化史や美術史の内部での個々の事実ではないからだ。彼らが問題にしているのは、文化や美術を自律した自明の対象として扱うこうした「ロシア文化史」や「ロシア美術史」という言説自体がすでに、その外部からこうした言説を支配するイデオロギー的な欲望の効果としてしか存在しない、ということなのである。エトキントがシンボリズムやアヴァンギャルドをはじめとする「銀の時代」の素朴な理想化を退けるのも、文化のテクストが、けっしてそれ自体で自己完結した美的構造物などではないからである。彼によれば、新しい文化とはつねにメタファーの交代にすぎないのであり、その背後に、科学、芸術、宗教、政治といった、たがいに関係がないように見える諸領域を貫く、変化しないアルカイックなものがひそんでいる。しかし文化のテクストは、そうした伝統のたんなる反映ではない。そこには社会の欲望が体現されているのであって、歴史の出来事とは、そうしたテクスト（の欲望）と現実の妥協形成物にほかならない。言いかえれば、文化のテクスト（特に文学）は、その文化に組み込まれたアルカイックな欲望あるいはイデーを、新しい意匠のもとに再生産する装置なのである。だからたとえば、革命をロシア文学が反映したのではなく、むしろ逆に、革命はまずテクストとして現実化され遂行されるのであり、その後に歴史のなかに反映されるのだとエトキントは言う。忘れてはならないのは、「ロシア文化史」や「ロシア美術史」に取り込まれてしまった文化のテクストが、つねに、ロシア文化に浸透した無意識の欲望によってすでにイデオロギー的に組織されてしまっている、ということなのである。

民衆、他者、エロス

それでは、ロシアにおいて、文化のテクストを産出し組織する欲望とは具体的に何であり、そしてこの欲望は何をめざすのか。エトキントが、その手がかりのひとつとして提示するのが、一九世紀後半から発展してきたロシアの民衆《ナロード》にかんする神話である。その際興味深いのは、彼がこの民衆の神話を、ロシアにおけるザッハー＝マゾッホの受容と結びつけて解明しようとしていることだ。彼によれば、マゾッホに限らず、ヨーロッパに出現した心理小説というジャンルの背景には、感情というものの非合理性にたいする意識がある。もともと啓蒙主義や資本主義の精神は合理主義的なものであり、そこでは感情も、快と不快の算術にすぎなかった。サディズムやマゾヒズムは、当然そうした感情の算術を破壊するものであり、したがって反ブルジョワ的なものであって、それを利用するのはブルジョワの歴史を回避しようとする者だということになる。ところでロマンティックな言説のなかでは、こうした反ブルジョワ的イデーは、エキゾティックな場所へと投影される。ロシアはヨーロッパ人にとってそうしたエキゾティックな場所の一つであった。

マゾッホが最もポピュラーであったフランスでは、彼はなによりもまず心理小説家と思われていた。しかしロシア人のために、彼は他にも何か特別なことをした。それは人民主義運動《ナロードニキ》の高揚と破産の時代だった。[…]まさにこの時代に人民主義ナロードニキインテリゲンツィヤは、民衆のセクトとその非伝統的神秘主義、共同体生活崇拝、彼らが実際におこなわれていると考えていた儀式殺人への興味をふたたび感じたのだった。自分がヨーロッパのロマンティックな期待の的であることを感じ、またヨーロッパ人のモチーフを完全に共有していたが、しかし自分はそれにふさわしくはなれないと知っていたロシアの知識人は、おなじ操作をおこなって、自国民のなかに「他者」を構成したのである。みずからは、彼らをあてにしていた西欧にとっての無意識という役をこなすことができなかったロシアのヨーロッパ人たちは、「民衆」の内部に他なる生を探求し、例によって、それを見いだしていった。(二九―三〇頁)

このように、自己の理念を「民衆」にマゾヒスティックに投影することで、リアルな他者としてある民衆の差異性を「ロシアのナロード」というイマジネールな表象へと回収し、そこにみずから同化しようとすること――これが一九世紀後半のロシア文化をつき動かしてきた欲望だといえる。しかも、モダニズム時代のロシアの詩人や思想家たちのテクストのなかでこうした他者の差異性の消去が表面化するのは、「民衆」が表象される場合だけではない。この時代の知識人たちによる「民衆」の発見において注意を引くのは、旧教徒（特に去勢派）に対する彼らの異常なまでの執着である。エトキントは、去勢派に関心を持っていたロシア象徴派の代表的詩人ブロークが、イプセンの『カティリーナ』を書評した文章に注目する。

しかしはるかに意義深いのは、ここでブロークが執拗に導入し、〔論文〕『カティリーナ』のなかで繰り返される「軽さ／重さ」の対立である。そこでブロークが回想している、少女に対する最初の性的感情のなかには、「目覚めつつある子供の感受性の重さ」があった。ところが、少年に対して彼がいだいた感情は「軽やかで、まったくどこかへつれていってくれるようなものだった。しかしながらそのなかには、独特の、遠い時代の恐怖があった」。（七六頁）

ブロークにおける、少年への女性的なあこがれと、男性的なヘテロセクシュアルな愛は、それぞれ「軽やかなもの」、「重々しいもの」に対応している。ブロークにとっては、飛翔は肉欲とは相容れない。ところで一七九六年に去勢されたロシアの最初の去勢派の文書では去勢は翼をつけて飛ぶこととして語られているのである。

カティリーナからボリシェヴィキをつくり出すには、彼を去勢しなければならない。ロシアの去勢派セクト信者は、去勢が人間のトータルな再生をもたらし、人間を乙女のように軽やかですばらしく、神のように強く崇高なものにすると信じていた。古い世界から脱するには、去勢しなければならない——文字どおり、あるいは少なくとも「精神的」に。去勢された放蕩者はナロードの英雄となり、「新しい世界の蒼ざめた予見者」、キリストその人の似姿、化身となるのである……。(二〇五頁)

異端セクトに対するブロークの関心は、このように、芸術をとおして世界と人間を革新しようとするシンボリズムのロマンティックなイデーを、性的なメタファーのなかで民衆《ナロード》に投影したものにほかならない。それはモダニズム以降のロシア文化において、けっして例外的なものではない。エトキントによれば、ロシア・モダニズムをつらぬく心理学的イデーとは、「自然＝無意識＝カオス」は「文化＝意識＝コスモス」によって組織されるべきだ、という考え方であり、性的区別の消去や肉体的情欲の否定(去勢)とは、フィジカルなものとしての自然(性・肉体)を、精神的なものとしての文化へと組織することの当然の結果なのである。たとえば「コスミズム」の代表とされるニコライ・フョードロフの未来の共同体においては、テクノロジー(文化)によって人々は共同事業へと団結し、その死後の世界のなかで性から解放される。また、ソロヴィヨフにおいては、理想的人間は男や女であってはならず、その二つの高次の結合なのであり、性的区別は死を招く。ベルジャーエフにとっても、性交は、アダム、キリストが備えていた、失われた両性具有を取り戻そうとする行為だったのである。

チュッチェフ、ソロヴィヨフ、ブローク、ベールイにとって、自然の一部分としての心理は、外側から組織され、文化という明るい原理に従属しなければならない。これはモダニズムに典型的であり、その影響ははるか後にまで尾を引いている。トロツキイやヴィゴツキイ、ルナチャルスキイやザルキントは、事実上この同じ枠組みのなかで思考していた。(二二五頁)

ロシア・モダニズムの最高の成果として現在も評価されつづけているこうした思想家たちのテクストに読みとれるのは、どれも性的差異やフィジカルな差異を消去し、それによって、リアルな他者をある共同的な観念性のなかに回収し統制、管理することで、単一の文化イデオロギーによる権力支配を全体化しようとする欲望にほかならない。そしてそれは、どんなに奇妙に見えようとも、シンボリズムのアンチテーゼとして現れたロシア・アヴァンギャルド運動へと引き継がれ、さらに奇妙なことに、アヴァンギャルドのアンチテーゼと見られていた社会主義リアリズム・全体主義芸術となって実現されてゆくのである。

革命、全体主義、記号と自然

芸術をとおして世界と人間を革新しようとするシンボリズムのロマンティックなイデーは、フィジカルなもの（性の区別）を消去することで自然を文化的に組織化することへと読みかえられていった。それはアヴァンギャルド運動、そして革命イデオロギーへと取り込まれる。だが革命のイデオロギーのなかでは、自然と文化の関係は完全に反転し、テクストが生の模倣なのではなく、生がテクストの模倣になっていくのである。エトキントは述べている。

ボリシェヴィキはイデオロギーのなかに、人間のふるまいを変え、労働生産性に影響し、病人を健康にし、健常者をスタハーノフ作業員にすることのできる全能の道具を見ていた。そしてかなりの程度まで、そうしたことが起こっていたのである。イデーは方法となり、テクストは生となった。（二五四頁）

したがってロシアのアヴァンギャルドや革命のディスクールにおいては、すべての領域は完全に意識化、記号化されなければならない。ここでは全体化と他者の消去は、無意識の領域を消去し、リアルな他者の差異性を記号システムへと回収することでおこなわれる。そのことが意味するのは、記号を組み換えることで、世界を組み換えることができ、記号を管理することで世界をコントロールできるということにほかならない。

構造的用語で言えば、それは自然と文化の対立の、完全な反転である。人間の自然とは、たんにその文化である、という信仰は、人間の事業のあらゆる領域へのラディカルな干渉の規模をとてつもなく大きくする。事実上、自然を文化で置き換えることは、どんな全体主義プロジェクトにおいても知的な基盤となっているのである。（二五六頁）

このように考えると、社会主義リアリズムや全体主義文化がシミュラークルであり、参照項のない浮遊する記号のシステムであるというエプシテインの説明や、ゴロムシトクなどが指摘するような、全体主義芸術におけるロゴセントリズムは偶然のものではない。またジモヴェッツも権力の欲望と記号の関係についてつぎのように述べている。

しかし権力を持ち、それを実現するという欲望は、おのれの存在を知らしめるためには、分節化されて象徴の体系へと導入されなければならない。欲望と言語（ロゴス）の結合のプロセスは、代議員たちの無数の演説や、申請や、あれこれの書類や指令として、私たちに与えられる。［…］権力の欲望を満たすための闘争においては、出来事にたいするどうでもいいようなコメントをのぞけば、膨大な量の記号の流れはきわめて大きなパーセンテージで言語過剰となる。つまり、発

言内容を理解するために必要な量よりもはるかに多くの単語が使われるのである。(3)

ロシア文化における最高の成果であったロシア・モダニズムのディスクールを支配していた「ロシア的なるもの」の欲望は、このようにさまざまに屈折を受けながらも、革命期、そしてスターリン時代へと受け継がれ、機能しつづけていったのだが、そうしたロシア・イデオロギーの核心を、エトキントは次のように要約している。

権力のイデーは、ロシア・モダニズムのセミオシスをつらぬき、その内的次元となっている。文化には、自然に対する権力が備わっていなければならない。自然はサボタージュするが、しかし従属しなければならない。ミチューリンが言っていたように、自然からの好意を待っているのではなく、それを奪い取ることが、われわれの課題なのだ。文化は記号の世界であり、自然は意味されるものの世界だ。記号は意義よりも重要であり、意義を変更する権力を与えられている。社会的権力は記号に支えられており、それ以外の何者にも決定づけられることはない。「意味するもの／意味されるもの」という対立は、「権力／従属」という対立に相関している。そしてどちらも、「文化／自然」という普遍的対立に一致しているのである。(二五九頁)

こういった観点からすれば、フロイトの精神分析を批判し、人間の無意識の問題を、社会的なイデオロギーの記号的現象として読み換えようとしたヴォロシノフ（バフチン）の言語思想は、二十年後、言語以前に人間の思考が存在することを否定したスターリン言語学の直接的な先駆けである、とエトキントは言う。それは、人間のなかには読めないものは存在しないこと、したがって、逆に記号を組み換えれば人間や社会は完全に改造可能だということを意味する。興味深いのは、バフチンやバフチンサークルの言語思想にたいするこうした批判が、エトキントだけでなく、冒頭で名を挙げた現代ロシアの思想家、批評家たちの多くに共通する見方だということである。たとえばミハイル・ルイクリンは、バフチンの「発話」や「対話」の概念を、エトキントと同様に、あらゆるものを、意識的主体をとおした記号へと還元するものだと考えている。

バフチンの理解における主体は、つねに意識的主体として、おのれの発話の作者として言表に参加している。そしてこの主体にとって最も恐るべきことと――それは、もし彼の言表が交流における他の主体の言表と結ばれないならば、「言表自体」しか残らないということである。この場合にはバフチンにとって最も恐ろしい、そして形而上学の観点から見て最も貴重なこと――言語の均衡状態である。(4)

ルイクリンによればバフチン派においては、理性が現実と同一視されており、そうしたなかでは、物は独立して在ることはできず、世界は声だけとなって、視覚は失われる。それは外部を消去するという点で、批判されるべきものなのである。

いずれにせよ、世界をすべて記号化し意識化するという特徴は、フォルマリズムやヴィゴツキイ、さらにエイゼンシテインやメイエルホリド、そして最近のソヴィエト記号論にいたる、ロシア文化の最良の部分を支えているイデーであるとともに、また一方で全体主義ユートピアを支える目に見えない権力支配のイデオロギーとして機能していることを、私たちは知っていなければならない。

権力闘争とは、支配できるものを獲得する闘争であり、その他のものの否定である。反権力の闘争とは、支配することが不可能なものを承認することである。権力とは形式である。それは人類学における言語、言語学における構造、詩学における手法、心理学における意識なのだ。(二八九頁)

こうして反啓蒙、反ブルジョワ的で、フィジカルなものを排除しようとするユートピア的な言説の欲望は、一九世紀後半のロシアにおける文化のテクストを支配し、民衆や旧教徒の再発見と理想化をうながし、モダニズムの性的メタファーに浸透し、社会主義時代の文化理論として生き残り、そして現在にいたるまで、さまざまなユートピア的言説やロシアのナショナリスティックなイデーとなって、形を変えて再生産されつづけているのである。

むすびにかえて

以上のように、エトキントらに代表されるロシア・イデオロギーへの批判の流れは、ロシア文化のテクストを、自足した価値としてではなく、ある権力や欲望を表象する文化装置としてとらえ、そうした視点から、これまで自明の価値として賞賛されてきたロシア文学の精華（プーシキン、銀の時代、アヴァンギャルド、バフチンなど）を根源的な批判にさらし、それらの文化的価値と、ロシアの全体主義イデオロギーや社会主義文化との隠蔽されたつながりを見いだそうとしている。ロシアの独自性の優れた成果であるロシア文学や文化は、実は「ロシア的なるもの」の神話を文化的に支え、再生産するイデオロギー装置でもある。

このように現代のさまざまな論者が、特に一九世紀後半からアヴァンギャルドにいたるロシアの文化と、それに続く全体主義文化のあいだにあるイデオロギー的な結びつきの問題に注目するのは、それが過去の「ロシアのイデー」に対する根底的な批判だからというだけではない。忘れてはならないのは、現在のロシア文化もまた、八〇年代後半の社会主義崩壊期に、銀の時代やアヴァンギャルドのリバイバルからはじまったのであり、基本的には、古いロシアの文化装置に対する根源的な批判をなんら通過してはいないということである。たとえば評論家ガチェフによる「ロシアのエロス」論は、ロシアのエロスとは性的個体の愛ではなく、すべての物を包摂する愛であると述べることによって、性的差異とともにリアルな他者を消去し、「ロシア」という共同体を普遍的な文化価値として全体化しようとする試みにすぎない。またレフ・グミリョフにおけるネオ・ユーラシア主義的な民族の生態史観も、ユーラシアの諸民族を生物学や熱力学の理性的システムへと還元することによって、そうした異民族の共棲のシステムを意識化し利用してきたロシアの植民地主義的な実践を肯定することと表裏一体となっている。しかし、ロシア人の自尊心をくすぐるこうした著作が現代ロシアではつねに高く評価されてきた。エトキント、ゴロムシトク、グロイス、ルイクリン、ジモーヴェツらの仕事が示唆しているのは、まさに現代の、新しい時代のロシア文化と見なされているこうしたテクストが、実は相も代わらぬロシア・イデオロギーを無批判に再生産しつつあることにたいする、徹底した異議申し立てなのである。

（1）*Эткинд* А. Содом и психея. Очерки интеллектуальной истории Серебряного века. М., 1996. С. 6.

（2）*Гройс Б.* Утопия и обмен. М., 1993. С. 38; Groys, B., *The Total Art of Stalinism*, Princeton U.P., Princeton, New Jersey, 1992, p.36.

（3）*Зимовец* С. Молчание Герасима Психоаналитические и философские эссе о русской культуре. М., 1996. С. 23-24.

（4）*Рыклин* М. Террорологики. М., 1992. С. 21.

「何もない空虚のなかで……」——近代ロシアにおける「音」の支配

特権化される「声」

「ロシアの（教会音楽の）バスを聞いてみ給え（オペラの場合は声全体がドラマティックな表現性の側へと移ってしまっており、ほとんど記号表現的《シニフィアン》でない『地肌』を持つ声であるからである）。顕著でしかも頑固な何かがある（この何かしか聞こえない）。それは言葉の意味、その（連禱《れんとう》という繰り返しの続く）形、メリスマ、そして演奏のスタイルさえも彼方（あるいは手前）にある。それはあたかも歌う者の内側の肉と彼が歌っている音楽とを同じ一つの皮膚が被っているかのように、肺の空洞、筋肉、粘膜、軟骨の奥底から、スラヴ語の奥底から同じ一つの動きによって聞き手の耳にもたらされ、直接聖歌隊の肉体になってしまう何かである」——「声の地肌《きめ》」と呼ばれるものを説明しようとして、ロラン・バルトがほとんど唐突に持ち出した最初の例がほかならぬロシアの教会音楽だったことに、あまりに過剰な意味を読みとるべきではないのかもしれない。けれども、ロシアの教会音楽において露出するシニフィアンそのもののなまなましさを語る彼の言葉にそなわった、それ自体官能的なまでにフェティッシュな表情は、彼自身の思惑を超えて、あたかもロシア文化の古層が、コードへと閉じられてしまった表現を超えて、記号そのもののマテリアルな直接性に根づいているかのような観念を、読者に植え付けかねない危うさを孕んでいる。

この声は個性的ではない。聖歌隊の、その魂の何ものをも表現してはいない。それは独創的ではない（ロシアの聖歌隊は大体全て同じ声をしている）。でありながらそれは個人的である。法的身分、《人格》を持っていないのは確かであるが、それでも別個の肉体を我々に聞かせる。そしてとりわけこの声は読解可能なもの、表現可能なものを越えた象徴的なものを直接届けてくるのである。今や我々の前には小包のように、父が、その男根の大きさが投げ出されている。「地肌」とはこれであろう。母国語、おそらく文字、を話す肉体の物質性であり、ほとんど確実に意味形成性《シニフィアンス》であろう[1]。

バルトは、たんなる「伝達」、「表現」として表象化・外在化されてしまった歌（pheno-chant）をしりぞけ、シニフィアンそれ自体の物質的・肉体的な生成のなまなましい場としての歌（geno-chant）との肉感的な出会いに悦楽を見いだす。しかし「直接」、「物質」、「肉体」というレトリック自体がもともと言葉＝記号でしかない以上、彼のテクストは、そもそも外在的なものである記号を音（声）の表象と無媒介に接合し、記号を身体的な本来性の側へと回収し実体化するロマンティックな企てへと、容易に転化する危険から自由ではない。この印象は、彼が性的な隠喩を使うことによってさらに強められている。それはコード（＝法）化され、エディプス化という抑圧を経てしまった「人格」などではなく、肉体としての性器との、生身の出会いなのだから。

それだけではない。バルトにとって、そうした音（声）と記号との肉体的でエロティックな結合は、まずロシアの古い教会音楽（ムソルグスキイのような西欧化された近代音楽は排除されている）に見いだされ、さらにフランスでは、LPレコードによる大量複製時代以前のある歌手に帰せられている。つまりそれは、エキゾチシズムや過去という時間的・空間的な距離の刻印を否応なく押されてしまっており、その意味で「ロシア」はそこでは、現代西欧にはすでに存在しないある本来性や肉体性を備えた他者として表象されてしまっていると言えなくもない。

このように一見なにげなくなされたロシアの伝統音楽への言及が私たちにとって見過ごせないのは、それが、ロシア文化を扱う際につねに直面するある種の困難を暗示しているように感じられるからかもしれない。というのも実は、バルトが陥ったこうしたレトリックの構造こそ、少なくとも近代以後ロシア文化がその言説空間を自己組織化していくなかで、微妙に形を変えながら飽くことなく反復されてきたものにほかならず、「西欧」に対立する「ロシア文化」という価値の特殊性と本来性をそのつど背後から支え、再生産してきた装置のひとつだったからである。

実際、一九世紀以後のロシア文化の流れのなかには、様々なかたちで「音（声）」にむかって欲望を組織し、「記号（言葉）」を身体的なものへと奪取する闘争として展開されていく一連のテクストの、きわだった系譜が存在する。それはプーシキンにはじまるロシア近代文学をつらぬき、今世紀初頭の象徴派における「音楽」を媒介とした美的な民族共同体の理念を支え、また一方で未来派・フォルマリズムの「詩的言語」からバフチンの「ポリフォニー」の理論へと、姿を変えながら反復されていく。「音（声）」について語ることは、近代以後のロシアにおいては、ある特別な意義を持っていたといってても過言ではない。まさにこの「音（声）」による「記号（言葉）」の身体化をめぐるディスクールが、ロシア文化の最良のテクストに浸透して、いわば脱領土化と再領土化をくりかえし、様々なテクストの孕む欲望の多形性をコントロールしている。だからそれはロシア文化のオリジナルな価値の産出を約束する力であると同時に、そうした価値を「西欧を超えるロシアの優越性」という抑圧的な権力装置へと全体化する機能を果たし続けてきたし、現在でもその効力はおそらく消えてはいない。

これから私たちがおこなうのは、近代以後のロシア文学におけるいくつかの特徴的なテクストのなかに、こうした系譜の大雑把な見取り図を素描する作業にすぎないが、そこでの課題は、ロシア文化のある流れを「音（声）」をめぐるレトリックへと還元し、そこに主体の現前という、西欧と同じ「音声の形而上学」の物語を見ようとすることではない。逆にそれは、主体を溶解してしまうディオニソス的「全体化」こそロシア的なものと見なす最近のいくつかの議論を、「音楽」という隠喩のもとに再確認することにあるのでもない。というのも、そういったやり方はいずれも、それ自体、ロシア文化の言説を支える「西欧」対「ロシア」という対立構造の内部へと回収され、その「表現」のひとつにすぎなくなってしまうのだから。そうした「西欧／ロシア」のような意味論的対立を反復してしまうことなく、この対立そのものを産出し機能させている言説の「なまなましい」運動それ自体を、「音（声）」をめぐるテクストの諸表象の配置のなかに読みとっていくこと。とりあえず私たちがとりかかろうとするのは、そうした課題なのである。

「音」という主題

おまえは何もない空虚のなかで
ありとあらゆる音への
応答を不意に生む

プーシキン

暁の羽虫のように
羽をもつ音たちが群れている［…］
ああ　言葉をつかわないで
心をうちあけることができたなら

フェート

一九世紀初期を境にして、ロシア文学のテクストは、「音」と「言葉」を、不意に、特権的な主題のひとつとして扱うようになる。右の引用のようなテクストは、レールモントフやチュッチェフをはじめとする一九世紀以後のロシアの詩人たちの作品のなかに、無数に見いだすことができるだろう。それは「おまえ（＝詩人）」によって「生」みだされる言葉を「音」へと近づけようとし（プーシキン）、また、生命と肉体を持って飛び交う「音」のイメージの優位のなかで、伝達の手段としての「言葉」を断念する（フェート）のだが、いずれの場合にも、文学の「言葉」を、客観的・理性的な伝達・叙述という言語使用の側から、より直接的でいきいきした、身体化された「音」の側へと奪い返そうとし、そのことによって理性的なものを超えた、根源的な何かの美的優位を確保しようとしている点で共通している。

そしてすでに述べたように、それ以後のロシア文学や文化のテクストのなかに、この主題群とその変奏を探し出すのは、さほど困難なことではない。物語内容の伝達よりも、語りの言葉そのものの音や身振りを追求したゴーゴリ、客観的に叙述された言葉を主体の生きた声へと取り戻そうとするドストエフスキイ、「音楽」によってロシアの美的な民族共同体の再生を試みたヴャチェスラフ・イワーノフなどロシア象徴派の理論家たち、日常的な意味を排除し、純粋に音だけで構成された詩を志向する未来派・フォルマリズム、さらに「声」、「ポリフォニー」そして民衆的身体としての「カーニヴァル」を追求したバフチンにいたるまで、ロシア文化のテクストは「音」と「言葉」をめぐる主題のまわりをつねにめぐっているようにさえ見える。

しかもこうした特徴は、文学テクストにのみ見られるのではない。そもそも近代以後のロシアの言説空間を特徴づけているのは、理性を超えた情念的・美的な言葉の圧倒的な優位性である。緻密な哲学的ディスクールや政治・経済、科学の功利的・実証的ディスクールは、ロシア文化のヒエラルキーのなかでは二次的なものとされ、あるいは美的に身体化された言葉のディスクールへと吸収された。近代ロシアではじめて独自の哲学的思索をおこなったとされるチャアダーエフですら（彼もまた「言葉」の根源的創造性を抒情的に言祝ぐ断片を残しているのだが）、親しい女性に宛てた書簡といういわばエロス的な文体のなかでしか自己の思索を言語化できなかった。

つまりロシアにおいては、「言葉」は論理性や客観性の側ではなく、「音」、「身体」にかかわる隠喩で呼び出される情念的・美的なものの側につねに引きよせられてしまう。それでは、いったいなぜ、近代以降のロシア文化は、これほどまでに「音」と「言葉」をめぐる主題に執着し、「言葉」を身体的で美的なものの側にとらえることに固執したのだろうか。

だが、この問いに答える前に、確認しておかなければならないことがある。それは、この主題そのもののロシア的な特殊性を暗黙の内に前提してしまってはならない、ということだ。もともと「音」と「言葉」をめぐるこうした主題がロシアに特有の伝統であったわけではまったくない。というのも、こうした主題群は、一般に、ヨーロッパのロマン主義によってすでに先行して展開されていたものなのだから。

たとえばフリードリヒ・シュレーゲルにとって、「音」と「言葉」の主題群は、「音楽」と「(文芸や学問の)言語」をめぐる、すぐれてロマン主義的な言説へと組織されていく――「音楽の調べのなかでわれわれに触れるのは聖なる息吹きです。この息吹は力づくでは捉えられませんし、機械的にも掴めません。しかしそれは死に瀕した美から、親しげに引寄せられ、それに包みこまれます。そして文芸の魔法の言葉もその聖なる息吹きの力によって浸透され、生命を与えられることができるのです(2)」。そこでは「言語」は学問的な「伝達」や「叙述」のための「文字」ではなく、「音楽」的な「魔法」の道具となる。

私には、なぜわれわれが言葉に、つまり文字にただ文字として拘泥し、そのために、言語が文芸の他の手段より文芸の精神に近いものであることを認めてはならないのか、分かりません。言語は根源的に考えれば譬喩と同一であり、魔法の最初の直接的道具なのです(3)。

このように、「言葉」を伝達の手段、文字の側から、「音楽」の「息吹き」の側へ、ある種の「直接性」と「生命」の側へ奪取すること、それによって美的・情緒的なもの、あるいは芸術創造の根源的価値を確保しようとすること、これはもともと、「音」と「言葉」についてのロマン主義的なテクストの隠喩的配置をかたちづくる欲望なのである。

一九世紀以後ロシア文学のテクストにあらわれる「音」と「言葉」をめぐる一連の主題も、基本的に、すべてこの欲望を中心として形成されているといってよい。つまり、ロシア文学における「音」と「言葉」をめぐるテクストは、西欧ロマン主義以後の大きな流れの一部分にすぎないのであり、そのこと自体は、ロシア文化の独創性や特殊性などではありえない。ロシア文化の特殊性が、「音」と「言葉」をめぐる主題を生みだすのではない。そうではなくて、むしろこの外来のロマン主義的な「音」と「言葉」をめぐるレトリックが、「ロシア的なるもの」の構成を可能にしているのだ。

このように、「音」と「言葉」をめぐる主題を中心に特権化されてきたところにロシア文化の言説の根源的特徴があるのではなく、むしろ、外部（西欧）に起源を持つそうした主題の配置が、逆に「ロシア的言説の根源的特徴」を構成してしまうという矛盾のなかにこそ、ロシア文化の言説がかかえる特殊な問題性が凝縮されている。そこには、ロシアの独自性であると見なされていることが実はロシアの独自性などではまったくなく、しかしそのことがロシアの独自性を逆説的に構成する装置として働いてしまっているという奇妙な転倒がある。そして、その問題と、「音」としての「言葉」という主題とが結びつくのは、実はけっして偶然ではない。

たとえばボリス・グロイスは、一九世紀初頭以降の近代ロシア思想史において、ロシアの自己同一性の探求が、つねに、同一性の不在としてしか現れてこないという逆説に注目している。「シェリングとヘーゲルの影響は、ロシアの教養ある社会にかなり急速に普及した。すでに一九世紀の一〇年代末から二〇年代にかけて、その注目の的となった問題は、この時期までにロシア文化が、いったいいかなる独自のものをすでにつくりあげたか、ということである。答えは例によってきわめて悲観的なものだった。事実上何もないのである」(4)。さらにロマン主義以降の西欧の観念論における歴史主義の展開は、ある意味であらゆる文化形態や真理を相対化するものでもあり、したがってあらたな独自性を創造する可能性もあらかじめ閉ざされてしまっている。

結局残されていたのは、独自性がないということ自体をロシアの独自性へと逆転することだけだった。その逆転を可能にする唯一の方法が、「独自性／非独自性」を問題とするような西欧文化の反省的ディスクールそのものを超越してしまうこと、「思考、文化、《精神》あるいは魂のいかなる形の歴史にたいしても、なにか根源的に《異質なもの》」となろうとすることだったのである。

ロシアの哲学とは、[…]このように、シェリング＝ヘーゲル的歴史主義の危機の時代における、ヨーロッパのポスト観念論哲学に共通のパラダイムの一部分なのである。それは、反省、弁証法、思考あるいは認識を超えたところにある、客観化されえない《異質なもの》としての無意識的なものが、はじめて発見された時代だった。[…]このため、チャアダーエフやスラヴ派たちのロシアは、ヨーロッパのポスト観念論における無意識的なもののもうひとつの名と見なすことができよう(5)。

こうしてロシアは、「独自性／非独自性」というような西欧的意識そのものを超越した「異質なもの」＝「無意識」を自己の独自性として倒錯的に表象する。しかも、グロイスによれば、そのこと自体がすでに、ショーペンハウアーやキルケゴールなど西欧の「ポスト観念論哲学に共通のパラダイムの一部分」でしかない。

ここにあきらかになるのは、根源的に倒錯した主体化の物語だともいえるだろう。ロシアは、すべてをコード化・意味化する西欧の一元的体系のエディプス的抑圧から自由になるために、無意識という本来コード化されるはずのない欲望の流れを、自己の主体化＝エディプス化という抑圧のコードとして使うのだから。ロシア文化の言説においては、無意識自体が抑圧として機能してしまう。「主体化」が陥るこうした倒錯は、ドゥルーズ／ガタリが、「主体化の記号体制」における「脱領土化」と「再領土化」の終わりなき過程として描き出しているものにきわめて近い。「ポスト・シニフィアン的記号体制」と彼らが呼ぶ、主体化の「情念的な権威的体制」は、円環的で閉じられた専制的な意味化のコード体系（シニフィアン的記号体制）を「絶対的脱領土化」することで「主体化」をおこなうのだが、そのようにして生まれた主体は、「言表行為の主体」（立法者＝コード化する者）と「言表の主体」つまりたんなる言表の一部（主語＝解釈される者）へと二重化し、倒錯した支配／従属の権力関係へと再領土化されてしまう。

主体化は逃走線に肯定的記号を付与し、脱領土化を絶対的にもたらし、強度を最も高いレベルに、冗長性を思慮された形態にもたらす。しかし、以前の体制に陥ってしまうのではなく、主体化は、自分が解放した肯定性をふたたび自分で否定したり、あるいは自分の達した絶対性を相対化する

独特の方法を持っている。［…］

主体化はこうして、「逃走線に対して、これを絶えず否定する切片性を強制し、絶対的脱領土化に対しては、これを絶えず堰き止め、方向転換させる廃絶の点を強制(6)」することで、脱コード化をくり返しては、今度は主体自身を意味の支配者として権威化し、再コード化＝再領土化していく。ロシアにおいてはこうした「主体化」が、西欧の包括的な意味・解釈化のコード系にたいする、「コード・意味を超えたもの＝無意識」による脱領土化としておこなわれたため、結果として「無意識」という主体なきものが逆に「ロシア的なるもの」として主体化され意味化・コード化されるという、極端に倒錯的な再領土化が進行していくのである。

断っておかなければならないが、こうした「異質なもの＝無意識」としてのロシアの自己表象化＝再領土化は、もっぱら哲学的ディスクールとして進行したのではない。むしろ、それは哲学の外部でなされるしかない。というのも、ロシア的なものは、まさにそうした哲学的ディスクールにとっての外部、「異質なもの＝無意識」、つまり分節化されていない生命の根源的エネルギーとして可能になっていたからであり、その意味でそれは、グロイスがいうように「反哲学」として形成されていたからだ。そしてそれが、哲学に代表される西欧文化の広範でシステマティックな認識コードの言語体系にたいする脱コード化＝脱領土化としてあった以上、ロシア的な自己表象化は、必然的に既存の言語体系を超えた、異質な言語、つまり言語ならざる言語によってなされなければならない。

「言葉」を客観的、体系的な意味伝達の側から、意味を超えたマテリアルで身体的な「音」の側へと奪取しようとするロシア文化の欲望の持つ意味は、まさにここにある。一九世紀以降のロシア文化の言説は、既成の（西欧の）文化的コードの外にある言葉を必要とする。言語学でさえ、言語を「音」による詩的譬喩としてとらえている。一九世紀半ばのウクライナの言語学者ポテブニャは、ドイツ・ロマン派のフンボルトをふまえてこう主張する。言語とは「エネルゲイア」（産出のプロセス）であり、心的内容を音という物質的形式によって、いわば詩的・譬喩的に表現しようとしたものにほかならないのだと。

［…］いずれにせよ確かなことは、言語が感情表出的な音を直接のきっかけとする発展段階を前提にしているということである。この段階は擬音的・詩的段階と呼ばれるが、それは外的自然の音がそこに描かれるという意味ではなく［…］、ここではじめて、思考現象が音によって表現されるという意味なのである。(7)

彼によれば言語はもともと、「音」を媒介とした詩的な創造を起源として生成されるのであり、「言語におけるあらゆる意味は根源的に譬喩的」だ。したがって、詩の言葉は科学の言葉より根源的なものなのである。

科学は、世界を細分して、概念の首尾一貫した体系へとふたたび組み立てようとする。しかしこの目標は近づけば近づくほど遠ざかっていき、体系は、そこに組み込まれなかった様々な事実によって崩壊する［…］。詩は、世界の調和が分析的知識では理解不可能であると警告する。こうした調和を具体的イメージで示しながら［…］、科学的思考の不完全性をおぎない、人が生まれつき持っている、いたるところに一貫した完全なものを見いだそうとする欲求を満たすのである。(8)

つまりロシアにおいては、「言葉」は論理性や客観性の側ではなく、「音」、「身体」にかかわる隠喩で呼び出される情念的・美的なものの側につねに引きよせられてしまう。一九世紀の詩人チュッチェフの有名な一節にあるように、「語られてしまった思念は虚偽」であり、「ロシアは知性で理解はできない／一般的尺度では測れない」。このように、一九世紀以降の「音」と「言葉」をめぐる主題は、「言語／言語化されえぬもの（無意識）」という対立を「西欧／ロシア」の対立へと読み換えることによって「ロシア的なるもの」を再領土化し権威化する装置として機能している。

それが「音」と「言葉」にまつわる西欧ロマン主義以来の図式を反復するという逆説を招いてしまうのは、もともとそこに、あらゆるコード化を拒否するいわば「反言葉」が実は自己の主体化＝コード化として抑圧的に機能してしまっている、という根源的な倒錯があるからだ。無意識の異質な言語としてロシア文化を主体化する物語そのものが、ロマン主義以降の西欧における主体化の物語の反復・再領土化でしかないのである。こうして、近代以後のロシア文化を特徴づけるとされる美的・情念的な言葉の優位は、ロシアが「無意識」＝分節化されていない根源的な生命のエネルギーとして自己を表象しようとする倒錯した主体化の物語へと深く結びつき、その矛盾と抑圧機構を複雑化していくのだ。

それでは、一九世紀を通して様々なかたちで反復されるこの「音」と「言葉」をめぐる欲望の構図は、根源的な矛盾を孕みながら、その後ロシアの言説空間でどのように展開されていくのか。つぎに私たちは、これまで考察してきたことを念頭に置きながら、「音」と「言葉」の問題をとりあつかった二〇世紀初頭のロシア象徴派以後のいくつかの文学・文化理論を概観してみよう。というのも、それらのテクストが、ロシア文化の言説における「音」と「言葉」をめぐる主題のこうした特徴や矛盾、そしてそれがたどった軌跡をとりわけ先鋭に、集約的にあらわしているからである。

民衆の「合唱《コロス》」としての言葉

リズムがそこにあるのならば、それは芸術家の創造が、全オーケストラの反響だということだ。つまりわが民衆の魂の反響なのである。

ブローク

すでに見たように、プーシキン以後ロマン派のレールモントフ、チュッチェフを経てフェートにいたる一九世紀の詩人たちにとっては、「言葉」を「音」や「身体」の側に奪い返すということは、最終的に理性的言語を超えた何者か（理性を超えた自然のエネルギー＝無意識としてのロシア）とのつながりを美的・情念的に回復することを意味していたが、「言葉」そのものの音声的、身体的な外部性・物質性は、結局はロマンティックで美的・情念的なものへと再領土化され抑圧されてしまっている。そこには、「音」や「身体」の外部性・物質性は、実はそれ自体詩人の想像的な主体化の物語をかたちづくる記号にすぎないという倒錯が隠されている。

しかし、ロシア文化における「音」と「言葉」をめぐる言説の問題は、主体化の物語という「脱領土化」から「再領土化」への一方向的な流れなどにあるのではない。ロシア文化において主体化の物語を覆っている「既成の言語の脱コード化による主体化＝コード化」という根源的倒錯が、一方で「音」と「言葉」をめぐるそうした主体化＝再領土化の抑圧機構に、見過ごすことのできない重大な亀裂を生じさせてもいる、というところに、この倒錯が持っている逆説の複雑さがある。その亀裂とは、脱領土化／再領土化のサイクルがもたらすあらゆる意味や理念に先立ち、そうした意味や理念そのものを産出するマテリアルな媒介性としての「言葉」＝「記号」の配置を見いだすことであった。

一九世紀以来の「音」と「言葉」をめぐる主題の配置が、「言語／言語化されえぬもの（無意識）」という対立を「西欧／ロシア」の対立へと再コード化することによって「ロシア的なるもの」を特権化する抑圧的装置として機能してきたとすれば、二〇世紀に入ると、そうした対立自体が言語的にしか構成されないという意識の現れを、「音」と「言葉」をめぐる主題のなかに見いだすことができるようになる。既成の（西欧的）言語のコード体系を拒否することが、「コード化されえない無意識」としてロシアを逆説的に主体化＝コード化することにしかならないのだとすれば、実は「無意識としてのロシア」そのものもすでに言葉によって媒介され言語化されてしまっているのであり、それ自体コード体系の外部などではありえない。むしろ外部＝異質なものとは、「無意識としてのロシア」という理念あるいは意味をも産出し、「無意識」とは異質な言語コードへとすりかえてしまうような「言葉」＝「記号」の配置そのものだということになる。

ロシア象徴派の理論家ベールイのつぎのようなテクストが示そうとするのは、そうした「言葉」の媒介性、外部性である。

譬喩的な言葉は、周囲の物から受ける、論理的には言いあらわしがたい私の印象を表現する語からできている。いきいきした言葉はつねに、言いあらわしがたいものの音楽だ。「語られてしまった思念は虚偽だ」とチュッチェフは言う。思念という言葉で彼が言おうとしているのが一連の述語ターム的概念で語られる思念ならば、彼は正しい。しかし、いきいきと語られた言葉は虚偽ではない。

チュッチェフの主張に反して「言葉」が「虚偽」でないのは、それが「述語的概念」すなわち閉じられた意味体系に内在する語ではなく、そうした意味自体を産出する何かだからである。そして「音」、「音楽」はそこでは、こうした意味産出の作用を示す指標として機能する。こうした「記号」のマテリアルな外部性が、しばしば「音楽」へと読み換えられていくのは、二〇世初頭にロシアの知識界に流布したニーチェ、特に『悲劇の誕生』における「ディオニソス的なもの」が、とりわけ「音楽」やそれに付随する一連の語と、「言葉」＝「記号」とのレトリカルな配置として文化理論へと再構成された結果でもあった。ベールイにとって「音楽」とは、言語の表象形式＝内在的な意味体系（アポロ性）にたいする意味産出の働きそのもの（ディオニソス性）をあらわしている。

あらゆる言葉は音である。私の外を流れる空間的、因果的関係は、言葉を媒介することで私に理解できるようになる。言葉がなかったら、世界もなかっただろう。周囲をとりまく一切のものから切り離されてしまった私の「我」などまったく存在しない。私から切り離された世界も、やはり存在しない。「我」と「世界」が出現するのは、音のなかでそれらが結合するプロセスのなかだけである。［…］言葉の外部には自然もなければ世界もなく、認識者もいない。(9)

ここではすでに、「音（楽）」としての「言葉」は、「世界」のなかにあってその「無意識」の部分を表象するものなのではなく、「我」や「世界」という意味自体をコード化し構成する記号の配置そのものの、根源的な物質性・外部性としてとらえられている。それは、近代以降のロシア文化の言説が囚われてきた主体化の物語にたいして、根本的な疑いを提起するものだと言わなければならない。というのもここでは、「我」という主体や、その主体が定位しあるいは反抗する「世界」は、ともにその存在の自明性を解体され、「音楽」的な「言葉」の効果でしかなくなってしまうからだ。コード化不可能なもの（無意識＝外部性）であるはずの自己が結局は「音＝言葉」として再領土化・コード化されざるをえない、という倒錯に陥った「音」と「言葉」をめぐる主題は、逆に、すべてを意味化し再領土化してしまう言語の記号的配置自体を意味のマテリアルな外部性として取り出すことによって、「意味形成性」としての「言葉」、いわば「なまなましいシニフィアン」としての「言葉」を見いだしたのだといえよう。

しかしながら、このような「言葉」＝「記号」のマテリアルな外部性、つまり意味産出の側面も、それがまさに「音楽」として表象されていくことによって、ふたたび「ロシア的なもの」の内部へと再領土化され、あらたな抑圧装置として機能するという再度の倒錯へと陥ってしまう危険性と表裏一体になっているのである。ドゥルーズ／ガタリも述べているように、「音楽」は、そのロマン主義的体制においては、「民衆」を経由・媒介した芸術家による自らの領土化・主体化と本質的に結びついているからだ――「ロマン主義的英雄は、英雄のロマン主義的な声は、主体として、つまり『感情』を持つ主体化した個人としてふるまう。だが、主体性の声という要素は器楽全体に、そして管弦楽全体に反映され、逆に器楽と管弦楽は、主体化されざる『情動群』を動員して、ロマン主義とともにめざましい重要性をおびてくる」。「声」は〈一なる群衆〉と結合することで、「集団的個体化によって、単一の情動が生まれ」、それが「管弦楽編成の対象となる(10)」。
「言葉」をマテリアルな配置として見いだすことでなされたはずだった主体化の装置の解除・脱領土化は、このようなロマン主義的位相で見られた「音楽」の効果によって、巧みにもうひとつの主体化の物語へとすりかえられてしまう。個々の主体の外部にあってそれらの主体を産出し、そうした主体の多様な声を規定している「言葉＝音楽」は、「言語」(たとえば国語つまりロシア語)の潜在的な統一的コード体系と同一視されることで、民衆／国民へと実体化されて、「集団的個体化」によるもうひとつの主体化の物語として、その共同性を実体化・権威化してしまう危険を孕んでいる。実際ロシアでは、「音楽」は、そのような民衆《ナロード》／国民の共同性を支えるディオニソスの宗教秘儀の合唱として読み換えられていくのである。

たとえば同じロシア象徴派の理論家ヴャチェスラフ・イワーノフは、近代のロシア詩が、結局は詩人の「我」の倒錯的主体化の物語でしかなかったことを、詩人が「合唱」から乖離したのだとして批判している。だがその場合「音楽」＝「合唱」とは、「民衆／国民」的な共同性を支えるものとしてとらえられているのである。彼によれば、プーシキンにはじまる一九世紀のロシア文学においては、芸術家は民衆の「合唱」から切り離されてしまっている――「プーシキンの《弱強格《ヤンブ》》は、近代の芸術家と民衆との乖離という悲劇を余すところなく表現したはじめてのものである。それは新しく前代未聞の現象である。というのも吟遊詩人と群衆が、ディテュラムボスの主人公と合唱《コロス》――切り離しては考えられない要素――が闘いはじめたのだから(11)」。

イワーノフにしたがえば、詩人とは「民衆の自己意識の器官」、「言葉の器官」であり、「彼を通して民衆はその太古の魂を想起し、幾世紀もそこに眠っている可能性を復活させる」ことができる。

音楽とは、計算や勘定を無意識に練習することだというのが当を得た言い方だとすれば、詩人の――そしてとりわけ象徴派詩人の――創造とは、フォークロアの根源力へと無意識に没入することだと言えよう。[…]

シンボルとは、忘却され、失われた民衆の魂の財産を経験することである。[12]

ブロークが、「民衆の魂」の「オーケストラ」を反響させるのが芸術創造だと考えたのと同じように、イワーノフにとって「音楽」とは、合唱をともなった神秘劇によって、言葉を持たない民衆／国民の共同体との失われたつながりを回復することを意味していた。

しかも彼は民衆とのこうした美的な統合を、たんに文学的な相において見ていたのではない。ドゥルーズ／ガタリの言葉を借りれば、音楽の問題には、「なおさら政治がかかわってくる」。イワーノフによれば「全民衆的芸術が魔術的なものとなるためには、それは合唱の言葉の器官を持っていなければならない。そして国民投票［ゴロソヴァーニエ］は、その理念の焦点と正当化を、オーケストラの共同精神的な声／票［ゴーロス］のなかに見いだせないならば、表面的で生気のないもの」[13]なのであり、「本当の政治的自由は、こうした共同体の合唱の声が民衆の真の意志の本物の国民投票となるときにはじめて、実現される」[14]。そしてそのなかで言語＝ロシア語は「民族を超え、綜合し、すべてを統一するという使命のしるし」[15]を負っている。

「ロシア的なるもの」の倒錯的な逆説はここにも現れている。というのもここでは、ロシアの国民的（ナショナル）なロシア語が、そのままトランスナショナルな統一のしるしにすり替えられてしまうからだ。そうした逆転が可能なのは、ロシアの「言葉」がもともと、あらゆる「独自性」を超越しているという「独自性」を持っているからである。こうして、「音」と「言葉」をめぐる主題は、「音楽」をとおして直接民主制的に民衆の多様な声を統合し共同化する、文化（芸術も政治も含めた）のウルトラナショナリスティックで「専制的」な全体化のイデーへと転化され、文学の言葉は、「音楽」＝「合唱」の「声／票《ゴーロス》」たちの直接の支持によってそうしたイデーを文字どおり直接に「表象／代表」するものとして、ロシアの言説空間を支配する権力を与えられるのだ。

「音」による空虚の充填

このように見てくると、私たちが改めて驚かされるのは、こうした「音」あるいは「音楽」とむすびついた民衆／国民の「声」の支配力がロシアにおいていかに強力なものであったかということである。それは、一九二〇年代以後のポスト象徴派時代に形成され、注目されたロシアの文学・文化の理論的成果の多くが、民衆の「声」、「音」と「言葉」との対比というレトリックをそのなかに忍び込ませてしまっていることに端的に示されている。しかも多くの場合それらは、互いに異なる、あるいは敵対さえするような理論であったにもかかわらず。

たとえば、未来派・フォルマリズムは、伝統的な文学・文化の既存のコード体系が与える意味から記号の物質性を解放しようとする。ところが、そのようにあらゆる意味から、そしてそれと同時にあらゆるレトリックから解放されたはずの超意味言語（ザーウミ）を理論的に基礎づけようとするテクストに、「音」と「言葉」のあのレトリックが忍び込んでしまっているのを、私たちは容易に確認することができる。超意味言語がすでに民衆的な子供の戯れ歌（＝民衆の音楽）や民間の神秘宗教セクトの神がかりの言葉《グロソラリア》のなかに潜在していることをいくつもの例を挙げて強調しながら、シクロフスキイは述べている。

こうした例すべてに共通しているのは、つぎのようなことである。これらの音は言葉になることを欲している。それらの作者たちは、それらを何か異国の言語——ポリネシア語、インディオの言語、ラテン語、フランス語、そしてなによりもエルサレムの言語——だと思いこんでいる。興味深いのは、未来派たち——超意味詩の作者たち——も、一瞬にしてすべての諸言語をとらえたのだと断言したり、ヘブライ語で書こうと試みさえしたということである。(16)

興味深いことに、ここには、民衆の言葉にならぬ「声」＝「無意識」を、客観的・伝達的な意味を超えた「音」として言語化していくのが詩人の使命である、という象徴派、そしてロマン主義にまでさかのぼるイデーが、かたちを変えて生き残ってしまっているのを見ることができる。しかもそれは、「すべての言語」を包括するという、詩人の言語の持つウルトラナショナリスティックな綜合力を密かに前提してしまっているのである。グロイスが言うように、アヴァンギャルドは、民衆／国民の「声」や「音楽」という「無意識の魔術を支配する権力」を「手法」として獲得しようとしたが、そのことによって、逆にロシア文化の言説を支配してきた「無意識、非合理的なものの権力」のなかにとらえられてしまうのだ。(17)

バフチンも、この「音」と「言葉」のレトリックから自由ではない。もちろん、周知のように彼は、言語を完全に詩人・作者というひとつの主体の創造へと還元すること、あるいは無人称的な意識や客観的意味のなかに閉じることにたいしては頑強に抵抗したのだが、それは、言葉を他の複数の主体のとの応答の「声」の織りなす「音楽」へとあけわたすことも意味していた。このように複数の「声」の「合唱」のまえに、主体の単一的な支配を相対化すること、それが「ポリフォニー」であり「カーニヴァル」だったが、それは逆に言えば、複数の主体が対話的にその多様性を保ったまま、ひとつの場に結び合わされるということも意味している。A・エトキント、グロイスなどによる最近のバフチン批判もその点に集中しているのである。

複数的な他者の主体化が、音楽的レトリックのなかでそのままトランスナショナルな支配のイデーに転化してしまった例を、やはり一九二〇年代に形成されたユーラシア主義のテクストのなかに見いだすことができる。そこでも、複数の主体がその多様性を保ったまま、ひとつの場に結び合わされるというイデーと、ロシア正教における宗教的綜合主義とが、「シンフォニー」という音楽的レトリックで結び合わされている。

あらゆる人格を祝福し変容させながらも、教会はこの点で、個性とシンフォニー的人格のあいだに区別をもうけない。教会にとっては民衆も、多数の民族の文化的統一も、やはり、生きて発展しつつある人格なのである。

教会とは、「一個の完全な人格」であるとともに、「シンフォニー的で、結局のところインディヴィジュアルな多数の人格のヒエラルキー的統一」なのだ。個々の主体がその独立した人格を認められているということは、いいかえれば「頑固な共産主義者」でさえ、「意識的な宗教的存在」に到達する自由と可能性を、少なくとも潜在的に備えていることを意味するのだから。[18] だから現実の教会は、完結し閉じられているのではなく、開かれた生成の過程として存在する。ユーラシア主義のこうしたイデーは、ロシア文化の使命を多様な主体の統一ととらえることで、結果的にロシア・ソ連の帝国的民族支配を正当化するものとなるのだが、ホルクイスト／クラークが、このイデーの発案者とされる宗教哲学者カルサーヴィンとバフチンのイデーの類似性を指摘しているのは大変示唆的であろう。[19] 開かれた生成としてある多様な主体が、音楽的なレトリックのなかで、その人格を保ちながら結び合わされている光景は、まさにバフチンのものでもある。「音」と「言葉」をめぐる主題のレトリカルな配置が近代以後のロシア文化のディスクールにおいて果たした倒錯的な役割がここにある。それは、一元的にコード化された意味の外部（無意識、異質なもの、他者、記号の物質性）を見いだそうとするまさにそのことによって、逆にそうした外部を積極的な意味としてコード化してしまうという倒錯、脱領土化と再領土化をくりかえしながら、ロシア文学・文化の言説を支えつづけてきた。プーシキンの詩が語るように、「何もない空虚」としてのロシアを、そのつど「音」で充填し、再意味化すること。それが近代ロシアの文化を動かし、また支配してきた仕掛けだったのである。

（1）ロラン・バルト「声の地肌」杉本紀子訳（『集英社版世界の文学38・現代評論集』、一九七八年）、七四—七五頁。なお、以下、本文における引用文中の強調はすべて原著者のものである。
（2）『ロマン主義文学論』野田倬、西節夫訳（学芸書林、一九七二年）、七七頁。
（3）同書、一〇二頁。
（4）*Гройс Б.* Поиск русской национальной идентичности // Вопросы философии. 1992. № 1. С. 53.
（5）Там же. С. 56.
（6）ジル・ドゥルーズ、フェリックス・ガタリ『千のプラトー』宇野邦一他訳（河出書房新社、一九九四年）、一五四—一五五頁。

（7）*Потебня А.* Мысль и язык. Харьков, 1892. С. 101.

（8）Там же. С. 203.

（9）*Белый А.* Символизм. М., 1910. С. 429-430.

（10）ドゥルーズ、ガタリ、前掲書、三九二頁。

（11）*Иванов В.* По звездам. СПб., 1909. С. 34.

（12）Там же. С. 40.

（13）Там же. С. 69.

（14）Там же. С. 218-219.

（15）*Иванов В.* Наш язык // Из глубины. 2-ое изд. Париж, 1967. С. 177.

（16）*Шкловский В.* Гамбургский счет. М., 1990. С. 57.

（17）*Гройс Б.* Русский авангард по обе стороны «черного квадрата» // Вопросы философии. 1990. №11. С. 70-71. を参照せよ。

（18）Мир России – Евразия. М., 1995. С. 252.

（19）マイケル・ホルクイスト、カテリーナ・クラーク『ミハイール・バフチーンの世界』川端香男里、鈴木晶訳（せりか書房、一九九〇年）、一一三頁。

複数性の帝国——二〇世紀初期のロシア思想における「複数性」の理論

はじめに——「複数性」というパラドクス

「多元性」や「複数性」は、現代の文化的・思想的状況をめぐるディスクールに流通する特権的な記号のひとつとなっているように見える。いわゆる「ポストモダニズム」以後の思想的コンテクストのなかで、「多元性」、「複数性」は、近代的な一元的システムの支配に対する脱中心化や脱構築を理論的に正当化する装置として、他者の追求、異質な文化の発掘、マイノリティの復権などにその基盤を与え、「ポストコロニアリズム」や「マルチカルチュラリズム」などさまざまに意匠をかえて再生産されつづけている。

しかし、そうした「多元性」や「複数性」は実は、かならずしも他者の消去や一元性、全体性の回復と矛盾しない。それどころか、「多元性」、「複数性」それ自体が、一元的な支配の原理として機能してしまう場合すらある。たとえばロシアの思想的経験のなかでは、そのことは非常に明確に現れている。というのもロシアでは現実に、多元性、複数性がまさに支配原理として機能しえたからだ。忘れてはならないのは、ソヴィエト連邦が、帝政ロシアの専制支配からの諸民族の解放、多元性の回復として成立したという事実である。ソヴィエト国家はまさに複数性の帝国として姿を現した。そしてこうしたソヴィエト的な複数性の支配原理を理論的に正当化し基礎づけようとしたのが、多元性、複数性をめぐる思想的探求だったのである。

ロシアでは、そうした「多元性」、「複数性」の理論化は、宗教哲学の興隆などを背景として、すでに二〇世紀初期にひとつの頂点をむかえていた。それは、世界を「非連続」として（したがって一元的ではなく複数的なものとして）把握する数学者ブガーエフや神学者フロレンスキイらの理論として結実し、またバフチンにおける他者、対話、多言語性の理論へと展開されていくなど、現在の私たちにとっても無視することのできない重要な成果となって、この時期に集中的に生みだされている。それらは、ロシア文化史における最良の理論的達成といっても過言ではない。

しかし私たちが注意しなければならないのは、まさに同じこの「多元性」、「複数性」の理論が、ポスト革命期のソヴィエト的な一元的支配のイデオロギーとしても機能しえた、ということである。たとえばカルサーヴィンに代表される宗教哲学者、歴史学者、言語学者など、転向亡命者たちによって展開されたいわゆる「ユーラシア主義」の理論は、西欧的な一元的支配を否定し、ユーラシアの民族・文化的多様性をその多様性のままに統合する対話的、複数的な原理こそロシア本来の国家原理であるとして、ソヴィエト的な連邦国家の独自性を理論的・イデオロギー的に基礎づけようとした。そこにあるのは、多元的、複数的であるというまさにそのことが、逆にユーラシア国家としてのロシアの同一性や一元性を保証し、強化してしまうという逆説である。

一九二〇年代から三〇年代のポスト革命期に出現したこのような「多元性」、「複数性」の理論が興味深いのは、それが、すぐ後の日本における「近代の超克」にきわめて類似した構図を示しているからである。なぜならロシアにおける「複数性」の理論もまた、西欧近代の一元的システムの批判的克服をめざして独自の世界観と国家形態を追求し、結果として多元的、複数的な超国家主義的帝国支配の原理を理論的に正当化することになったからだ。もちろんこのような類似はけっして偶然ではない。というのも、もともとロシアにおける「多元性」、「複数性」の理論の執拗な展開は、西欧に代表される近代的なシステムに対する根強い不信によって動機づけられていたからだ。

実は近代以後のロシアの思想的経験は、ある意味で「多元性」、「複数性」追求の歴史そのものであったといってよい。なぜなら、近代ロシア思想の課題はつねに、西欧的な理性的思考の一元性の外部に出ることであり、それによって西欧的思考に支配されたロシアの自己同一性を救いだすことだったからだ。ロシア自体を、近代西欧的な思考様式の一元的支配にたいする独自のオルタナティヴとして、いわば西欧的一元性に対抗する「多元性」、「複数性」のモデルとして提示すること――これがロシア思想の直面した課題だった。つまり「多元性」や「複数性」の理論は、まさにロシアにおける近代（西欧）超克の中心をなす理論として形成されてきたといえる。ここではロシアの思想的独自性や自己同一性そのものが、思想的原理の多元性、複数性という前提によって支えられている。逆説的なことに、「多元性」、「複数性」は、「ロシア思想」の一元性や統一性を強化するものとして機能しているのである。

もしこの見方が正しいとするなら、ロシアの思想的経験において「多元性」、「複数性」の理論がたどった道筋は、現在の私たちが置かれている文化的・思想的状況にとってもけっして無関係なものではない。というのも、いわゆる「ポストモダニズム」以後のコンテクストのなかで特権的な記号として流通してきた「多元性」や「複数性」もまた、「モダン」という一元的システムに対する批判として呼び出されたものだが、その場合「モダン」という語が含意するのは、実質的には西欧近代をかたちづくってきたシステムにほかならないのだから。このように、現代における「多元性」や「複数性」への関心と、二〇世紀初期のロシアにおける「多元性」、「複数性」の理論化とのあいだには、あきらかに類似した構造がある。実際、アメリカの亡命ソ連人研究者ミハイル・エプシテインなどのように、ポスト革命期以後のソヴィエト文化を、欧米におけるポストモダニズムの先取りとして単純にとらえる論者も存在するほどである。

しかし問題は、二〇世紀初期のロシアにおける「多元性」、「複数性」の思考のなかに「ポストモダニズム」の先駆がすでに芽生えていた、などということにあるのではない。問題なのは、現在流通しているような「多元性」や「複数性」もまた、多元的、複数的であるというまさにそのことによって逆に同一性を保証し強化する可能性がありうるということ、そうした「多元性」、「複数性」自体が、一元性、全体性の回復や、他者の消去として機能することすらありうるということだ。私たちが過去のロシアの思想的経験を参照しなければならないとすれば、それはまさにこのことを確認するためである。私たちにとって必要なのは、二〇世紀初期のロシアにおいて「多元性」、「複数性」の思考がどのように理論的化され、また同時にその理論的帰結が、ソヴィエトの国家原理を基礎づけるような全体性の理論へとどのように逆説的に接続されていくか、を具体的に検討することなのである。

「非連続」としての複数性――ブガーエフとフロレンスキイ

すでに述べたように、「多元性」、「複数性」の持つ理論的可能性の追求は、近代ロシアの思想的経験全体を通じて特別な位置を占めていた。なぜならロシアの思想はつねに、近代における西欧的システムの一元的支配に対して、その支配のなかに含まれない異質な原理、他者、もうひとつの選択肢であろうとしてきたからだ。近代ロシアの思想的言説は、自己を「西欧」に代わるもうひとつの原理として表象しようとしてきた。そこではたしかにロシアは一貫して、西欧的一元性に対する根源的な異質性＝多元性・複数性の隠喩として機能してきたのである(1)。

しかしこのような「多元性」、「複数性」追求のプロセスは、やがて「多元性」、「複数性」の論理構造それ自体が孕んでいる逆説に直面せざるをえない。なぜならそこでは、「ロシア思想」というディスクールの生成自体、みずからを(西欧とは)別の思想的可能性として措定することで可能となっているのであり、「ロシア思想」というような一元性、同一性は、実は思想的原理の多元性、複数性を前提することではじめて成立しうるからだ。しかもそれは、論理的には、「複数性」が単数性、同一性に先行していなければならないということをも意味している。従来のように一元性に「多元性」、「複数性」を単純に対置するだけでは、そのような問題を理解することはできない。「多元性」、「複数性」とはそもそも何なのか、それはどのような論理構造によって可能となっているのか、という原理的な問いの解明がどうしても不可避なものとなるのである。

実際ロシアでは、一九世紀末から二〇世紀初頭には、「多元性」、「複数性」の理論的基礎そのものへの問いが前面に現れるようになっていく。そのなかでもニコライ・ブガーエフやパーヴェル・フロレンスキイによる、非連続関数論や集合論など数学理論にもとづく「非連続性」の理論は、ロシアの思想的言説における「多元性」、「複数性」理論の展開とその機能を考えるうえでとりわけ重要な意味を持つものだといえる。なぜならそれは、非連続性の問題をとおして、「多元性」、「複数性」そのものの論理的な存立構造を問い直すものだからだ。

a　ブガーエフの「非連続性」理論

一九世紀末ロシアの著名な数学者として知られるブガーエフが取り組んでいたのは、非連続関数理論をもとに、世界を認識し理解する形式の基礎を数学的に解明することであった。彼によれば、世界とは基本的に非連続である。そのことが意味するのは、世界は連続として一元化することができないものであり、したがって基本的に複数的でしかありえないということだ。

「非連続性」の理論に関するブガーエフの思索を動機付けていたのは、科学や哲学と結びついた世界理解、つまり彼のいう「科学・哲学的世界観」の本質を数学的に解明するという課題であった。ブガーエフによれば、量的変化の領域における類似と相違の研究である数学は「変数」の研究であり、したがって究極的には「関数」の理論であるともいえる。さらに量の変化は、連続的変化として起こるか、あるいは非連続的変化として起こるかのどちらかであるため、数学は連続関数理論（いわゆる解析）と非連続関数理論の二大領域に分けられることになる。

ブガーエフにとって問題だったのは、近代の「科学・哲学的世界観」が、不変の法則を前提に、要素的な現象を一つの全体に統一しようとするような解析的な連続性に不当に偏ってしまっていることだった。彼によれば、ラマルク、ダーウィンの進化論や、社会科学における進歩の概念をはじめとする近代の科学的な世界認識の方法は、実は幾何、力学、物理学を支配する連続的な変化の観点を応用したものにすぎない。「ある種の哲学者たちは、解析的な観点があらゆる現象に適用できるとたやすく前提しはじめた。彼らは世界の出来事がすべて特定の、揺るぎない解析的法則にしたがう、とひそかに思い込みはじめたのだ」。しかし、「連続」のイデーだけで世界を説明することはできない、と彼は言う。

もちろん、単純な自然の法則は解析関数で表わすことができるし、連続性は実際に、こうした法則と結びついた現象の本質的で基本的な性質である。しかしながら私たちには、連続性の領域を自然のあらゆる現象へと拡大する根拠はない。私たちにはこのための論理的根拠も、事実的根拠もない。
（『数学と科学・哲学的世界観』一八九八年）[2]

こうして彼は、「連続的」世界観に対して、「非連続性」をもうひとつの原理として取り出す。世界は「非連続」的観点からもとらえられなければならない。一般性、普遍性ではなく個別性が問題となるような領域は、解析的な「連続」的世界観では把握できない。「真の科学・哲学的世界観は解析的世界観のみではなく、数学的世界観、つまり解析とアリトモロジー［非連続関数論］の両方を合わせたものである[3]」。

しかし注意しなければならないのは、彼にとって「非連続性」は、たんに「連続性」に対置され、それを補完するだけの要素ではないということだ。実はブガーエフにおいて、「非連続性」はそれ以上に重要な意義を持っている。というのも彼にとって、「非連続性」は実質的に解析の「連続」的原理に先行しており、「連続」的世界観が成立するための前提となっているからだ。彼によれば「連続」とは結局、多様な「非連続」の特殊な一形態であるにすぎない。というのも「連続は、無限に小さい間隔で変化する非連続と考えることもできる」からだ[4]。このように、ブガーエフにとって、「非連続性」は、近代（西欧）的な解析的「連続性」の理論に原理的に先行するものであり、「連続的」世界観は「非連続」の特殊な一部として、すでに「非連続」のなかに含まれてしまっている。そのことが意味するのは、連続的なもの、つまり「一元性」や「単数性」は、非連続としての「多元性」、「複数性」によってはじめて可能になる、ということにほかならない。

b　フロレンスキイ——二つの複数性

このことは、ブガーエフの非連続性の理論に注目し、カントールの集合論を基礎として独自の方法でそれを展開させたフロレンスキイによって、さらに明確に理論化されている。彼によれば、一九世紀の世界観を特徴づけるのは、あらゆるマテリアルをひとつの連続に帰してしまう「連続性」のイデーであり、近代の物理学、力学やビュフォンからダーウィンにいたる生物学などはすべて、そうしたイデーによって仮構されたものにすぎない。だが重要なのは、フロレンスキイが、たんにカントールを使ってそうした連続性のイデーを批判したというようなことではない。問題は、そのような「連続性」が実はすでに最初から、「非連続性」によって媒介されてしまっており、「非連続性」なしには不可能だということを、彼があきらかにしようとしている点にある。

カントールは連続を、なんらかの「直接的」な（実際には偽りの直接性にすぎない）自明性としてではなく、概念として措定する。そしてそれによって、この概念が普遍的世界観にとって持つ意味と価値の問題が解決された。これまで非常に神秘的でとらえがたいものだった連続体は、実は集合（多様性の結合）の一般概念として考えられる。集合が連続的となり、連続体を形成するのは、まったく特殊な規定がなされるときだけである。大雑把に言って集合は連続の性質を欠く。集合は非連続である。

（『世界観の要素としての非連続性のイデー』［序］一九〇一―一九〇三年）(5)

カントールは、集合を「よく区別された［＝非連続な］対象を一つの全体にまとめたもの」と規定する。つまり集合とはもともと非連続なものである。だから集合論的にいえば、「連続体」もまた、ある一定の濃度（計数）を持った無限集合（具体的には実数の集合）にすぎず、連続体と違う濃度を持つ無数の無限集合における一要素でしかない。「連続」は「非連続」の一部なのだ。さらにフロレンスキイによれば、空間が連続的であるという一見自明にみえる確信もまた、実は三次元の数論的連続体（数の集合）と、その幾何学的表出（図形）が一致するという仮定にすぎない。「存在も、そして現象の関数的相関関係も、非連続的なものと見なさなければならない」のである。(6)

カントールの無限の概念もまた、フロレンスキイの「非連続性」の理論において重要な役割を果たしている。カントールにおいては、無限は「潜在（仮）無限」と「実無限」に分けられる。「潜在無限」とは、極限算法に現われるような無限の増大、つまり連続的過程であり、「連続的に流れる時間」といった観念は、その典型的な例だ。それはヘーゲルがいう「悪無限」なのである。それに対し「実無限」は「過程」ではなく、いかなる有限定数よりも大きい「定数」であり、したがって数学的な実在性を持った有限の（つまり非連続な）無限である。フロレンスキイによると、私たちの思考をこれまで支配してきたのは、「潜在無限」的な連続性であった。しかし、「潜在無限」は実はその成立の基礎において、「実無限」の存在を前提せざるをえない。

潜在無限が可能であるためには、際限なき変化が可能でなければならない。だが際限なき変化のためには、自分自身は変化しえないような、変化のための領域が必要である。さもなければ、その領域のためにまた変化の領域が、その領域のためにまた……といったことが必要になってしまうからだ。しかしながら、この領域は有限のものではありえず、したがって、この領域自体がすでに実無限である。つまるところ、あらゆる潜在無限はすでに、その超限的限界としての実無限の存在を前提しているのである。

（『無限のシンボルについて』一九〇四年）

「潜在無限」がその限界として「実無限」を前提せざるをえないということは、「潜在無限」（連続）は原理的に、非連続性によって可能になっているということにほかならない。だから「いかなる無限の発展も、すでに発展の無限の目的が存在することを前提しており」、したがって「どんなかたちであれ実無限を否定する者は、おなじように潜在無限も否定することになってしまう」。このように考えると、無限の発展のみを肯定する近代の「実証主義」的世界観は、「自己のなかに自己崩壊の契機を持っている」ことになる。(7)

フロレンスキイにおける、集合論をもとにしたこのような「無限」の概念の検討は、複数性の問題を考えるうえで非常に重要なものである。忘れてはならないのは、もともと「集合論」という用語が、ドイツ語（Mengenlehre）においてもロシア語（teorija mnozhestva）においても、ともに「多数性、複数性の理論」という意味を持っていることである。

彼は「無限」の概念を二種類に区別しているが、「無限」とはいわば多数性・複数性の極限的な形式にほかならないのだから、フロレンスキイにしたがえば複数性もまた、「潜在的」複数性（連続性）と本来的な複数性（非連続性）の二種類に区別できるということになる。潜在的な複数性とは、単数のものが無限に増殖していくようなタイプの複数性である。その基礎にあるのは、連続的に増加しうる単数であり、単数的、一元的な単位の要素的存在をあらかじめ前提してしまっている。このような複数性はフロレンスキイが考えるような本来的な複数性ではない。

彼がいう本来的（非連続）な複数性とは、いわば根源的複数性である。たとえばそれは、一つの世界の外にもう一つ別の世界がある、というような複数性ではなく、世界自体が根源的に複数的で非連続なものとしてある、ということを意味する。というのも、閉じられた単数的世界が複数あるとすれば、それは「潜在的」な複数性となってしまうからだ。複数性が本当に複数的であるためには、あるひとつの世界それ自体がすでに根源的に複数的、非連続的なのでなければならない。そこでは単数的、一元的なものが複数あるのではなく、単数性、一元性そのものがすでに多数性、複数性に媒介された非連続なものとしてしか成立しえない。この意味で複数性は、原理的に単数性に先行しており、単数性はこの原理的な複数性によってはじめて、要素的単位に分割されることのない、他の何ものとも異なった（非連続な）個別的・単独的なものとして可能になる。

世界それ自体がすでに根源的に複数的で非連続的であり、まさにそうした根源的な非連続性、複数性こそが、単独的なものとしての個別的存在を可能にしているということ――ブガーエフやフロレンスキイによる非連続性、複数性の理論がもたらしたのは、複数性をこのような「単独性」、「他者性」、「人格」などとして理論的に思考しうる可能性にほかならない。実際フロレンスキイにとって複数性とは、「現実的で具体的なものを、そして人格を、生ける人格を」思考するための理論であった。そして、彼らが切り開いた複数性の理論的可能性は、ロシアの宗教哲学における人格の理論を媒介として、以後のロシア思想を特徴づける重要な主題のひとつとなっていくのである。

生成する複数性――人格から国家理論へ

非連続性、複数性の理論は、一九一七年以後のポスト革命期にあらたな段階に達する。たとえば二〇年代から三〇年代におけるメイエルやカルサーヴィンらの宗教的人格論、またそれを吸収したバフチンの行為論、対話論やカーニヴァル論などの重要な成果は、あきらかにそうした流れに属している。しかし注意しなければならないのは、まさに同じ複数性の理論がこの時期に、ロシアを中心とした複数的・多元的な超国家主義の理論へと読みかえられ、ソヴィエト連邦の一元的統合の理論的正当化にも利用されえたということである。

このような複数性による統合、支配のイデオロギーを代表するのが、右派リベラリズムの転向亡命者たちによる「ユーラシア主義」と呼ばれる歴史・国家理論だった。それによれば、ロシアの政治的・文化的統合の原理は、西欧の統合原理とは根源的に異なっている。ロシアを特徴づけるのは、ユーラシアの民族的・文化的多様性をその多様性のままに包含する対話的で複数的な統合原理である――こうした理論によってユーラシア主義の転向亡命者たちがイデオロギー的に基礎づけようとしたのは、事実上、当時ロシアに形成されつつあったソヴィエト的な連邦国家の存立形態にほかならない。複数性の理論は、ユーラシア国家としてのロシアの同一性や統合性を保証し、強化する理論へと編み込まれていくのである。

言語学者トルベツコイや歴史家ヴェルナツキイなど、当時のさまざまな知識人が参加したこの運動は、音韻論における「言語連合」の理論から、人類学、地政学、歴史理論にいたる幅広い背景を持っており、必ずしも明確で統一的な主張を確立していたわけではない(8)。しかし、ユーラシア主義の基礎にある、複数性による統合の理論の最も原理的で興味深い表現は、この運動のイデオローグのひとりであった宗教哲学者レフ・カルサーヴィンの哲学的人格論や、それにもとづく彼の国家論のなかに特に鮮やかに示されている。彼の著作には、ユーラシア主義における複数的な国家統合の原理が基本的にはフロレンスキイ以来の複数性の理論をそのまま受け継いでいること、そしてさらにそれが、同じポスト革命期におけるバフチンの「他者」、「対話」、「カーニヴァル」等の理論とも非常に近い関係にあることが、きわめて明確に現れているのである。

a　カルサーヴィン――複数性としての人格

カルサーヴィンにとって複数性は、あきらかに彼の理論体系の根幹をなしている。たとえば彼の哲学の中心的概念である「人格」は、まさに「複数性の統一」として規定されている。

> ［…］人格は、ばらばらの要素のたんなる総計ではない。それは、「人格の全時間」および「人格の全空間」におけるそれらの要素の統一であり、したがって、複数性の統一、あるいは統合的多数性であって、その理想的で完全な姿においては、全的統一である。
>
> （『人格について』一九二九年(9)）

彼にとって「人格とは、《多種》、《多面的》、《多形的》、《多局面的》」であり、「そのひとつひとつが、同一の人格をあらわしている多様性の個別的統合［23］」なのである。ここにあるのは、フロレンスキイの複数性に見られたのと同じ論理構造にほかならない。フロレンスキイにおいて複数性とは、あるひとつのものが、それ自体すでに根源的に複数的、非連続的なものであるような複数性であった。ここでは人格がまさに、統一的であることにおいてすでに複数的であるものとしてとらえられている。人格とは、いわば「実無限」に相当するような、あらゆる複数的可能性をあらかじめ含んだ、ある非連続な定数的実在なのである――「［…］分裂する統一とは、絶対的非連続性である。この現実的な《coincidentia oppositorum》［反対物の一致］は、みずからを分裂させる統一としての自己分裂、という私たちの定義にあらわれた《contradictio in adjecto》［形容矛盾］を正当化する［50］」。このような複数性の統一としての「完全な全的統一」を、カルサーヴィンは「シンフォニー的人格」と呼んでいる。

しかし実は、フロレンスキイが考えるような複数性と、カルサーヴィンの複数的統一のあいだには、微妙だが重要な差異が存在するということに注意しなければならない。問題なのは、カルサーヴィンにおいて、このような根源的複数性が完全なかたちで実現されることは現実にはない、と考えられていることである。彼にとって人格とは複数的統一だが、それはフロレンスキイの場合のように、論理的な帰結として一挙に与えられているわけではない。なぜなら人格の複数的統一は現実には、つねに「不完全」なものでしかありえないからだ。

覚えておかなければならないのは、私たちが認識するのはたんなる分裂の事実ではなく、いまだ進行しつつある分裂のプロセスの結果としての、分裂の事実である。このようなプロセスが、なんらかの統一の分裂として以外にありうるだろうか。この原初的統一とはいったい何なのか、それはどのようなものなのかを知る必要がある。それを、その分裂の結果得られた複数性と同一視するのは、少なくとも軽率である。

いま記述したことを先入見なしに確認しようとすれば、私たちはそれを、私たちの堕落、そして同時に私たちが**不完全性**を運命づけられていること、として意識することになる。ただ、私たちの「堕落」は、私たちがより多様に、多数的になることにあるのではなく、複数性へと自己を開きながら、私たちが自己の統一を保持せず、あるいはそれ［統一性］を私たちの複数性に見合うかたちで「強化」しようとしなかった、という点にある。［ゴシックによる強調は引用者］

（『人格について』）［32 - 33］

確かに純粋に論理的には、人格は複数的統一でなければならない。しかし現実の生の生成過程においては、私たちは「不完全性を運命づけられて」おり、生の過程における変化（分裂）は、統一なき分裂、つまり潜在的複数性へと「堕落」してしまっている。つまり「分裂しながらも、自己の分裂性を完全に克服し、死につつありながら復活する完全な統合的多様性は存在するし、私たちの完全な人格は存在するが、そのなかから私たちが認識するのは私たちの不完全性だけ［34］」であり、したがって私たちは完全な複数的統一へと到達することはできない。だから、現実の生の生成過程において現れる私たちの複数性は、「潜在無限」＝「悪無限」にほかならない――「こうして私たちの《統一した私》への探求は、それ［統一した私］が私たちからつねに逃れていってしまうようなプロセス、悪無限となってしまうのである［33］」。

人格とは、不完全な複数性の不完全な統一である。しかしながら人格の統合性はすべて人格それ自体である。したがって、それは「**潜在的**」であり「縮約的」であって、あるいは、開示のある段階においては、自己のなかに人格の全体をすべて含んでさえいる。［ゴシックによる強調は引用者」

（『人格について』）［42］

つまり、フロレンスキイにおける根源的な複数性とは異なり、カルサーヴィンにおける複数的統一は、到達できない理念・目的として与えられるようなものであり、現実に生成する生にとっての「潜在性」＝可能性としての人格である。そこでは複数性は、いわば論理的実在としての複数性から、可能的複数性へと読み換えられている。そして人格そのものも、純理論的に構成された人格ではなく、生成の過程、生の運動・行為の可能的プロセスとしての人格として理解されることになる。

［…］おのれの行為において、おのれの行動性において、人格はより統一的であり、また自己を、理論的自己認識の静止的な結果におけるよりも、より統一的なものとして自覚する。

（『人格について』）［35］

このように、カルサーヴィンにとっては、複数性の統一は生成する行為そのもののなかにあり、到達不可能な完成にむかって永遠に運動しつづける可能的な複数性としてしか実現されない。「複数性の統一性とは、ある統一（それが複数性の統一であっても）にかかわる複数性である。その統一の自己分裂と死において、複数性が生まれる。複数性の統一性とは、その分裂の結果として現れる複数性にかかわる統一である。それは、人格の連続的統一のモメントとしての運動にほかならない。［57］」だから、人格は、「それ自体たんに存在するのみならず、同時に存在しないもの」なのであり、人格の「存在」とは「動かない存在ではなく、存在しうること、あるいは生成＝消滅である［74］」。

いわば、「複数性の統一」はここでは、フロレンスキイにおける「複数性／統一性」の純粋に論理的なアンチノミー形式から解き放たれ、ある種の弁証法的なプロセスへと開かれてしまっている。それは潜在的（可能的）「複数性」から潜在的（可能的）「統一性」をへて「複数的統一性・統一的複数性」へと収束する、存在の弁証法的な運動・生成のプロセスなのである。カルサーヴィンのテクストに、aufheben という語、さらにその彼独自の訳語である prevozmoch' が頻出するのは偶然ではない――「人格が自己存在であり、それが生起し、発達し、死滅する、つまり《自己の容量にしたがって変化する》ものである以上、この変化（生起、開示・自己実現、そして死）は、存在そのものに帰属させなければならない。そして存在の複数性が可能なのは、それが分裂する、つまり死につつある限りにおいてである。存在は分裂よりも高次で、分裂に先立ち、そして分裂を止揚 prevozmogaet する［30］」。死に向かって生成変化し、複数性から統一性への弁証法的再統合にむかうプロセスとしての行為的存在論――これが、カルサーヴィンにおける「複数的統一」の理論なのである。

興味深いのは、カルサーヴィンが採用するこうした「生成」や「行為」の理論が、いくつかの細かい用語の使用法にいたるまで、初期バフチンの行為論（『行為の哲学によせて』［一九二〇年代初期］など）に使われている図式に、きわめて近いということだ。バフチンがそこで一貫して問題とするのもまた、生成する未完の（＝不完全な）存在と、それを外部から完結させる出来事との統一であり、存在とは彼にとって単数的なものでも静止的なものでもない。それは「存在の統一的で唯一の出来事＝共存在へと包含され」る生成、行為にほかならない。(10)

それだけではない。複数性としての存在（出来事＝共存在）によって批判される近代的な「理論的認識」の世界、そうした生気のない理論的認識の基本的態度である「無関心」、また生成する存在としての《私》がその分裂＝死への過程において遂行する複数的出来事＝共存在としての「自己犠牲」など、バフチンの理論には、ポスト革命期ロシアの宗教哲学的人格論に共通する理論や用語体系が全面的に採用されている。カルサーヴィンが存在の複数的統一を、個人を超えた領域に適用するときに使う「シンフォニー」や「ポリフォニー」というメタファーも、「ポリフォニー小説」との類推を誘い出さずにはいない。バフチンの理論もまた、ポスト革命期の宗教的な複数性の理論のコンテクストから出てきたものであることは疑う余地がない。さらに、三〇年代におけるカーニヴァル概念が、やはり、未完の生成としての複数性の解放であることを考えると、「複数性」の理論がバフチンにとっていかに重要なものであったかが理解されるだろう。(11)

b　複数的な統一という国家理論

ポスト革命期のこうした宗教的複数性の理論が、超国家主義的な複数性の統合・支配の原理へとどのように変換されていくかを理解するのは、それほど困難なことではない。カルサーヴィンの宗教的人格論は、たんにそれだけでは、「複数性／統一性」の弁証法によって構成された抽象的な人格の行為的存在論にすぎないように見える。だが、彼にとってこの複数性の統一の理論は、たんなる「理論的認識」なのではない。それはすぐれて実践的な意義を持っている。というのも、カルサーヴィンにとって、国家とはまさに人格的なものにほかならなかったからだ。たとえば当時のマルクス主義社会学を批判しながら、彼はつぎのように述べている。

> 社会学はヨーロッパの合理主義的・個人主義的発展の典型的な産物である。そして最も首尾一貫した、影響力ある社会学体系が、唯物論的マルクス主義であったのは偶然ではない。それは**国家体制、つまり文化の生きた、精神的・人格的統一性**を理論的に（実践的にではない！）否定するのである。［ゴシックによる強調は引用者］（『政治の基礎』一九二七年[12]）

彼によれば、「政治が構築されるのは、個人主義的・唯物主義的前提や仮説の上でも、理念を欠いた相対主義的前提や仮説の上でもなく、人格についての哲学的学説の上」なのである。しかし、カルサーヴィンにとって重要なのは、このような「人格の哲学」にもとづく理想的な国家体制は、ヨーロッパにおいては成立しえないということである。なぜなら、近代ヨーロッパの「個人主義」や「合理主義」は、そうした人格的統一性を否定するからだ。逆に、「私たちロシア人は非常に恵まれた立場にいる」。というのもロシア革命が、ロシアのなかのヨーロッパ的部分、つまり帝政ロシアの指導層を一掃してしまったからである。「《ロシアのヨーロッパ》の死滅によって、ユーラシア的ロシアが復活し、おのれを偉大な世界文化として開示する〔111〕」のである。

だとすれば、そのような非ヨーロッパ化された「ユーラシア的ロシア」の人格的国家原理とは具体的にはどのようなものだろうか。それは、「ユーラシア主義」の宣言のひとつとされる『ユーラシア主義――体系的記述の試み』（一九二六年）の、カルサーヴィンの手になるテクストのなかに、きわめて明確に表現されている。それは教会、つまりロシア正教にほかならない――「正教は、同じ価値を持った多数のキリスト教信仰のひとつなのではない。〔…〕正教は、その完全性と純潔性においてキリスト教で最高の、唯一の教えである〔245〕」。

たとえば、カルサーヴィンによれば、西欧カトリックとロシア正教には際立った違いがある。カトリックの普遍性は抽象的なものだ。なぜならそれは「あらゆる個別的なもの、あるいは個性的な文化や民族的独自性を消去しようとする」普遍性でしかないからだ。しかし正教の理想は、「シンフォニー的で有機的な、複数の信仰の総体的統一」にあり、そこでは、個別的なものや個性は排除されるのではなく、交響《シンフォニー》的にそこに参加するのである――「それ〔正教〕がこうした個性たちから求めるのは、それらがキリスト教信仰のなかに、完全に、自由に自己開示することであり、それらが正教のふところに《回帰》することは、まさにそのように理解される〔246〕」。

このことが意味するのは、正教とは、生成し自己開示する多様性・複数性の弁証法的統一だということだ。このような「シンフォニー的」な人格的統一、つまり「複数性の統一」としての正教が、

「ユーラシア的ロシア」の文化的・国家的結合原理においてはたす役割は、すでにあきらかだろう。正教はまさに、ユーラシアの多民族性、多宗教性、多文化性を、その多様性、複数性のままに統一する原理なのである。

> 理想的には、そしてその本質においては、全世界は、統一的で総体的な全世界的教会である。それは統一的な完全なる人格であり、同時に、シンフォニー的で――最終的には――個別的な、複数の人格のヒエラルキー的統一である。［…］経験的には、こうした人格の多くが（個々の人々、たとえば筋金入りの共産主義者であっても）、自覚的に宗教的な、教会的な、そしてただたんに人格的な存在でさえ、獲得することはできない。**しかしその可能性は、彼らすべてが持っている。**
> ［ゴシックによる強調は引用者］（『ユーラシア主義――体系的記述の試み』［252］）

どんなに異質であり統合されえない者であっても、それが生成し変化する人格である以上は、潜在的に統合される可能性を持っている。だから、どんなに「筋金入りの共産主義者」も、まさにそのことによって同時に「潜在的」な正教徒なのである。ユーラシアの多民族性、多宗教性、多文化性は、まさにその多様で複数的な生成する人格性によって、潜在的・可能的な正教徒でもある。

> 異教は潜在的な正教である。［…］異教は、西欧キリスト教よりも早く、容易に正教の呼びかけ

に応じる。そして正教に対して［西欧キリスト教のような］敵意を向けない。潜在的なキリスト教として、真理に対して曖昧で貧しい自覚しかない異教は、おのずから、とくに頑迷なものではない。

（『ユーラシア主義――体系的記述の試み』）［246］

カルサーヴィンにとって、現実に存在するロシア正教会は、「生成しつつある教会」なのであり、それはユーラシア国家の人格的な生成的統一の原理となる。それは政治的な権力でもある――「いずれにせよ、総体的人格の生がより長く、連続的であるほど、その人格がある種恒常的に指導的立場になる必要が高まる。［…］人格の統一の主たる表現者が持っている最重要の意義によって、［…］それと人格の他のモメントとのあいだに、支配と従属の関係が確立されなければならない。またその表現者自身は、絶対的な支配のある種の領域あるいは場、つまり権力を持っている（『政治の基礎』）［116］」。そして彼によれば、この「最重要の意義を持つ人格の表現者」こそ「正教」であり「ロシア」民族である。しかもこの権力支配は、強権的なものではまったくないとされている。

合理主義的に単純化された解釈を避けるため、すなわち、すべてが正教のロシア的形態のもとに、むりやり従属させられるように思わせる可能性をすべて排除するため、ロシア国家の国境によって地理的に規定される文化の主体は、ロシアという名では呼ばないほうがよいだろう。**ロシアはたんに、最重要で基盤となる民族性**であるにすぎないからだ［…］。ロシア国家によって包含され表現される宗教・文化的統一は、狭い意味でのロシア文化よりも広範囲なのだという意識を、なんらかのかたちで用語的に確定する必要がある。すでに使用されている概念のなかから選ばなければならない。それは発音しづらい略語**「ソ連邦」**か、**「ユーラシア」**のどちらかである。

(『ユーラシア主義――体系的記述の試み』)［253］

［ゴシックによる強調は引用者］

ユーラシア主義と全体主義やボリシェヴィズムとの事実的、直接的関係についてはすでに多くの研究者によって指摘されている。しかし問題はそうした直接的な結びつきそのものにあるのではない。問題にしなければならないのは、複数性の統一という論理自体が孕んでいる支配構造である。そこでは、多数性、複数性の原理は、西欧の形而上学的や世界観、国家理論を支配する単一的原理を超克するものとして示される。西欧と異なるユーラシア国家であるロシアの国家原理は、ロシア正教を基盤にした多様性の結合であり、原理的複数性、非連続性の場であって、まさに複数性を許容することによって統一されるような、民族国家を超えた国家原理として想定されている。それはソヴィエトの社会主義・共産主義的のイデオロギーとは一線を画しているが、ソヴィエト国家それ自体も、ユーラシア主義にとっては、複数的な統一支配の枠組み、「潜在的な正教」として理解されているのである。

このように複数性は、一元的なシステムに対して差異や他者を回復する根源的多数性・脱中心化として追求されながら、統一そのものがすでに根源的に複数的である、という論理それ自体によって、すべての差異を差異のまま取り込んでいく原理として、ロシア・ソヴィエト帝国を背後から支えるイデオロギーへと取り込まれていった。それはいわば他性の実現による他性の回収にほかならない。そこに働いているのはおそらく、他者の多数性・複数性を、生成の弁証法のなかで、可能的・潜在的な複数性へと回収していくような装置なのである。

こうした批判の一方で、複数性の理論の展開を「ポストモダニズム」以後の「脱中心化」や「多文化主義」の先駆として単純に取り出そうとするような動きが、ロシアには現在も根強く存在している。たとえばホルージイのような研究者は、「ユーラシア主義」における遊牧民的な統合原理が、ドゥルーズ／ガタリの「ノマドロジー」に「じかに響き合っている」と考えている。[13] しかし問題は、複数性の理論と現代の脱中心化の理論が響き合っているかどうか、などということにあるのではない。問題にしなければならないのは、まさにそのような「脱中心化」のなかに、ロシア思想の「中心的」独自性を安易に見いだしてしまうような態度そのものなのである。

（1）たとえばグロイスは、近代のロシア思想はつねに西欧の下意識であろうとしてきたと論じている。B・グロイス「西欧の化意識としてのロシア」楯岡求美訳（『現代思想』一九九七年第四号所収）、あるいは、*Гройс Б.* Поиск русской национальной идентичности // Вопросы философии. 1992. №1. を参照。

（2）*Бугаев Н.* Математика и научно-философское миросозерцание. Киев, 1898. С. 15.

（3）Там же. С. 14.

（4）Там же. С. 5.

（5）*Флоренский П.* Введение к диссертации «Идея прерывности как элемент миросозерцания» // Историко-математические исследования. Вып. 30. М., 1986. С. 162.

（6）Там же. С.163.

（7）*Флоренский П.* О символах бесконечности // Новый путь. 1904. № 4. С. 179.

（8）ヤコブソンの言語理論もまた、一時期ユーラシア主義の影響下にあったことが、最近の研究によってあきらかになりつつある。プラハ時代にヤコブソンは、トルベツコイの影響下に「言語連合」の理論を展開している。彼によれば、同一起源でない諸言語でも、地理的その他の類縁性によって統合されることがありうる。

「相続く2つの状態——単一性 unité 複数性 pluralité ——の伝統的イメージに対して Meillet の説は、複数性の中の単一性という概念と、単一性の中の複数性という概念とを対立させている。すなわち Meillet の教える所では、初めから共同体は『言語 langue の完全な同一性 identité を保持していない』。したがって『最初の同一性』という伝統的な概念のほかに『同一性の発展』という重要な概念が出てくる［傍点原著者］」。

つまり、諸言語は、単数のものが複数集まっているのではなく、「複数性の統一」としてある。だから、たとえば「語族は言語連合の特殊ケースに過ぎない」のであり、ユーラシアには、語族の異なる諸言語の「連合」が存在するとヤコブソンは言うのである（服部四郎編『ロマーン・ヤーコブソン選集1——言語の分析』、大修館書店、一九八六年、四〇—四一頁）。

ヤコブソンと「ユーラシア主義」との関係については、*Автомонова Н.С., Гаспаров М.Л.* Якобсон, славистика и евразийство: две конюнктуры, 1929-1953 // Новое литературное обозрение. 1997. № 23. また*Чиняева Е.В.* Русские интеллектуалы в Праге: теория Евразийства, Русская эмиграция в Европе, 20-е – 30-е годы XX в. М., 1996. などを参照のこと。

（9）*Карсавин Л.* Религиозно-философские сочинения. Т. 1. М., 1992. С. 20. 以下、本書からの引用は、引用文のあとに［　］を入れ、ページ数を示す。なお、以後引用文中の傍点による強調はすべて、原著者によるものとする。

（10）*Бахтин М.* К философии поступка // Философия и социология науки и техники. Ежегодник 1984-1985. М., 1986. С. 91.

（11）バフチンとカルサーヴィンの理論の類似性は、すでにホルクイスト／クラークが指摘している。『ミハイール・バフチーンの世界』川端香男里、鈴木晶訳（せりか書房、一九九〇年）、また、*Мажейкис Г.*

Истина как любовное сотворчество // М.М.Бахтин и философская культура XX века. Вып. 1. Ч. 2. СПб., 1991. С. 77-83; *Бородич В.* М. М.Бахтин и русская религиозная философия // Бахтинские чтения I. Витебск, 1996. С. 33-38. などを参照のこと。

（12） Мир России – Евразия. М., 1995. С. 110. 以下、本書からの引用は、引用文のあとに［　］を入れ、ページ数を示す。

（13） Евразийская перспектива. М., 1994. С. 17.

アンチ表象としてのイコン——パーヴェル・フロレンスキイのイメージ論

アンチ表象としての芸術イメージ

二〇世紀初頭のロシアでもとりわけ異彩を放つ多才な宗教思想家パーヴェル・フロレンスキイ（一八八二—一九三七）が、東方正教の聖像画（イコン）の造形的特徴やその理念的意味を、ルネサンス以降の西欧近代絵画との対比のなかであきらかにしようとしたことはよく知られている。『逆遠近法』（一九一九）、『イコノスタシス』（一九二一—一九二二）、『造形芸術作品の空間性・時間性分析』（一九二四—二五）といった草稿や講義ノートのなかでフロレンスキイは、東方正教会のイコンの造形的特徴やその理念的意味を、ルネサンス以降の西欧近代絵画と鋭く対比するかたちであきらかにしようとした。彼は、西欧近代美術に特徴的な遠近法的描法や投影的な写実主義、そしてそれを支えるユークリッド＝カント的空間理解を、光学的なイリュージョニズム、偽りのイメージにすぎないとして痛烈に批判し、それにたいして、中世東方正教のイコンこそ、生きた真理＝美が直接的・具体的に発現した像・イメージであるととらえて、きわめて高く評価したのである。

　フロレンスキイのこうした主張は、ともするとロシア・東方正教美術のたんなる護教論にしか見えないかもしれない。だが忘れてはならないのは、彼の議論が、今日わたしたちが表象の問題を考えるさい避けて通ることのできないきわめて大きな問題を、すでに二〇世紀初頭に提起していたということなのである。というのも、フロレンスキイが一貫して主張していたのはまさに「表象」概念にたいする原理的批判にほかならなかったのだから。彼によれば、芸術におけるイメージとは、本質的に、光学的投影でも写像でも記号でもない。つまり、オリジナルの像の代理物や似姿ではけっしてない。フロレンスキイにとってイメージとはオリジナルの「再現／表象（representation）」ではありえない。芸術のイメージとはいわば、根源的にアンチ表象だというのである。

　彼によれば、イメージとは、もとの「対象」や「感覚的所与」をそれとはべつの「イメージ」や「記号」によって描写・指示・複製するものではない。

> ものの画像は画像という意味でやはりものであるのではまったくなく、もののコピーでもなく、世界の一隅を複製するのでもないが、しかしオリジナルをその象徴として指示しているのである(1)［強調原著者］。（『逆遠近法』）

　イコンに描出されたものはすべて、あらゆる細部にいたるまで偶然的ではなく、原初の世界、山上、天上の本質の像でありあるいは引き出された像otobrazhenie、エクタイプ（ἐκτύπος）なのである。(2)（『イコノスタシス』）

彼にとって、イコンは、なにかある感覚的所与をべつの記号や像によって表象・代理するのではなく、あくまでも「オリジナル」から直接「引き出された像」、「本質の像」であり、「オリジナル」自体の表示なのだ。つまりここにあるのは、表象・リプレゼンテーションとはなにか、それをどうとらえるのかというきわめて原理的な問いである。

フロレンスキイにとって重要だったのは、イコンにおける表象のありかた、とくにオリジナルとその画像との関係が、西欧近代美術において常識的に考えられているような、客観的な感覚的所与（視覚像）とその近似的再現、代理物、投影（コピー、偽物としてのイメージ）という関係とはまったく異なっているということだった。イコンでは、画像は視覚像を近似的に切りとった客観的再現物なのではなく、描く者や見る者が、それをとおして「世界との生きた接触に踏みこみ」、「そのなかに生きる」という意味でじかに「現実と接触」し、その空間・時間に直接参入するような、それ自体人格化された具体的実在としての生きたリアリティなのである。

だから、フロレンスキイにとって本来絵画のイメージが表象するべきものは、現実の物理的・光学的見かけではない。彼は芸術が感性的見かけを超えるものであることをくりかえし主張する。

あらゆる絵画の目的は、観る者を感性的に知覚しうる色彩やカンヴァスの境界を超えてなんらかの現実性へと引き出すことであり、そのとき絵画作品は、すべての象徴がもともとそなえ持つ基本的なオントロジー的性質――すなわち、それらが象徴しているところのものとなる［である］ということ――を分かちあう。(3)［強調原著者］（『イコノスタシス』）

フロレンスキイが示唆するのは、芸術においては、もとになる対象の感性的形態が、記号やイメージといった代理的な表象によって指示されたり再現されたりするのではなく、オントロジー的に、それが象徴化したもとの対象（この場合なんらかの現実性）に「なって」しまう（＝存在論的に、もとの対象そのものである）ということだ。つまり絵画においては、イメージはけっしてなにかの視覚像の表象・代理物なのではなく、超感性的な現実性それ自体「である」のであり、それが芸術の「目的」だというのである。

このようにイメージが即それの示すものの存在論的現れであるという点に、フロレンスキイの芸術イメージ論の最大の特徴がある。

イメージにおける「人格」のアンチノミー

しかし、それにしてもいったいなぜ、画像がそのオリジナルとイコールであるなどということが可能なのか。じつは、なにかのイメージ、似姿がそのままそのオリジナルである、という矛盾、アンチノミーの構図は、フロレンスキイの思想全体をつらぬく基本的コンセプトであり、その根底には、有限者（身体的存在者）の存在構造のなかには、必然的に無限者（神）の臨在がすでに組み込まれてしまっているという根源的なアンチノミー、つまり人格的存在者のアンチノミーがひそんでいる。

たとえばフロレンスキイは、主著『真理の柱と基礎』（一九一四）のなかで、「私」と「私」はイコールなのではない、「私」は「私」ではないと主張している。

> 「A＝A」の法則は、自己確認のまったく空虚な図式となってしまい、いかなる現実的要素も自己によって綜合しない――「＝」でつなぐべきなにものもないのである。「私＝私」はあからさまなエゴイズムの叫び――「私だ！」でしかない。というのも差異が存在しないところには、結合もないからだ。［…］「私」は「今」「ここ」という死せる荒れ地となる。(4)［強調原著者］
>
> （『真理の柱と基礎』）

「私＝私」「A＝A」はなぜ「死せる荒れ地」なのか。「私」のような身体を持った有限の存在者が生きるということは、時間を推移し、空間を移動し、自身も成長や老化、また内面的変成によって生成変化してゆくことにほかならず、またそうした変化をみずから選び取る意志、欲望、自由、理想の領域を持っていなければならない。つまり有限な存在者Aは生きている以上、変化する、つまりAでなくなる（Aと同定できなくなる）可能性を潜在的に持っていなければ生きているとは言えない（A＝非A）。A＝Aという形であらかじめ「私」の可能性を限定することが死を意味するのはそのためだ。だからこそ、「生とは、流動する非自己同一的なものである［…］」[5]なのである。

しかもこの潜在性の領域は、原理的には無限でなければならない。なぜなら、はじめから可能性が限定されていれば、それは結局Aの領域があらかじめ決定されていること（A＝A）と変わらないからだ。ゆえに、生きた有限の存在者は、それが意志や欲望や自由を持つかぎり、つまりみずから考え行動する人格を持った存在者であるかぎりにおいて、どんなに矛盾しているようであれ、有限な自己のうちに無限な領域を持っていなければならないということになる。「私」は有限であるが、同時に無限を臨在させている――フロレンスキイが注目するのはこのような人格のアンチノミーなのである。

こうしてみれば、フロレンスキイの人格論と、遠近法によるイメージ表象の客観的投影の批判や、感性的（つまり有限）であるはずのイメージが同時に無限の超越的現実性で「あり」うるという彼の芸術論との距離が、それほど遠くないことはあきらかだろう。

遠近法的なイメージ表象は、オリジナルな対象のたんなる感性的見かけのみを写像化するため、見かけ上は「指示対象＝イメージ表象」つまり死んだ対象でしかない。しかしフロレンスキイにおいては、芸術イメージもまた人格化されているため、対象は自己自身と一致しない（A＝非A）。つまり有限な自己自身のうちに、超感性的現実性を組み込まれてしまっている。芸術イメージとは、人格化されたアンチノミックなイメージなのである。

［…］芸術作品におけるイメージobrazの生は、それがかならずcoincidentia oppositorum［反対物の一致］、矛盾のあからさまな同居、同一律のあからさまな転覆であるということによって達成されるのである。(6)

このアンチノミー、つまり「有限なもの、身体的なもの」が潜勢的に「無限な実在性」でもあるという「人格性」のコンセプトこそ、彼の思想全体、そして芸術論をも規定するもっとも基本的なイデーである。見かけ（つまり有限な空間性）を遠近法によってそのまま写像的に写し取るだけのユークリッド＝カント的投影、すなわち写実的な画像が厳しい批判にさらされるのはそのためだ。フロレンスキイにとって、有限でフィジカルな物質的形態は、つねに超越的なもの、イデア的なものを孕んでおり、彼が芸術的イメージにこだわるのは、芸術とはまさに、超感性的な理想を具体的な形態へと肉化・身体化するものだからなのだ。

イメージの人格性・身体性を集約するものとしての「顔」

フロレンスキイの造形芸術論におけるイメージのこのような人格的存在構造をとりわけあざやかに示しているのが、イコン論、造形芸術論において執拗にくりかえされる「顔」についての彼の議論である。

「顔」がフロレンスキイにおいて重要なのは、それが正教神学における「位格」の問題と密接にかかわっているからだ。ふつう「位格」と訳される「ヒュポスタシス」は、「プロソポン」「ペルソナ」とも言い換えられるが、これらの語はもともと「顔」「人格」「仮面」という意味を含んでおり、神やキリストの位格＝人格《リーチノスチ》が「顔」《リツォー》と深い関係にあることを示している。つまり「顔」《リツォー》こそがまさに、もののイメージにおける人格性《リーチノスチ》（つまり、有限のなかに無限が臨在すること）の端的なあらわれなのである。

> 顔貌とは顔のなかに実現された神の似姿である。われわれの目の前に神の似姿があるとき、われわれは言うことができる――これぞ神の像 obraz だ。神の像とはつまり、その像により「像に描かれたもの」だ。その第一イメージ pervoobraz なのだ。そしておのれの顔を顔貌へと変容させた者たちは、見えざるものの世界の秘密を、言葉ではなくおのれの姿で告げ知らせる。[7]

このように、顔とは、超越的なもの、神の似姿がフィジカルな身体にあらわれたものであり、イメージの持つ、有限のなかへの無限的実在の臨在（＝人格性）というアンチノミーの究極の表現である。だがフロレンスキイは、イコンにおいては人格性のイメージとして、有限者と無限者、内面と外部の接点として機能してきた「顔」が、近代芸術において外部の現実性との接触を失い、しだいに自己の内面のうちにのみ後退してゆくと考える。彼にとって、そのことを端的に示すのが、イコンと西欧近代絵画における顔の向きの違いであった。

この意味で正面像というものはなべてコンポジションにおいてはイコンの範疇に属するのであり、したがって画家の構想のなかには描かれるものの理想化、その神的規範への、それについての神の御心への上昇が含まれているはずである。そこでは顔は顔貌へともたらされ、したがって、こうした肖像は祝福や称賛と見なさなければならない。(8)

このように、イコンの正面像が、超感性的現実性への観想を含んだイメージであるのにたいして、近代絵画に特徴的なものとして提示されるのが、斜め向きの肖像である。

［…］正面像はあまりに厳格で、自己との戯れを許さないように感じられ、そこで近代芸術は肖像画だけでなく聖像画においても正面像を避けて、宗教のなかに主観性と曖昧さを残しておく。くりかえすと、近代人に重要なのは、なんらかの規範としての完全なものに自己の面前で直面することではなく、自分自身や、自分の繊細な心の動きに見とれることであり、それにとっては真理などたんに口実や刺激にすぎない。(9)

イコンにおいて「顔」とは「完全なもの」との「直面」であるが、西欧近代絵画は、顔を斜めに傾けることでいわば視線をそらし、他者・外部との直面を避けようとする。興味深いのは、こうした考察が、マイケル・フリードの「アブソープション」についての議論を想起させることだろう。フリードは、一八世紀フランス啓蒙主義期の絵画に特有の、観客に視線を向けず、なにかに没頭する人物像を「アブソープション（没頭）」と名づけ、人物の視線をそらすことによって、外部の視線がなくても画像がそれ自体で成立するようなモデルが、この時期に成立したと主張したが[10]、それはあきらかに、フロレンスキイが指摘する、顔の斜めへの振り向けによる自己・内面への後退という主張と響き合うものを持っているのである。[11]

輪郭のトレースとしてのイメージ

フロレンスキイの芸術イメージ論のもうひとつの際立った特徴は、イメージを輪郭の直接的トレースという触覚的な相においてとらえていることである。

彼によると、版画のようなグラフィックな線描においては、合理性、論理性によって世界をメタフィジカル（つまり超感性的）に抽象し再構成しようとする積極性のみがきわだっており、世界の「したたるような」感覚的身体性、フィジカルな生の肉感性が消されてしまうのにたいして、油彩のような可塑的イメージにおいては逆に、世界のなまなましい肉体の感触、フィジカルなその身体性を感覚的に受け入れる消極性、受動性が支配的であって、超感性的現実性はそのあふれるような感性的身体性の氾濫のなかにすっかり埋没してしまう。

フロレンスキイは、グラフィックをプロテスタント的造形、塑造・絵画をカトリック的造形と見なすのだが、そのどちらも、身体的なもののなかに超感性的なものが臨在するという人格性のイメージの要件を十分に満たすものではない。彼にとって、身体的なもの（可塑性）のなかに超感性的実在（グラフィック）なものをよく臨在させるイメージこそ、イコンのイメージにほかならない。「イコン画作法の手法は、世界の具体的形而上性を表現するという要求に規定されている」[12]のである。

重要なのは、イコンの制作において、線と色彩というこの二つの要素が同居していることである。もともと壁画であったイコンの制作は、まず壁に見立てられた板に、針状の道具で版画のように輪郭を刻むことからはじまる。しかも彼によれば、背景をなす彩色は、物の色そのものではなく光なのだという。イコンがメタフィジカルな線描性を保ちながら、具体的で身体的なイメージ性を獲得し、なおかつその身体性に埋没しないのは、輪郭に直接触れ、それをトレースしようとする手つきと、光＝色彩とが組み合わされているからだ。

イコンのイメージの持つこうした輪郭のトレースと光との組み合わせが、美術史における絵画の起源についての神話を思い起こさせるのは興味深い。ヴィクトル・ストイキツァはその著書『影の小史』のなかで、プリニウスの『博物誌』において絵画の起源が、もともと壁や地面に落ちた人の影の輪郭を呪術的になぞることから始まったとされていることを紹介し、現代にいたる絵画の歴史は、そうした「光／闇」のなかからのほとんど呪術的・神的な輪郭の切り出しという絵画の起源が、「鏡像」

（ナルシスの神話）によって抑圧・隠蔽され、人の鏡像的イメージによってその人の内面のみを表象する絵画へと変質していく歴史だったと論じているのである。

フロレンスキイによればイコンには光だけがあり影はないので、そこには一定の留保をつける必要はあるが、それでも彼の論じる人格的イメージが、鏡像化、内面化された「自分自身に見とれる」ナルシス的「自己との戯れ」よりも、ストイキツァの言う輪郭の切り出しとしてのイメージにより近いものであることは、以上の議論からもあきらかだろう。そもそも「イメージ・聖像」を意味するロシア語「obraz」自体、語源的には、ob（周囲を回る、全表面におよぶ動作）＋rezat'（切る、断つ）、すなわち、「輪郭を切り離す」という意味なのである。このように、フロレンスキイにおけるイメージは、ある距離を隔てた光学的・感性的視覚像ではなく、輪郭に直接触れトレースするという意味で、よりなまなましく触覚化、身体化されたイメージなのだが、しかしそれは同時に、たんなる肉体ではなく、神的な現実性の輪郭を直接切り出すグラフィックなイメージでもあり、近代美術における受動的な光学的投影像、表象・代理としてのイメージとはまったく異なった存在なのであって、もしかしたらそれは、プリニウスの言う絵画の遠い起源における原イメージにより近いものなのかもしれない。

おわりに

このほかにも、フロレンスキイのイメージ論では、イメージの人格性、身体性から派生するイメージの運動性・時間性など興味深い問題を扱っているが、残念ながらここでは触れる余裕がない。しかし最後にひとつだけ指摘しておきたいのは、フロレンスキイのこうした人格的・身体的イメージ理解が、バフチンのそれと、ある面で非常によく似ていることである。バフチンもまた、人格の像＝イメージは、自己自身の内的身体（内的視野）が、他者によって外側から触れられ、外的身体としてその輪郭をじかに接触・トレースされることによって形成されると考えていた。さらにバフチンは、純粋に視覚的で鏡像的な自己像の形成（自画像や鏡像、自分の写真）にも否定的であり、そのことは、イメージの人格的理解やその触覚的身体性のテーマが、二〇世紀初頭のロシアにおいてきわめて重要な問題となっていたことをうかがわせるとともに、対話、カーニヴァル、ポリフォニーといったバフチンの主要な理論的成果もまた、ここで見てきたような、イメージのアンチ表象性というイデーの延長線上にあることを示しているのである。

（1）*Флоренский П.* Сочинения. Т. 3 (1). М., 1999. С. 79.
（2）*Флоренский П.* Иконостас. М., 1994. С. 108.
（3）Там же. С. 64-65.
（4）*Флоренский П.* Столп и утверждение истины. М., 1914. С. 28.
（5）Там же. С. 29.

（6）*Флоренский П.*Анализ пространственности и времени в художественно-изобразительных произведениях. М., 1993. С. 256.

（7）*Флоренский.* Иконостас. С. 52.

（8）*Флоренский.*Анализ пространственности и времени в художественно-изобразительных произведениях. С. 114.

（9）Там же. С. 172.

（10）Michael Fried, *Absorption and Theatricality: Painting and Beholder in the Age of Diderot*, The University of Chicago Press, Chicago & London, 1980, p.66. ちなみに、岡崎乾二郎は、フリードのアブソープションによる画像の自己生成を「カメラ・オブスクーラ的」だと述べているが、そのことは、顔をそむけた人物像が、遠近法的な画像の非人称的な自動的生成とも連動していることを示唆しており、フロレンスキイの遠近法論と顔論の関係を考えるうえで興味深い（松浦寿夫、岡崎乾二郎『絵画の準備を！』SAISON ART PROGRAM、二〇〇二年、五八頁）。

（11）ジャン＝リュック・ナンシーも、肖像画とはもともと現前不可能な聖なるもののあらわれ（イコン）であり、それが脱聖化されることで肖像画に移行するのだと論じている（ジャン＝リュック・ナンシー『肖像の眼差し』岡田温司、長友文史訳、人文書院、二〇〇四年、四六 - 四七頁）。

（12）*Флоренский.* Иконостас. С. 107-108.

（13）Stoichita, V., *A Short History of the Shadow*, Reaktion Books, London, 1997. を参照。

第三部　暗闇と視覚イメージ——ナボコフについて

ナボコフのロシア

ナボコフという神話

大作家や大詩人は、いろいろな神話にとりまかれているものだ。

プーシキンという詩人は、ソ連では革命思想の立派な信奉者のように思われていたけれど、実は、当時のロシアの革命家たちは、プーシキンはいい加減で信用できないというので、彼を仲間はずれにしていた。「美は世界を救う」というドストエフスキイの言葉は、どのみち、ポーランド人やユダヤ人の世界のことまでは勘定に入っていなかった。

それにしても、ロシアの作家のなかでもとりわけナボコフには、まとわりついた神話があまりに多いような気がしてならない。彼がロシアの作家であり、ロシアと深いつながりをもっているということ自体が、なんだか妙に神話的な色彩をおびている。ロマノフ王朝の血が流れている（ナボコフの父は皇帝アレクサンドル二世の私生児であるとうわさされていた）、といったとてつもない話からはじまって、そのロシア時代の家庭での貴族的雰囲気や多言語的環境、幸福な幼年時代、プーシキンの詩への熱中、過去の記憶や鱗翅類にそそがれるほとんどフェティッシュな愛情にいたるまで——これら、異様に美化されたロシアのイメージは、ナボコフの創作とロシアとのむすびつきについて語るとき、かならず引き合いにだされてきた。

しかもその一方で、ナボコフはカフカ、ジョイス、プルーストをうけついだ、二〇世紀文学の一つの極点をあらわすコスモポリタン的作家とされる。パトリシア・ウォーの『メタフィクション』などに典型的にあらわれているように、ここには現実の入りこむ余地はない。ナボコフは、虚構そのものを素材として、ゲームのように自在にテクストを組み上げてゆく、いわば文学の普遍的な言葉の司祭として語られるのだ。

このようにして、しだいにナボコフについての神話的な像がかたちづくられてゆく。それはロシアを追放され、祖国を失ったエトランジェ——過去の記憶の切片を紡ぐことでかろうじて失われたロシアをもとめるしかない男の像であり、また追いもとめるものが現在でなく、すでに失われた過去に属しているゆえに、虚構という文学装置がきわめて重大な意味をもたざるをえなかった、虚構にたいして異常に肥大した自己意識をもった、孤高で国籍のない作家の像なのである。

私はべつに、こうしたナボコフ像にたいして、異議をとなえようというわけではないし、このようなとらえ方が誤っているというつもりもない。現にナボコフはロシアで育ち、少年時代にプーシキンを愛読したし、やむない事情でそのロシアを去ることを余儀無くされたのだし、実際のところ彼は、イギリス、ドイツ、フランス、アメリカ、スイスを転々とした国籍のないエトランジェであった。そして、彼がジョイスと親交を結んだり、カフカ、プルーストから影響をうけたのも事実だろう。

けれど、ここには何かひっかかるものがある。この異様に美しい過去のロシアと、過度に自己意識化された文学的虚構との結合のなかには、現実的で重大な何かが欠落し、あるいは隠蔽されているように思えてならない。この「ロシア」には歴史がない。いいかえれば、一回的な個別性、具体性がないのだ。この美しい「ロシア」は実は、虚構の世界に反射された作家の閉じられた意識内の記憶にほかならないのであり、それは時間を欠いた、超歴史的で自足的な世界である。そこでは、ナボコフが生まれ、成長してきた一九〇〇年代以降のロシアとは具体的にどのようなものであるのか、そしてナボコフはこの時代のロシアにどうかかわったのか、という重要な問いがはじめから排除されてしまう。

一九一六年、一七歳で詩集を出版して以来、一九三九年に英語で小説を書くようになるまでの二五年間、彼はロシア語で、ロシア人の読者を相手に創作をしつづけてきた。そしてそれは必然的に、ロシア（亡命者のコロニーも含めた）の社会、政治、文壇、ジャーナリズムの動きのなかにみずからの座標を決定してゆかなければならない、ということを意味したはずだ。追憶のなかの「ロシア」という美しい虚構の装置は、その外部にある歴史的で具体的なロシアのコンテクストに照らして考えなおされなければならない。

もっとも、具体的な歴史に即した研究がなされなかったのは、そうした考察のための資料が乏しいからでもある。アンドリュー・フィールドも書いているように、ナボコフ自身が、そして彼の死後にはその遺族とその周辺の批評家たちが、彼の作品の解釈や、アルヒーフ、書簡類の刊行を意図的にコントロールしているし、革命をはさんだ時代のロシアの文化史研究も、未開拓の領域が大きい。ナボコフの生涯全体を見渡す伝記が書かれるようになったのも、ここ数年のことである。そんなわけで、決定的な見通しをここで述べるわけにはゆかないけれど、いくつかの特徴的な問題に焦点をあわせて、今後同時代のロシア文化のなかでナボコフを考える場合のささやかな問題提起を試みてみたい。

非ロシア的な作家

一九一九年にロシアを脱出したナボコフは、ケンブリッジ大学を卒業後、二三年にベルリンに移り、シーリンの筆名でロシア語による本格的な文学活動をはじめた。やがて小説『ルージン・ディフェンス』(一九三〇)の成功により、彼が亡命ロシア文学界で一躍有名となり、亡命ロシア文学の新しい世代の代表として高い評価をうけたことも、よく知られている。しかしながら実際には、才能ある作家は唯一ナボコフだけであり、そのほかには評価に値するような若手作家はひとりもいないというのが、当時の亡命ロシア文学界の実情であった。一九三六年、パリのロシア語雑誌「現代雑記」(六一号)掲載の亡命ロシア文学の若手作家をめぐる論文のなかで、ガイト・カズダーノフはこう書いている。

国外に滞在していた一六年間に、ちょっとでもすぐれた若手作家は一人として現れなかったことを認めざるをえない。シーリンという、ただ一人の例外をのぞいて［…］。

同じ「現代雑記」に載った、彼の様々な小説の書評を読んでみると、さらに面白いことに気づく。どの書評も、シーリン（ナボコフ）の作品がロシア的でないことを指摘しているのである。『キング、クイーン、そしてジャック』（一九二八）を書評したM・ツェトリンは、この作品を「ドイツ表現主義」的と形容した。彼は『栄光』（一九三二）の書評では、ナボコフの本は「ロシア文学を背景にしてみると、あまりにも独特」であると感想をもらしている。『カメラ・オブスクーラ』（一九三四）をとりあげたミハイル・オソルギンは、こんなふうに述べている（五四号）。

彼のプロットはインターナショナルであり、主人公は外国人であり、言葉はロシアの作家に特有の探求とは異質のもので、できあいの固定してしまった辞書の域を出ない。文体は西洋的に仕上げられていて、どの外国語にもかんたんに移しかえることができる。このクールな輝き――それはロシア的ではなく、一般受けのよいものではない。

ガズダーノフは、さきの文章のなかで、「若手の亡命文学には、シーリンはなんの関係もない」とまで言っている。このように見てくると、ナボコフはその活動のはじめのころから、亡命ロシア文学の新しい担い手というよりは、まったく孤立した異質な現象として出てきた、といったほうがよいのではとさえ思われる。

ナボコフが評価されるようになった一九三〇年代は、「亡命ロシア文学」といわれるものが、ようやくはっきりと形をとりはじめた微妙な時期であった。二〇年代までは亡命とソヴィエトの文化の境界はそれほどきっちりしたものではなく、亡命者とソヴィエト人が交流したり、協力して仕事をする場が残されていて、在外ロシア人たちの多くは、自分たちは一時的に国外に出ただけであり、近い将来にまたロシアに帰還できると考えていたのだった。ところが、ソ連が国際社会で承認され、経済が復興しはじめ、スターリン体制への布石がはじまると、亡命者たちは帰国の可能性を失い、ロシア本国から完全に切断され、自前の社会や文化を確立する必要にせまられてゆく。そこで、ロシアをはなれてロシア語で物を書くとはどういうことか、自分たちの文学はどのように独自の位置をみつけてゆくのか、ということが、亡命者の文学界内部であらためて問題になってくるのである。G・ストルーヴェによれば、「亡命文学は可能か」という論争が、一九二六年ごろから亡命ロシア文学界内部で継続的におこなわれるようになるのである。

一九二七年にソ連で発表されたオレーシャの小説『羨望』は、一部の亡命ロシア人のあいだにショックをあたえた。当時オレーシャに匹敵する優秀な若手作家は亡命文学のなかにはいなかった。詩人ベルベーロワの回想によると、「現代雑記」に近々すばらしい作品が掲載される、それがナボコフのものであると聞かされたとき、彼女は「ナボコフでは《私たちのオレーシャ》にはなれない」と思っていたという。ところが二九年に『ルージン・ディフェンス』が連載されはじめると、彼女はそのすばらしい出来ばえに驚かされる――「巨大な、成熟した、複雑で現代的な作家が私のまえにいた」。

ベルベーロワの回想のなかに、もうひとつとても面白いエピソードがある。ブーニン、ホダセーヴィチ、アルダノフ、ナボコフ、そして彼女がカフェのテーブルを囲んでいたときのことだ。トルストイが話題になった。「ナボコフは、『セヴァストーポリ物語』を一度も読んだことがないので、それについてはなんの意見もない、と宣言した。[…] アルダノフはけんめいに怒りをおさえていた。ブーニンは激怒で顔を緑色に染めて、汚い罵倒の言葉をつぶやいた。ホダセーヴィチはひややかに笑った [...]」。

一八七〇年代、八〇年代生まれの他の三人とはちがって、九九年生まれのナボコフは、自分が古いロシア文学の伝統や遺産の継承者だなどという自負はなかった。しかし、亡命者の世界は、革命によって失われた帝政時代の古い価値を守ることに汲々とした人々の集りだった。こうした亡命者の世界の期待を担って現れたにもかかわらず、ナボコフが、すくなくとも同時代の批評家、文学者たちにとって極度に非ロシア的な作家に見えたということは、注目すべきことである。彼は、古いロシアがまさに崩壊しようとしていたときに現れた。トルストイを敬い、一九世紀的なロシア文学の伝統を受け継ぐ世界が事実上完全に息の根を止められたとき、ナボコフが登場してきた――このことは重要な意味をもつと思われる。実は、古きよき「ロシア」が消滅し過去のものとなったからこそ、ナボコフは、ロシア語で書くという行為を選びとることができた、つまり、ロシア語のエクリチュールに新たな可能性を見出せるようになったのではないだろうか。

変貌する帝政末紀の社会

ロシアを題材としたものであろうとなかろうと、ナボコフの初期の小説はどれも、その文体や形式のあたえる印象から、ロシア文学の伝統とは異質のものとして受け取られた。高く評価されていたにもかかわらず、当時ナボコフの本が、在外ロシア人の一般読者にどれほど読まれていたのかは疑わしい。ナボコフの父の友人であったリベラル系の亡命者で、ベルリンで出版社を経営し、新聞「舵」(ナボコフの初期の詩や短篇、寸評の多くが掲載された)の編集者でもあったヨシフ・ゲッセンは、その回想のなかで、ナボコフの作品がそれほど読者を獲得しなかったことを証言している。

けれどそれでは、ナボコフの小説はそんなに「ロシア的」でないのだろうか。そもそも「ロシア的」とか「ロシアの文学伝統」とはなんのことなのか。革命前のロシア文化はそれほど一元的なまとまりを見せていたのだろうか。このことを考えるためには、ロシア時代のナボコフのおかれていた環境を、もういちど見直してみる必要があるだろう。

ナボコフは、一八九九年に生まれてから一九一九年まで、約二〇年間をロシアで暮らした。この時期の作家について、たとえば、ふつう、ナボコフの家庭はイギリスびいきで、彼は幼いころから英語が得意であった、などといったことが強調される。しかしバイリンガルとして育ったからといって、そのこと自体としては、さして重要なこととは思われない。ロシアでは、なにも貴族の家庭にかぎらず、彼のようなバイリンガルはこの時代にはたくさんいたはずだからだ。問題はロシア語と英語とどちらの習得が早かったかなどということではなく、英語や彼の家庭のイギリス志向が、一九世紀末から二〇世紀初頭のロシア社会史の文脈においてどんな意味をもつのか、ということである。

ロシアでは、おそらく一九世紀の八〇～九〇年代に、大きな社会構造の変化があったと私は考えている。ロシア文学史では特に八〇年代は「沈滞の時代」などと言われているけれど、この時代はロシアが急速に工業化され、商品経済が浸透し、様々な技術革新がおこなわれて、ロシアの自然科学・技術の水準が飛躍的に伸びた時期だった。パヴロフやメーチニコフなどのノーベル賞級の科学者は、この時代にあらわれた人たちである。ロシアが穀物や石油輸出で国際市場に登場するようになるのもこの頃のことだ。

はっきりと断定はできないが、この時代に、特に自然科学や実用的な技術の分野に従事するロシアの人々にとって、イギリスは、大陸に代わって重要な国になったのではないかと思われるふしがある。たとえば一八八〇年代末以降たびたび西欧諸国に留学したロシアの有名な化学者ヴラジーミル・ヴェルナツキイは、ドイツの科学のやりかたを嫌って、イギリスに好感をもっていたらしい。また、この時代の思想家であり数学者、物理学者でもあったパーヴェル・フロレンスキイは、大陸の観念論的な科学体系よりも、イギリスのプラグマティカルな方法により大きな可能性を見ていた。一八八〇～九〇年代のロシアの大規模な工業化のなかで、イギリス、あるいは英語が、テクノクラートや技術者などのあたらしい社会層の人々にとって、なんらかの実用的あるいは象徴的意味を持つようになったと考えても、不自然ではないと言えよう。

自然科学の問題にかんしてついでに言うなら、ナボコフにおける蝶の問題も、これまではどちらかというと、その神秘的なイメージのもつ象徴的意味のほうに比重がかけられてきたといえるが、どうも私には、問題はそれほど単純だとは思えない。注意したいのは、ナボコフにとって、蝶は単なる神秘的な愛玩物ではなく、科学的な研究の対象でもあったということだ。昆虫学という自然科学の一分野をナボコフは熟知していたのであり、後にはイギリスの学術雑誌に執筆したり、アメリカの動物学研究所に勤務できるほどの専門家であった。そして鱗翅類学の分野でもこの時代、ドイツから英語圏に主導権が移りつつあったことは、自伝『記憶よ、語れ』のなかで、ナボコフ自身が報告しているのである。

私は十代の始めにはもう昆虫学の雑誌に、とくにイギリスとロシアの雑誌に、飽くことなく熱中していた。当時、分類学の面で大きな変動が進行していた。十九世紀半ば以来、大陸の鱗翅類学はドイツ人の主導権の下に平穏に運営されていて、分りやすい、安定した状態にあった。[…]英語圏の学者たちは優先権の法則の厳密な適用によって命名法を変え、顕微鏡での器官調査によって分類法を変えはじめていた。(大津栄一郎訳)

このように、一九世紀のロシアを支配してきた大陸風の思考様式とはちがったものが、英語をとおし、蝶をとおしてナボコフのなかに吸収されていったのではないか。というより正確には、ナボコフ家の社会的な位置自体が、一九世紀にはなかったロシアのあたらしい社会層、あたらしい勢力を代表していたと見るべきかもしれない。二〇世紀初頭のロシアでは、大幅な社会改革や法整備、技術革新にともなって、テクノクラートや各種の専門家がエリートとして力を得た。ナボコフの父は法学者であり、そうしたこれまでにないタイプのエリートのひとりであった。

ナボコフの父はロシアのリベラルを代表する人物でもあった。ロシアのリベラルは、ゼームストヴォと呼ばれる地方自治会のメンバー、商業資本家や産業資本家、それに地主や貴族、学者層なども取り込んでその基盤としていた。彼らが帝政ロシアの政治の表舞台に登場したのは、一九〇五年のいわゆる第一次革命時に立憲民主党を結成してから十月革命までの、わずか十年ほどのことにすぎないが、それでもリベラルがこの時期相当な政治勢力を獲得したことは、それを支持するような、これまでにない社会層が、急激にロシアに形成されたことのあらわれだったのである。彼の家庭はいわば、そうしたロシアのあたらしい階層の代表といってよい。

一二歳からナボコフがかよいはじめた中等学校テニシェフ・ギムナジアもまた、旧来のロシアとはまったく次元のことなる空間だった。それが自由主義的で、階級、人種、信条による差別を排除する方針と、イギリス的な校風を持っていたことは比較的よく知られているけれど、おもしろいことに、フィールドによると、この学校の全生徒数の半分、あるいはそれ以上がユダヤ人であったらしい。この頃テニシェフに学んでいた詩人マンデリシタームも、ユダヤ商人の息子であった。商業資本家や産業資本家など、伝統的なロシア文化の担い手とはちがった人々が、経済力を蓄えて、高い知的水準をそなえるようになっていたのであった。

創造される世界

マンデリシタームは『時のざわめき』のなかで、こんなふうに回想している——「テニシェフの講堂をもっともひんぱんに借りていたのは、急進主義の砦であり、ナドソンの作品の版権を握っていた《文学財団》だった」。この「文学財団」は、ナボコフの父も役員をしていたことのある団体だが、マンデリシタームも皮肉っぽく書いているように、いささか大時代な文学組織であった。ナドソンは、一九世紀末ロシアのデカダンス文学のはしりともいうべき詩人で、当時その感傷的な詩はたいへんな流行となっていたが、二〇世紀初頭の若い世代にとってそれは、なんとも時代遅れの代物であったにちがいない。

ナボコフにおけるロシア文学の素養を考えるためには、この一九世紀末以降の時代に、ロシア文化が被った大きな構造的変化を考慮にいれなければならないだろう。たとえば、シンボリズム（象徴派）とよばれる文学運動が最盛期をむかえたのは、リベラルが台頭してきたのと同じ一九〇五年前後からのことであり、その背景には、シンボリズムの豪華な図版入り雑誌に資金を提供したり、難解な詩や哲学論文を気前よく本にしてくれる、あたらしいタイプの資本家の出現があった。こうした資本家は、たいていのばあい、正統のロシア正教徒とはちがう社会的なグループに属していた。

私は、こうした現象の根底にも、やはり一八八〇〜九〇年代のロシアの急激な経済的、社会的変化が影をおとしていると見ている。すでに述べたように、八〇年代はロシア文学史においては不毛の時代とされていて、ドストエフスキイの死（一八八一）からチェーホフの出現までのあいだ、賞賛に値するような大作品はひとつもないということが、どんなロシア文学史の教科書にも書かれてきた。けれどそのことが、もっと別の問題をはらんでいることは、私の知るかぎりほとんど指摘されていない。

問題は、この八〇〜九〇年代に、文学の物質的な存在形態が根本的に変化してしまったことにある。一九世紀のロシア文学は、少なくとも四〇年代以降「厚雑誌」といわれる総合雑誌のジャーナリズムをメディアとして流通していた。こうした雑誌はたいてい、政治、経済、宗教、思想、科学、文学など様々な分野が四、五百ページに細かい活字でぎっしり詰ったもので、店頭売りではなく、予約購読制をとっていた。こうした雑誌はまた、政治的あるいは思想的なイデオロギー色を強く打ち出して、対象の読者層をきっちりと絞るところに特徴があったので、イデオロギー的な立場のあいまいな雑誌はすぐに左前になった。こうした雑誌の部数がそれほどのものでないのはすぐ想像のつくことで、ある程度の知的水準をそなえたわずかな階層のあいだでしか、文学は流通していなかった。

ところが、一九世紀の終わりには、ナロードニキ運動などで革命、啓蒙文献を一般市民や農民にまで普及させる必要が生じたりして、図書館、学校がひらかれ、通俗科学読物などが大量に書かれるようになり、また印刷技術そのものの発達によって、大量の複製を流通させることが可能になった商業ジャーナリズムが、大衆雑誌や大衆小説などの量産に着手するようになる。知識の大衆化と文学メディアの根本的な変化がおこってくるのである。チェーホフは実は八〇年代のそうした大衆雑誌のライターのなかから出てきた。二〇世紀初めまでに、活字による文学は一部の人々の精神的修養や個人的な知的楽しみの対象ではなくなり、いくらでも再生産、複製の可能な大衆的娯楽へと変質してゆく。

シンボリズムですら、けっしてその例外とは言えない。ロシアのシンボリズムは、大衆にまったく理解されない、エリートだけのための文学だというので、最近までソ連の御用学者たちからさんざん痛めつけられてきたのだけれど、現実にはナボコフがテニシェフ校に入学する数年ほど前から、シンボリズムの文学そのものが流行になってしまって、ベールイやブロークなどの詩人が講演会や朗読会をすれば、女学生たちでホールがいっぱいになったり、みずからシンボリストと称する青年詩人たちが「文学の夕べ」に雨後の筍のように現れては、似たり寄ったりの「シンボリズム的スタイル」でへボ詩を朗読してまわる、などという現象があらわれていた。ブロークなどは、こうした文学の夕べがあまりに上っ面なものなので、もう参加したくないと文句を言っているほどである。

テニシェフ校の教師で、ナボコフに影響をあたえたとうわさされるヴラジーミル・ギッピウスという詩人も、そうした大衆化の時代にでてきた群小詩人のひとりだったにちがいない。ナボコフが学校時代に詩作に熱中するようになるのも、当時の雰囲気としてきわめて自然なことで、死んだ伯父の遺産を元手に大胆にも一七歳で処女詩集を出してしまったことを除けば、ほかのインテリ家庭の文学少年とさほど変わったところはなかった。

ただ、そうした流行があったにせよ、シンボリズムの雑誌類の発行部数が、ゴーリキイやアンドレーエフらの大衆的リアリズム作家があつまる文集「ズナーニエ」などにはるかにおよばなかったことを断っておく必要がある。ブロークにしてもベールイにしても、こうして量産される大衆文学の脅威を無視することはできず、なんとか取り込んでゆかなければならなかった。ブロークが後に「民衆」に回帰してゆくのも、ベールイがまさに知の専門的性格の枠を破壊して、最新の哲学や自然科学の難解な概念を文学の世界に応用することで、過度に構造分析的でテクニカルな詩論や美学をつくりあげていったのも、たぶん、こうした文化や知の大衆化と量産化の時代にたいする彼らなりの答えだった。

その意味で、ナボコフが詩人ヴォローシンと出会って、彼からベールイの詩論を読むように勧められたことのほうが、ギッピウスの影響などよりも、この作家の創作の問題にとってははるかに重大な出来事ではなかったかと、私は考えている。一九一七年、ナボコフ一家は革命を避けて、クリミア半島のヤルタ近くに避難する。この時クリミアにはシンボリストの流れをくむ詩人で、画家、美術評論家でもあったマクシミリアン・ヴォローシンが住んでいた。ナボコフは彼をとおして、ベールイによる、詩の韻律研究の論文を知ったとされている。のちにナボコフは、プーシキンの『オネーギン』の注釈書（一九六四）のなかで、ベールイの韻律研究に影響をうけたことを告白しており、フィールドによれば、これはナボコフが書物のなかで他のだれかからの影響を認めた唯一の例だそうである。

ナボコフがクリミアの図書館でさがし出して耽読したのが、一九一〇年にモスクワで刊行されたベールイの分厚い論文集『シンボリズム』であったことは疑いない。この時期までに、詩の韻律にかんする論文をベールイは他の場所では発表していないからだ。ブライアン・ボイドが最近発表したナボコフのロシア時代の伝記でも、この本が『シンボリズム』であったことが明記されている。

『シンボリズム』は、ベールイが美学、哲学、心理学などの問題を援用しつつ、シンボリズムの理論的基礎を論じた文章を、未発表のものも含めて十四本収め、さらに二百ページにもなるコメンタリーを付した、総頁数六百ページをこえる大きな本で、非常に難解なものであったにもかかわらず、それはこの時代の若い詩人たちに深刻な影響をあたえた、いわば必読書であった。韻律の形態的分析にかんする論文は全部で四本収められている。「抒情詩と実験」、「ロシア四脚弱強格詩の性格づけの試み」、「弱強二歩格ロシア抒情詩の比較形態論」、「A・S・プーシキンの《美しい人よ、私のまえで歌うな》(記述の試み)」である。ナボコフが、こうした詩の形態論、つまり純然たるフォルムの問題に異常な関心を示したことは、それだけでも興味深い。しかしながら、ベールイの形式的詩学の「影響」はたんに、ナボコフ特有のあのおそろしく人工的な詩を作ったり、『オネーギン』を分析するために役立ったというだけのものなのだろうか。そのことを考えるために、ベールイの形式的な詩論の意味を考えてみよう。

ベールイはたとえば、詩のリズムについてこんな議論をする。かみくだいて言うと、弱強格のロシア詩ではふつう、アクセントのない音節とある音節が、交互にあらわれることでリズムをつくる。しかし伝統的な詩作法ではアクセントのあるべき音節でわざとアクセントを抜くことがある。一行に八つの音節のある詩（四脚）ならば、アクセントのあるべき場所は四箇所、そのうちどこか一つのアクセントを抜くとすれば、四通りのリズムが得られることになる。こうしたリズムの組み合わせの特徴を、詩人ごとに統計をとって調べてゆけば、それぞれのリズム上の好みがかなり類型的に把握できる、というのだ。

けれどこのように、文学作品を、子音と母音という素材の組み合わせでできた純然たる構造として理解し、創作というものを過度に操作的なものとしてとらえ得るということは、逆にいえば、すくなくとも理論的には、こうした形式的な言葉の操作や技術によって文学は再生産することが可能だということにほかならない。詩の分析とほぼ同時期に執筆され、『シンボリズム』に収められている論文「言葉の魔術」を読めばわかるように、文学とは観念的内容の直接的表出ではなく、言語の表層的なスタイル（表現の形式）としてしか現象しないし、さらに「私」とか「世界」とかいうもの自体が、言葉の形式のなかではじめて見出されてくる風景にすぎない、というのがベールイの考えだった。そして、彼にとって、詩の形式的な分析は、文学が言葉という限られた形式のなかにしか存在しえないならば、創作、あるいは創造とは何なのか、いかにしてそれが可能なのか、という根源的な問題をはらんでいたのである。

この「創作」あるいは「創造」の問題が、後のナボコフの小説のなかでも中心的な主題になっていることは、おそらく間違いない。たとえばホダセーヴィチは、一九三七年に書いたナボコフ論「シーリンについて」（「復興」二月一三日付）のなかで言っている。

芸術は形式だけで汲みつくされるものではない。けれど形式の外部では、それは存在することができず、したがって意味ももたない。そんなわけで、創造の研究は、形式の研究の外には考えられない。

彼によれば、シーリン（ナボコフ）は「とりわけ、形式の芸術家である」。そしてフォルムにたいするナボコフのこだわりは、「世界から別の世界への移行」をとおして、「創造のテーマ」へと結びついてゆく。

［…］『ルージン・ディフェンス』はあの「異なる世界間の関係という」テーマに属していると同時に、シーリンの作品のもうひとつの系列への移行を、すでにはらんでいる。そこでは作家は、別の問題をたてるのだが、しかしながらそれはやはり、創造のテーマ、創造する個のテーマと、変わることなく結びついているのである。

ホダセーヴィチのこうした見方を信じるならば、すくなくともロシア語時代のナボコフの創作にみられるのは、言葉の「形式」のなかでの「創造」をとおしてはじめて、「個」つまり「私」は、ある

「世界」を感受することができる、という動機だったことになる。私たちは、どんなにもがこうとも、言葉という外部的、無機的で再生産可能な「形式」を媒介とすることでしか、自らの「個」、「私」の内的でかけがえのない思いを表現することはできないし、「世界」に触れることもできない。それは、文学における「創造」の問題に似ている。作者は作品の言語的「形式」をとおしてしか作者の「私」を表現することはできないが、しかしそのような言語的形式によって創造され表現されてしまった「世界」は、「私」の内部の世界とは根源的に異質のものである――こうしたパラドクスのなかに「創造」という問題の核心があることを、ナボコフは、たぶん見抜いていた。

『ルージン・ディフェンス』のルージンは、チェスの虚構のなかでしか自己を創造できないが、そのために現実の世界から排除されざるをえない。『絶望』の主人公は、みずからつくりあげた完全犯罪の虚構において、最後の最後に自分のつくりだした登場人物（分身）に裏切られる。そして彼は、ホダセーヴィチが予言したとおり、《「創作」についての「創作」》のテーマを『賜物』のなかで追究することになる。

けれどすでに見たように、この「私」、「世界」をむすぶ「形式」や「創造」という動機の結合は、基本的にはすべて、ベールイがすでに『シンボリズム』で示唆し提起していたテーマだったといえる。そんなふうに考えてみると、ナボコフにとって、『シンボリズム』という本は、詩の技巧や分析の方法の獲得という以上の意味をもっていたのではないか――これが、最後に私が示唆したいことである。もちろん彼が、詩の分析の論文以外にも、この分厚くて大仰な本をすみからすみまで読んだという保証はない。あるいは、もともとナボコフは自身のテーマをもっていたのであって、ベールイはたまたま、ある点で彼と響きあうところがあった、というだけのことかもしれない。

だが、あまりにも多い両者の相違点を片目でにらみつつ、なお考えてみなければならないことがある。ナボコフはベールイの小説『ペテルブルク』を絶賛していたが、それは、やはり一九世紀の「古きよきロシア文学伝統」の神話を解体するところからでてきた小説であり、「ロシア文学」の観念的内容ではなく、その言葉の表層的な形式のなかに、「私」と「世界」が定位する「創作」の構造をとらえようとするベールイの試みでもあった。ナボコフのロシアとは、それゆえ、けっしてあの無時間的な「美しい追憶のロシア」などではない。彼が二〇世紀初頭のロシアからうけとったのは、おそらく、「ロシア文学」というような観念的・イデオロギー的世界を、言葉の「形式」と、「私」による「創造」との関係として根本的にとらえなおそうとする探求だったのではないか、というのが、私の見通しなのである。

ナボコフあるいは物語られた「亡命」

ナボコフには、「亡命」や「失われたロシア」、「記憶」といった言葉がいつも濃厚にまとわりついている。しかし、このような言葉を前提として彼のテクストを読み解いてゆくことに、私はどうしても違和感を感じないではいられない。

たしかに、ナボコフは亡命と流浪の作家である。ロシア革命をのがれてドイツに暮らし、フランスをうろうろし、アメリカに渡って英語でものを書き、スイスで死んだ。すべて事実である。しかも私たちは、こうした「事実」がまだ重みをもって存在していることを肌で感じられるような、ひとつづきの時代の遠近法のなかに生かされている。ナボコフは母国語すら奪われ、ロシアの文学や文化の歴史から不本意にも切り離され、その失われた祖国ロシアを求めて飽くことなく記憶の奥底へと遡行する流浪の亡命作家として、また最も数奇でしかも二〇世紀的な運命をたどった天才の一人として扱われてきたが、今や彼のさがし求めた祖国ロシアは、現実の政治的変動のなかで「復活」しつつあるかのように見える。そんなわけで、二〇世紀末の奇妙な崩壊と再構築の時代に投げ込まれている私たちは、妙になまなましい実感とともにナボコフの小説や自伝を読みかえす、といったことになってしまう。

しかしこの亡命作家の絶望的な探求の目的は亡命の「記憶」、「ロシア」の「記憶」を保存し復活することなどにあるのではない。だいたい「記憶」や「思い出」など、「語られた」とたんに、なにかよそよそしい、真実味のないものになってしまうのだから。たとえば自伝『記憶よ、語れ』（ロシア語版『異郷の地』）にはこんなことが述べられている。

> 冷えきった部屋で、小説家の手の中で、ムネモシュネー（記憶の神）は死んでゆく。私はもう幾度となく気づいていたのだが、虚構の主人公に自分の幼年時代の生気にみちた思い出のかけらを与えたとたん、それは私の記憶のなかですぐさま精彩を失って、消えていってしまう。うまいぐあいに短篇小説に移すことのできたいくつもの家が、まるで無声映画の爆発シーンのように、心のなかで音ひとつなく消滅してゆく。『ルージン・ディフェンス』の最初に挿入した私のフランス人の女家庭教師の像も、作者が押し付けた異質の環境のなかで、私にとっては死滅してしまうのである。

「自伝」という形式のなかでナボコフはこのフランス人教師の記憶を救おうと試みるのだが、そのナボコフ自身が、後にこのエピソードを独立した短篇小説（『マドモアゼルO』）つまり虚構にしてしまう。というより、いったん語られてしまえばどんな「記憶」も虚構の言葉にすぎないのだ。彼の「記憶」とは実は、言語化できないものを言語化しようとする絶望的な行為にほかならない。「記憶」とは今を生きている「私」のなかにある内的経験であり、それは過去の客観的事実ではなく現在のプロセスなのだが、それは語ることによってしか救う(=永遠化する)ことができない。しかし語られてしまえばそれは異質なものになってしまう。今ここに在って語る「私」の行為と、すでに語られてしまった「私」とのこの断絶を生きることがナボコフの問題なのだ。だから彼の小説ではしばしば語り手が主人公(一人称の「私」)となり、セバスチャン・ナイトのように語られてしまった「私」として分身化したり、あるいは主人公が、自分の語る(あるいは夢想する)物語の登場人物にすぎない女性(ロリータやマーシェンカ)を実体化しようとしたりする。

このように考えると、すでに「記憶」の抜け殻にすぎない彼の作品をたどるほかない私たちがそこに読むのは、当然事実の描写ではなく、すでに語られてしまった「物語」だということになる。「亡命」さえもその例外ではない。しかもそれはかなり紋切型の構造を持った、使い古された物語である。たとえば光源氏が須磨に流されたのは、政治的後盾がなくなったからであり、いわば亡命だったわけだが、それは古典的な流離あるいは遍歴の物語の類型に属するのである。ナボコフの小説の主人公の多くが亡命者や探検者、あるいはさまざまな理由で何かを求めて旅する者たちで、遍歴物語のジャンル構造を持っている。するとナボコフにおける「亡命」とは、天才作家の内面に跡を残すような現実の悲劇的事件というよりはむしろ、彼の小説のテーマ構成における形式的特徴のひとつにすぎないことになる。ここにはロシアなど存在しない。あるのは「ロシアからの亡命と遍歴」という「物語」なのである。

けれど「亡命」のテーマを「メタフィクション」の問題に還元することはできない。断っておかなければならないのは、「ロシア」や「亡命」すら虚構の物語にすり変わってしまうということが問題なのではなくて、そうした虚構化そのものが実は「ロシア」や「亡命」という問題を産み出してゆくということなのである。たしかにナボコフがつくる小説はどれも、現実の出来事についての物語ではなく、すでに語られてしまった物語についての物語になってゆく。だがそれは、多くの研究者が語るような、虚構を過度に操作的に扱うことで虚構と気軽に戯れるというようなことであるはずがない。なぜなら、ヨーロッパ近代文化の移入によって形成された近代ロシア文学の歴史においては、「私」の内的経験を表現しようとする志向自体が、ヨーロッパからやってきた虚構の制度だったからである。ロシアにおいて「私」ははじめから虚構的物語にすぎなかったが、しかしその表現形式を借りずには、そうした「私」の虚構性すら見えてこない。つまりロシア文学における「私」は常に、異郷に根付かざるを得ず、しかしそこに同化することはできない永遠の放浪者＝亡命者にほかならないのだ。ロシア人にとって「亡命」や「遍歴」とは、個々の作家の実生活上の亡命などを意味するのではない。それは、近代以後ヨーロッパの文化的植民地だったロシアが囚われつづけてきた、避けることのできない宿命だったはずである。

問題は、これまでの研究や批評において、こうした視点が完全に欠落していることなのだ。ナボコフは、西欧文学の完全な知識を背景に、過度に意識化された虚構の言語の内部で「美しい追憶のロシア」を描いたように見える。しかしそうした見方は、実はロシア近代の文化とヨーロッパ文化との同質性を自明のものとしてとらえ、「ロシア」を西欧的な虚構の物語の装置のなかにそのままとりこむことが可能であるかのような錯覚を与えるものでしかない。「メタフィクション」や「追憶のロシア」は、西欧化のなかで起こった近代ロシアの問題の歴史的起源を隠蔽し、ソ連によって滅ぼされた「失われたロシア」こそ、ヨーロッパ文化の正当な継承者となるはずだったという神話を、暗黙のうちにつくりだしていたのではなかろうか。ナボコフが育ち、生き、ロシア語作品を書いたのが、ロシア・リベラリズムの政治的言説に満たされた特殊な空間であったことを忘れるべきではない。彼の父は立憲君主党の幹部であり、その党派の機関紙が彼の最初の作品発表の場であったことはよく知られている。ナボコフのテクストは、非政治的な虚構の遊戯や罪のない追憶のように見えるが、「亡命」のテーマをロシア的な虚構の物語に変えてしまうというまさにそのことによって、彼は逆にそのテクストに暗黙の政治性を与えている。私たちが取りかからなければならないのは、ナボコフの意のままに虚構の内部で戯れることではなく、ナボコフのテクストを、それが現実にさらされていた様々なイデオロギー的言説の具体的歴史のなかに置き直し、テクストの隠された権力構造を明らかにすることなのではなかろうか。

虚構の共同体──ナボコフ『ロシア美人』

支配される読者

よく知られているように、ナボコフはその亡命時代の初期、つまり一九二〇年代から三〇年代に、シーリンというペンネームでロシア語の創作活動をおこない、『キング、クイーン、ジャック』、『ルージン・ディフェンス』、『賜物』といった小説を残している。だがその背後で、習作期も含めたこのベルリン・パリ時代、彼は文学のあらゆる技巧やテーマのひとつひとつを実験・吟味しようとでもいうかのように、亡命系のロシア語新聞・雑誌に相当な数のさまざまな短篇や詩を書いた。現在私たちが普通に読んでいるのは、そうした無数の習作や実験の莫大な山のなかから、後にナボコフ自身によって注意深く選り分けられ、慎重に蒐集されて編まれたいくつかの短篇集に再録されたものだ。

『ロシア美人』も、そうした短篇を集めて一九七三年に出版された英訳アンソロジーの重訳である。だから、この短篇集に初期亡命時代のナボコフの文学的才能の愛すべき開花を発見したり、政治や時代の悲劇的現実からの虚構（芸術）による救済を読みとったりするのは勝手だけれど、この短篇集が死の四年前に、すでに作家としての名声を手中にしていた晩年のナボコフによって人工的に編まれ創りあげられた彼一流の虚構の世界であることを見落としてしまうならば、私たちは老獪な文学の手品師ナボコフの仕掛けた罠にまんまとひっかかり、「ナボコフ―ロシア―亡命―美（虚構）」という神話化装置の回路にはまりこんで、「失われた美しいロシアを虚構＝文学によって回復し、巧妙で微細な虚構の世界のなかで想像的に現実を乗り越えるナボコフ」といった類の、この作家について流通する言説の、閉じられた再生産のサイクルから抜け出せなくなってしまうだろう。

読者でさえも登場人物と同じように自分の虚構の支配下に置き、虚構（つまり文学作品）を創りあげるだけでなく、それらの文学作品と自分自身についての特定の虚構の物語をも生産し、読者をそこへ執拗に誘導してゆこうとするナボコフの異様なまでのこだわりは、この短篇集にも遺憾なく発揮されている。日本語訳では解題として巻末に集められている作者自身の懇切丁寧な解説（よほどの自惚れかスノッブでもなければ、自分の作品集にしかつめらしく注や解題を付ける作家などいるだろうか）は英訳本ではひとつひとつの短篇の扉に配されていて、読者が読み始めようとすると、その教育的ですこしばかり謎かけ風の口調でもって、この作品をフロイト流に解する奴はもういないだろうとか、作家の実人生を小説に探るのは拙い読者かあるいはずば抜けて優れた読者がすることだとか、小説を楽しむのにはどうでもよいことだが作者がこの小説を書いた意図はこれこれだとか言っては、作者に軽蔑され見離されてしまうのではないかと内心怯える文学通の読者の自尊心をくすぐり、正しい（?!）解釈へと露骨に読者を誘導しようとする。

つまり、この本においては解題も、作者と読者の駆け引きによって作品の意味を生成し、小説と一体になってある虚構を作り出す物語の巧妙な装置なのであって、だからほんとうは、日本語訳でも原書通り各短篇の前に置いたほうがよかった。たとえば『ポテト・エルフ』という小説につけられたコメントは、まさに人を喰ったものであると同時にナボコフの意図をよく示している。「全体的にみてこれはわたしの気に入った作品ではなく、本短篇集に収めるとすれば、理由はただ、この作品を正しく翻訳しなおすという行いが、裏切られた著者の運命にはめったに生じない貴重な個人的勝利であるがためにほかならない［傍点引用者］」。これから読もうという矢先に、この小説はたいしたことがないなどと断られては、読者は戸惑わざるをえない。なぜなら読者はこの小説に、後に開花するはずのナボコフ的な芸術世界の萌芽と、その未熟で欠陥のある個所とを同時に、「正しく」、「著者」を「裏切」らないように見つけだすという難問を負わされるのだから。そこではうまく答を出せなかった読者は文学的落第者なのであり、文学に心得があると自負する読者ほど「正しい」答を見出そうとして、ナボコフが誘導する「正しい」作品解釈へと自発的にからめ取られてしまうような仕掛けになっている。そしてそれは当の読者にとっても文学的自尊心が満たされるので大変心地よい。こうして、ナボコフと選ばれた読者をつなぐ、教育的でいささか秘教的でもある居心地のよい文学共同体の虚構が現出する。

「文学」という物語のなかで

文学的虚構の生成が、それにかんする言説の、読者をも巻き込んだ新たな虚構的生成をともなっているというナボコフ文学の特性は、これまでどうも虚構の自己意識化（つまりメタフィクション）の問題に還元され、文学テクストに内在化されて受け取られてしまうきらいがあった。たしかにこの『ロシア美人』という本に収められた短篇はどれも、ある虚構のジャンルを別のジャンルへとずらすことで、そのフィクショナルな性格を際だたせ、まだメタフィクションとまではいえないにしても、描写された現実を文学的虚構の美的な自律性へと組み替えようとしているかに見える。

　実際表題作『ロシア美人』では、ある美しい女性の不幸な恋愛譚のジャンルと見えた文体が、あっという間におとぎ話のような露骨な説話的語りへと回収されてしまう。『レオナルド』で無骨なドイツ人のならず者兄弟にいびられ、「ほっといて下さい、どうかお願いですから」と思わず口走るロマントフスキイは、この兄弟のグロテスクなイメージ（彼らは二人で群衆を形成したり、部屋いっぱいに膨れ上がったりする）やわざとらしい書き割り風の舞台装置とあいまってゴーゴリのある種の物語を思い出させるのだが、この兄弟が主人公を追いかけ回してはじめた探偵ごっこは、兄弟による主人公殺害のあとに彼が贋金作りの一味であることが分かって、ほんとうに安っぽい探偵小説になってしまう。また『さっそうとした男』は、ブーニンの有名な短篇にある車中での行きずりの出会いと情事のプロットをひっくり返したものだし、『博物館への訪問』では、恐ろしいソヴィエト・ロシアへの入り口である博物館の、まるでフェリーニの映画のように有象無象の人や物でごった返す内部にオルフェウスのブロンズ像を見出した読者は、これが神話的な冥界めぐりの物語ジャンルを使っていることを簡単に見抜くだろう。

しかしすでに述べたように、こうした虚構のジャンルのずらしを、文学内虚構や想像力による、歴史的、政治的あるいは日常的現実からの美的救済として読み解くのは間違ってはいないとしても（なぜならそれは「正しい」解釈だから）、せめて私たちは、そうした読み自体も実はナボコフによって創り上げられた、彼自身と彼の創作にかんする虚構の物語なのだということを意識するべきだ。そしてその場合注意すべきなのは、ナボコフが戯れているのが個々の文学技法や物語のジャンルなどではなく、「文学」という社会的言説の制度、あるいは社会的機能そのものだということだ。

たとえば『レオナルド』に付された解題でナボコフは、小説そのものがいかにも他愛なく白々しい、俗悪な虚構的語りに満ち満ちているにもかかわらず、そこに当時のドイツにおける「ヒトラーのグロテスクで恐ろしい影」という現実が存在するなどとそれとなく読者に吹き込もうとしている。ある種の読者なら、ロマントフスキイがとんだ喰わせ物であることを知りながら、しかし同時にそれが紛れもない虚構の人物であることも知っているだけに逆に安心して、祖国を失った亡命ロシア人作家の悲惨な生活、ナボコフも住んだであろう暗雲の迫る異国の街角の小説的（虚構的）イメージを、作家ナボコフの現実の生涯のなまなましい一コマとして何の疑いもなく受け入れてしまうことだろう。

しかしより文学通の読者でも状況はそんなに好転しない。なぜなら読者がこの小説をあくまで虚構として読解しようとしても、彼は「文学」についての出口のない物語のなかに、やはり取り込まれてしまうからだ。ならず者の兄弟が主人公を売れない詩人だと勝手に解釈していたのは理由のないことではない。つまりここに描かれているのは、いわば「文学（者）」というイメージが社会のなかでどう物語（虚構）化されるかということについての物語（虚構）でもある。だから、ならず者たちはいわば最低級な文学観しか持たない愚劣な読者でもあり、彼らには、同じ虚構でもせいぜい俗っぽい犯罪小説が似合いなのだ。

だが最後に語り手は三人称の文体を逸脱して前面に躍り出る。「白状させてもらうと、私は、あなたが貧乏ゆえにやむなくあの不吉な地域に住むにいたった類まれな詩人だと信じていた。ある兆候をもとに、あなたが毎夜、詩行にとりくみ、あるいは膨らみつつある着想を温めるなどして、あの兄弟にたいする不死身の勝利を祝っているのだと信じていたのだ」。読者はここで知らずしらず自分も「俗悪な読者」にたいする「文学の勝利」を期待していたことを悟らされる。自分はこんな愚劣な読者とは違う、だって自分は少なくとも自発的にナボコフの本を読むぐらい文学の素養のある読者なのだから。しかし主人公の「亡命詩人」がすでに失われた今、読者がその願望の充足を託せるのは、この虚構自体を創りだしたもう一人の本物の亡命詩人つまり、虚構を自由に操り、愚劣なならず者にも偽札というささやかな仕返しを用意する語り手の「私」＝ナボコフしかいないのである。

こうして小説の生臭い題材を虚構化し文学化するナボコフの鮮やかな技巧に気を取られるあまり、彼一流の「文学」神話の虚構性を見逃してしまうと、結局私たちは「技巧によってまやかしの生を虚構化し、テクストの細部に宿る永遠の生と化す亡命作家ナボコフ」についてのきわめて文学的な言説のなかにまたしても回収されてしまう。しかもそのような読者の思考の回路は、基本的には「脳のかわりに糞が詰まっている」ドイツ人兄弟が「文学」というもののイメージを勝手に創り上げてゆくのと大差ない。虚構の共同体とはいっても、ナボコフは実はいつも一段上にいて読者をあざ笑っていることになりかねない。

『唇と唇』という短篇ではそのことはもっと露骨に描かれている。作家になることを夢見、俗悪な亡命文学者連中にだまされて、自作の掲載と引き換えに、つぶれかかったインチキ文芸雑誌に金を巻き上げられてしまう哀れな亡命実業家は、例によって自分が「文学者」の仲間入りをするという虚構の物語を自ら創り上げているように見えるのだが、問題は彼が文学というものを自分の勝手なイメージに膨らませていることなどではなく、この実業家のもつ「文学」というイメージ自体が実は、まったく陳腐な、社会的に流通している「文学」的言説の一変種にすぎず、この主人公自身がいわば「文学の拙い読者」でしかないということなのだ。虚構内虚構としてしばしば顔を出す彼の小説は、彼をだます詐欺文士たちの欺瞞的な生よりも、なお想像力に乏しい。しかも主人公の「文学」の物語は、どんなにあがいてもこうした詐欺文士たちの俗悪な文壇ごっこのなかでしか成立しないのだ。だからこれはもう想像力や芸術的虚構による救済の問題などではない。ここでも「文学」は芸術的虚構ではなく、社会的に物語化され流通する言説として描かれるのである。

このことは読者に、やはり二重の態度を強いる。一方で彼は自分のなかにも、こうしたくだらない

「文学」の観念が潜んでいないかどうか反省し自己検閲することを余儀なくされるとともに、逆にそのような拙い読者を翻弄し教化する「ナボコフ」を父のように畏怖の念を持って見、彼とともに「拙い読者」をあざ笑うことで社会や低級な読者にたいする優越を確保し、真に虚構的な美のなかにしか文学の自律的な意味はないことを、ナボコフとともに暗に認めあうのである。だからそこにあるのは実は、文学内部の虚構による現実の乗り越えではない。それはナボコフの文学的虚構とともに生産される、「亡命作家ナボコフの文学的虚構」にかんする、読者も共犯となった隠微な虚構物語の言説なのだ。

誘導される読解

本書の解題でナボコフは読者に、彼の「亡命時代」を何かと遠回しに印象づけようとしている。しかしもともと「亡命ロシア作家」などというものが、はじめから虚構の物語にすぎない。ロシア文学の歴史を少しでもかじったことのある者なら簡単に分かることだが、近代以後のロシア文学は、ロシアにとって近代化が西欧化を意味していた以上、その営み自体が、ロシアにありながら西欧に身をおくことでしかあり得なかったのだから。

だから「虚構を操り現実を超える亡命作家ナボコフ」という言説自体が「文学」という物語にほかならない。それはもともと虚構である物語を表面で否定しつつ、まさにそれを虚構化することによって肯定してゆくというトリックなのである。「亡命」の現実は否定されると同時に「亡命」の物語としてどこまでも肯定される。『独りぼっちの王』や『世界の果て』も、「亡命」や「孤独」というそれ自体古くさい文学的虚構の物語を、「虚構を創造する作家＝私」という虚構物語に置き換えようとした試みの断片である。そしてそれらはすべて、最終的にその虚構の外部から虚構を創り上げているはずの作家ナボコフの亡命や文壇活動といった「現実」を、その虚構テクストの内部に回収し、「虚構を操る亡命作家ナボコフ」についての美しい肯定的な物語を再生産するための仕掛けなのだ。

『動かぬ煙』では、そうしたナボコフ的な「文学の幸福」のほとんどナルシシスティックな吐露が、めずらしく何の虚構的な仕掛けもともなわずになされてしまっている。叙述がその過去形で流れる時間を逆流させせられ、主観的な抒情的一人称となって、「詩」の生まれる幸福な「今この瞬間」へと転化するとき――「わたしは、いまだ息づき、いまだにめぐりめぐるこの詩のうっとりするような将来を信頼し、顔は涙に濡れ、胸は幸福ではじけて、この幸福こそ地上に存在する最高のものであることを知るのだ」。

「ナボコフは政治に無関心で、ひたすら芸術の道をきわめた」といった神話は、こうして「正しい」ものとなる。なるほどこの『ロシア美人』という本においては、亡命生活や政治的な現実の生臭いテーマでさえも、さまざまな文学ジャンルの物語＝虚構へとからめ取られてしまっている。だがすでに見たように、それはナボコフが小説の「美的な」読解を露骨に誘導しているからだ。現在どのアンソロジーにも収録されていない初期のナボコフの短篇のなかには、非常にストレートな政治的メッセージを含むものを容易に見出せる。一九二〇年代初頭のベルリンで、ナボコフがソヴィエトの文学者とけっして交わろうとしなかったこと、亡命者のなかに「道標転換」と呼ばれる親ソ転向者が現れるやいなや、そうした連中のいる文学団体から即座に脱退したことも、よく知られている。

自分の文学と自分自身のイメージにかんする物語の言説を執拗に支配しようとするナボコフのこだわりは、彼の死後も妻ヴェーラと息子ドミトリイによって引き継がれている。彼らは現在もナボコフ研究者たちの解釈に介入し、先頃ナボコフの架空対談を掲載したパリのあるロシア語雑誌は訴訟を起こされたし、許可なくナボコフの伝記を書いたアンドリュー・フィールドは激しく非難された。最近出版されたブライアン・ボイドの浩瀚なナボコフ伝が、このナボコフ・ファミリーに唯一公認されたものだということもつけ加えておこう。もっとも私たちは、こんなことは何も知らないまま（あるいは知らないふりをして）、ナボコフの用意する「文学」の幸福な物語に身を任せて、選ばれた読者という満足感とともに、適度な知的緊張を楽しむほうがはるかに利口で幸せかもしれないのだけれど。

暗闇と視覚イメージ――「ナボコフ的身体」の主題と変奏

「ずれ」の主題

ナボコフが「神は細部に宿る」と言っていたことは有名だが、そのためか、これまでナボコフに関する研究や批評では、微に入り細を穿った細部の象徴解釈や個々のトリックの種明かしが盛んに行われてきた。しかし、じつはそうした研究・批評は、どうもナボコフのテクストを実際に読むときの感覚からずれてしまっているように思えてならない。当たり前のように行われてきた細部の解釈や種明かし――作品やその細部を一義的な意味内容へと律儀に一対一対応させ、そこに還元するような研究や批評は、ナボコフのテクストの具体的、現実的な組織のあり方、そしてそれを読む私の現実の行為がもたらす印象とうまく合致しないように見える。なぜなら、ナボコフのテクストそのものは、けっして律儀に意味と一対一対応するような象徴やトリックの総和によって成り立っているのではないからだ。むしろ、ナボコフのテクストとは、まさに様々なかたちで反復される「ずれ」や「違和感」の主題の壮大な展開にほかならない。対象や目標、意味や本質へと到達できず、そこからずれてしまうということ――ナボコフのテクストを虚心に読むとき、その表層にあらわれてくるのは、いわば、つねにこの主題のまわりをめぐり、この主題を執拗に反復する言葉の運動なのだといっても過言ではないだろう。

たとえばナボコフの主人公たちは、つねに何かから「ずれ」てしまう。『カメラ・オブスクーラ』のクレッチマー（『闇のなかの笑い』のアルビヌス）は自分の本当の欲望の対象から「ずれ」た女を妻にしているし、マグダ（マルゴ）・ペータースや『マーシェンカ』のガーニンは、映画のスクリーンに映った自分の映像と自分自身とのギャップ（ずれ）に愕然とし、『ディフェンス』におけるルージンの内心では、現実の世界がチェスのコンビネーションへとずれていき、『絶望』や『密偵（目）』では、自己像が他者へとずれてしまって一致しない。こうした例はいくらでも数え上げることができる。

そこで、ここでは、おもにナボコフのロシア語期のテクストを中心にして、この「ずれ」「違和感」の主題がどのように展開し、他の様々なナボコフ的主題とどのように連関することで、テクストスの表層的運動を組織していくのか考えてみたい。このような試みは、ある意味でたとえば主題論的な「作品風土」なるものの解明と似たものになるだろうし、そこにあらわれる主題群やその配置については、あるいはすでに過去の様々な研究のなかで言及されているものに似てしまうかもしれない。しかし、「ずれ」ということがナボコフのテクストにおいて、つねに「似ている」もの同士のあいだにある微細な「ずれ」「差異」としてあらわれてくることを考えれば、このような「擬態」つまり似ようとする身振り自体もまた、ナボコフを「読む」という行為そのものと深くかかわってくるだろう。

盲目な読者

ナボコフは、『ヨーロッパ文学講義』、『ロシア文学講義』の作品分析、それに『賜物』の作中作品であるチェルヌイシェフスキイ伝、『キング、クイーン、ジャック』の殺人計画などを、「主題《テーマ》」という言葉を使いながら記述しており、ナボコフにとって、小説の「読み」や物語の構築は、つねに一定の主題とその展開、再現だと考えられている。「テーマ」という言葉はチェス用語にもあるのだが、常識的に見て、ここから音楽における「主題の提示、展開、再現」を連想せずにいることは困難だろう。作家の息子ドミトリイ・ナボコフは、『短篇全集』の序のなかで、ナボコフの短篇のなかに「彼が特別な愛情を告白したことがない音楽」が顕著に現れていることを「不思議だ」などと言っているが、[1]それに反して、『バッハマン』や『ディフェンス』を例に出すまでもなく、ナボコフにおいては、「音楽」あるいはもっと広く「音」は、それ自体重要な主題のひとつになっているのである。

このようにナボコフにとって、小説は、いわば音楽に似て、複数の主題とその展開の運動であるのだが、では、主題としての「音楽」や「音」は、彼のテクストのなかで他のどのような主題と連関しあっていて、またそれは、冒頭で述べた「ずれ」の主題とどうかかわるのだろうか。

重要なのは、「音楽」や「音」の主題が、しばしば「暗闇」や「夜」の主題系と隣接して配置されることである。たとえば、『ディフェンス』は当然チェスを最大の主題にしているかのように見えるのだが、じつはチェスの主題は、つねに音楽や音の主題と結びついたかたちでしか現れない。もともと父ルージンは、息子のルージンを音楽家にしようと考えていたのだし、子ルージンとチェスとの運命的な最初の出会いはまさに、家にやって来たヴァイオリン弾きに勧められたことがきっかけだったのだから。

「見事な駒だな」と紳士が言った。「パパは指すのかね?」「知らない」とルージンは答えた。「じゃあ君はできるのかい?」ルージンは首を横にふった。「そりゃあもったいない。憶えなくっちゃ。おじさんは十歳のころにはもう相当に指せたんだよ。君は何歳だね?」

ドアがそっと開いた。入ってきたのは父ルージンだった——抜き足差し足だ。彼はまだヴァイオリン弾きが電話で話しているものと思い込んで、「続けてください、続けてください。でも話が終わったら、みなさんがもう一曲ご所望なので」と声で耳打ちすれば失礼にならずにすむと思ったのだ。「続けてください、続けてください」彼は惰性で言ったものの、息子の姿を見て口をつぐんだ。「いやいや、もう大丈夫ですよ」とヴァイオリン弾きは答えて立ち上がった。「見事な駒ですね。お指しになるんですか?」「まあまあね」と父ルージンは言った(「こんなところで何をしてるんだ。おまえもこっちに来て音楽を聴きなさい……」)「すばらしいゲームですよ、これは」とヴァイオリン弾きは言って、愛しそうに箱を閉めた。「一連の手筋《コンビネーション》がまるでメロディーみたい

で。じつは、ぼくには指し手が聞こえるんです」[2]。（傍点引用者）

チェスとメロディーはここでは似たものとして提示されており、事実これ以後ルージンは、つねに音楽や音に敏感に反応し、チェスを音として知覚していくことになる――トゥラチとルージンの対局では、「そして、なんの前触れもなく、弦がやさしく鳴り響いた。トゥラチの駒のひとつが対角線を支配したのだ。しかしたちまちルージンの側にも、旋律のようなものがそっと姿をあらわした。［…］そのときまた突然に火花が散り、音たちがすばやく組み合わさった。［…］しかしながら盤のその部分での振動はまだ完全に収まりはせず、何かが形を取ろうとしていた……。だがそれらの音は望ましい関係に入ることができなかった」と述べられ、また小説の最後では、「彼［ヴァレンチノフ］の声はまだ部屋のなかで振動していて、茫然自失の状態からゆっくりと自分を取りもどしつつあったルージンにとっては、その声は徐々にこっそりと魅惑的なイメージに変身しだした。その声を聴き、チェスの誘惑的な音楽を耳にしたとき、愛の記憶に特有の、魅惑的で潤いにみちた悲しみとともにルージンが思い出したのは、これまでに指した千局もの棋譜だった」[3]と書かれている。

じつはこの小説には、チェスの棋譜と楽譜を読むことを、小説の細部を読むことに喩えている箇所もあり、小説はまさに音楽的主題の展開と同じものとしてとらえられているのだが、それよりさらに注目すべきなのは、このチェスとの最初の出会いが、明かりを消したほの暗い書斎のなかで起こっていることである。ルージンは音楽会がいやで、父の書斎の暗がりに隠れる。そして客間からヴァイオリンの響きが聞こえるなかでうたた寝をするのだが、電話の音で目を覚ます。「ルージンは暗がりでその男を見つめ、恐くて動くこともできず、赤の他人が父親の机にいかにもゆったりともたれていることにどぎまぎした」。

ここには、「暗闇」のなかでなんらかの「音」を聴く、というナボコフに典型的な主題系がはっきりと姿を現しているのを見ることができるだろう。ナボコフにおいては、「音楽」や「音」の主題はしばしば「暗闇」の主題を伴う。たとえば『マーシェンカ』の冒頭部分は、ガーニンとアルフョーロフが電気の消えたエレベーターに閉じこめられた場面からはじまる。そこで彼らは相手の顔も見えないまま会話し、アルフョーロフの妻（つまりマーシェンカ）がやってくるという、この小説で最も重要な情報が「声」として告げられるのである。ガーニンとマーシェンカの出会いと逢い引きもまた、暗闇のなか、俗っぽい音楽や雨の音を聴きながらおこなわれる。また『カメラ・オブスクーラ』ではクレッチマー（アルビヌス）は事故で視力を失い、音だけの闇の世界のなかに閉じこめられてしまう。

暗い部屋に横たわっていると、隣室の音や、音楽や、水がたれる音などが聞こえてくる場面は、ナボコフの作品にひろく見られるものだ。『ピルグラム（オーレリアン）』における水の滴り、『賜物』における、夜寝ているフョードルの耳にどこからともなく音が聞こえてくる詩作の場面や、アレクサンドル・チェルヌィシェフスキイの死の場面（水のたれる音を雨と勘違いする）、『密偵（目）』の、暗い部屋での拳銃自殺（水差しが割れた水の音）などがそれだ。そもそも『賜物』では、フョードルの詩集自体が、むやみに音がするだけで暗闇に失われてしまうボールについての詩からはじまっているのである。

ではこの「暗闇」とはいったい何なのか。あるいはなぜ「暗闇」と「音」は結びつくのだろうか。「暗闇」の主題がじつは「視覚（見ること）」や「光」の主題と表裏の関係にあることを考えれば、この結びつきは当然とも言える。「暗闇」とは「視覚」（光）を失うことであり、そうだとすると、人間が周囲の世界と接するために残されるのは聴覚と触覚しかないのだから。しかもナボコフに特徴的なのは、この「暗闇」のなかで、知覚がたえず「ずれ」を生んでいくことなのだ。『賜物』や『密偵（目）』における音の取り違えもその例のひとつだが、なかでも『カメラ・オブスクーラ（闇のなかの笑い）』のつぎのような一節は、この「ずれ」の主題を如実にあらわしていると言えるだろう。

マグダはその部屋のすべての色彩を彼に描写してやった。青い壁紙、電気スタンドの黄色い傘——だが、ホルンにそそのかされて彼女は色を全部変えていた——ホルンには、この盲者がそのささやかな世界を自分の言うとおりの色に思い描くことが愉快でならなかったのだ。(4)

この場面が重要なのは、美術批評家だったクレッチマー（アルビヌス）が視力を奪われ、でたらめな色彩で世界を知覚するほかなくなるという運命の皮肉が表現されているからではない。より重要なのは、彼が周囲の世界を、声、より正確には言葉による描写を媒介として知覚するしかなくなるという事実なのだ。しかもこのことの意味は、見かけよりはるかに重大だと言わなければならない。なぜならこれはじつは、私たちが読者として小説を読むときの、きわめて自然な知覚の様式そのものだからだ。

一般に小説の読者は、つねに言葉による描写を媒介とすることでしか、小説の世界に触れることはできない。どんなに視覚的なイメージであろうと、小説においては、それはいったん言葉に置き換えられたかたちでしか目にすることはできない。だとすれば、私たち読者とはじつは、基本的にクレッチマー（アルビヌス）と同じ盲者でしかないと言えないだろうか。私たち読者は、小説のイメージを視覚的に一挙に獲得することはできないのであり、それを言葉＝声というかたちで、擬似的にしか獲得できない運命にあるのではないか。小説とは基本的に「暗箱《カメラ・オブスクーラ》」なのであり、だから、世界のイメージ（視覚像）は読者にとって、つねに偽のもの、本物から「ずれ」たものになってしまうほかない。

曖昧になる全体

ナボコフにおけるこうした「暗闇」と「音」の主題は、「小説の描写における視覚的イメージの不可能性」という重要な問題系につらなるものだ。「ナボコフ的身体」というようなものが仮に想定できるとすれば、それは視覚を奪われた盲目の身体である。このように考えてはじめて、ナボコフがなぜあれほど、視覚的な芸術や視覚的モチーフに執拗にこだわったのか、理解できるようになるだろう。

実際、ナボコフの小説には、美術批評家、映画製作者、映画俳優、画家、写真家がかならずといっていいほど顔を出し、そのテクストは、写真や絵画、映画、鏡、窓、色彩、光、蝶の目玉模様などの視覚イメージで埋め尽くされているとすら言えるのである。

けれどもちろん、これらの視覚的イメージはすべて、十全なものではありえない。なぜなら視覚を奪われた身体にとって、視覚的イメージは、欠如したもの、つまり欲望の対象として存在しているにすぎないのだから。ガーニンにおけるマーシェンカの写真がいい例だろう。それは実体の伴わない画像にすぎず、マーシェンカと称する人物とガーニンが結局会うことはないし、しかもこの小説（『マーシェンカ』）では、写真の人物像の全体を描写する記述は故意に省かれ、それが小説の構成上の重要な仕掛けとなっている。結局読者には、この写真に写っている女性の顔立ちや視覚像はまったく与えられないのだ。

ただし注意しておかなければならないが、こうした例が重要なのは、視覚像の隠蔽が、小説の仕掛けやトリックとして機能しているからではけっしてない。それは、たんなる故意の「仕掛け」や「トリック」や「プロブレム」などではありえない。そもそも私たちは一般に、小説の人物描写なるものから、明確で一義的な顔立ちの視覚像などというものを獲得できるのだろうか。そのようなことは不可能だろう。もしヤコブソンが言うように、小説の描写が基本的に換喩的な描法であるとすれば、小説における人物描写は、結局人物の全体を視覚的に与えることなど不可能だ。なぜなら換喩あるいは提喩とは、もともと隣接関係や部分によって全体を代理するものでしかなく、もし、人物像自体をあるがままに描出しようとしても、それは、目の色がどうとか、顔の輪郭がどうとか、着ている服がどうとか、果ては勤めている場所だとか、部屋の様子だとか、つぎつぎと細分化され代理されていくだけで、人物はそれらの身体部分や物に細分化されて、全体像はどんどん曖昧になっていくほかないからだ。

しかも、言葉で書いたり語ったり、それを読んだりすれば、そうした描写行為自体が、一定の時間を要してしまうことになる。視覚的には同時的に一挙に与えられるはずの像も、言葉による描写のなかでは、時間の「ずれ」をともなってしまい、視覚的に見るよりもはるかに長い時間と労力が必要になるはずだ。ナボコフの人物描写は一見きわめて律儀で伝統的なものなのだが、それだけになおさら、小説的描写そのものが根源的に持つ「ずれ」が、きわめて露骨に噴出してしまうのだ。たとえば、『魅惑者』にはこんな一節がある。

> 肘掛け椅子に病んで萎れたような女がいるのではないかと彼は予感していたが、出てきたのは背が高く、青白い、腰のがっしりした婦人で、丸い鼻の鼻孔のそばに毛のない疣がある——こういう顔を描写するときには、唇や目のことを述べてはいけない。というのもそれをどんな具合に述べたとしても——こんな言い方でさえ！——それらのまったく目立たない感じと知らないうちに矛盾することになるからだ。[5]（傍点引用者）

ここには、小説的な換喩（あるいは提喩）的描写が持つ根源的な矛盾、つまり細部の誇大な強調と、全体像の分解という「ずれ」がきわめて簡潔に示されている。だとすれば、ナボコフの「細部に神が宿る」という言葉も、このことを念頭に置いたうえで理解しなければ意味がないことは明白だ。小説においては基本的に、ばらばらな細部しかない。視覚像の全体を描写しようとすると、対象は時間的にも空間的にも部分化され「ずれ」ていってしまうからだ。読者にとっては、この障害を克服して、もとのオリジナルの視覚イメージを再現するのは絶望的なまでに不可能なのだ。

ナボコフの人物描写が視覚的に克明なようでいて、じつは曖昧なのはそのためだ。たとえば、ガーニンがマーシェンカにはじめて出会う場面は、「暗闇」や「音」、「毛」などの主題をまわりに配置しながら、つぎのように描かれている。

黄色く熱い輝きのなか、深紅や銀色のスカーフの襞や、またたきする睫毛や、屋根の梁のうえで夜のそよ風が吹くたびに位置を変える黒い影のかたちで目に見えるようになった様々な音のなかで、このきらめきと、稚拙な音楽のなかで、大きな乾燥小屋を埋め尽くした肩や頭のあいだで――ガーニンにとって存在していたのは一つのものだけだった。彼が前方に見つめていたのは、縁がわずかにぎざぎざになっている黒いリボンを巻いた栗色のおさげ髪であり、彼が目で撫でさすっていたのは、少女らしいなめらかさをした頭頂部の髪の暗い輝きだった。(6)（傍点引用者）

ここではマーシェンカの視覚像は、「髪」や「リボン」という部分の描写に分解され、視覚が対象との距離を失って触覚化しており、前半部分の「暗闇」のなかで「音」が視覚化される記述と好対照をなしている。

このようにナボコフでは、人物（特に女性）が、「肘」や「うぶ毛」、「疣」や「腋毛」のような細部に部分化され、いわば極端なフェティシズムへと向かうのだが、こうした細分化は、同時に対象との距離の廃棄を意味している。極度に接近しなければ、「うぶ毛」までは見えないはずだ。小説の換喩的描写法は、けっして遠近法的に整った視覚的な描写法ではない。なぜなら光学的視覚は一定の距離のもとではじめて可能になるからだ。

このように考えると、たとえば『キング、クイーン、ジャック』や『賜物』のチェルヌィシェフスキイ伝をつらぬく「近視」や「眼鏡」の主題が、いかに重要なものだったかわかるだろう。また、時間的な遅延のテーマ（遅刻や間の悪さ、人物同士のすれ違いなど）が、じつは視覚イメージと言葉（音）とのあいだの時間的な「ずれ」という主題に呼応していることもあきらかだ（『キング、クイーン、ジャック』のドライヤー殺害延期、『ディフェンス』におけるルージンの出発延期、『マーシェンカ』や『絶望』、『ロリータ』でくりかえされる「中断されたセックス」の主題、随所に顔を出す、「時計」の主題——針のない時計や、マッチ・電灯の光に照らされる時計、『賜物』における、反対に進む時計など）。ちなみに『闇のなかの笑い』（英語版）の冒頭は、小説の物語内容と結末を数行で要約してしまっている。つまりそれ以後の長い小説の叙述はすべて、この結末を先延ばしすることになり、かつてジュネットが言ったように小説的叙述自体が本来的に壮大な引き延ばし（遅延）にほかならないこと自体を主題化しているのである。

「似る／似ない」

様々なかたちをとってテクストのすみずみに配置されるこの「遅延」「ずれ」の主題系は、ナボコフのテクストのなかで、とりわけ視覚イメージにおける「ずれ」、つまり「似ること」と「似ないこと」の主題として特権化されている。実際のところ、ナボコフのテクストは、つねに「似ること」と「似ないこと」という主題のまわりをめぐっているといっても過言ではないだろう。『賜物』ではガーニンは、死んだ若い詩人ヤーシャに似ていると言われることに違和感を覚えるし、コンチェーエフとも似ていることになっている。『密偵（目）』では語り手が、ワーニャとエヴゲーニヤ姉妹の類似と相違を指摘する。また『団欒図、一九四五年』では、同姓同名の人物がテーマになっており、『ラ・ヴェネツィアーナ』でも、絵画に描かれた婦人像が、絵の所有者の妻モーリーンに似ていることが、重要な主題を成している。なかでも『絶望』では、主人公と浮浪者が「似ている」か「似ていない」か、ということが、主人公の運命そのものを左右することになるのである。

では、なぜこうした「似る／似ない」という主題系がナボコフにおいて特権化されるのか。そしてそれは「遅延」「ずれ」の主題系とどうかかわるのだろうか。

すでに述べたように、小説的描写を書く／読む行為（時間）のなかで、私たちは盲目の暗闇のなか、なんとかして、失われた本来の視覚的全体性を回復しようとする。しかしそれは再現された「似姿」になるだけで、けっして本来の視覚的全体性を回復することはできない。小説的描写は、視覚イメージを「模倣」することはできるが、それはつねにもとの視覚イメージから時間的、空間的に「ずれ」てしまうほかない。

語り手兼主人公ヘルマンが自分にそっくりの人間として語ってきた浮浪者フェリックスが、実際にはまったく似ていなかったと小説の結末で判明する、『絶望』のどんでん返しのプロットが可能なのは、根本的に私たち読者が盲目であり、浮浪者の顔という視覚イメージ自体を言葉なしに直接見ることができないからにほかならない。だとすれば、私たちが物（対象）に与えることのできる視覚イメージは「似て」はいるがしかし近似的なものでしかなく、本来の対象からはどうしようもなく「ずれ」てしまっていることになる。しかもそのことは『絶望』のはじめの部分にあからさまに書き込まれているのである。

> ぼくはなんとしてでも、あなたがたみんなに信じてもらいたい、あなた方ごろつきどもに無理強いしてでも信じさせたいし、そうする自信がある――けれど、困ったことに言葉というものはそのもともとの性質からして、二人の人間の顔が似ていることを完璧に描き出すことができない――本来なら言葉ではなくて、二人を並べて絵の具で描かなければならないところで、そうすれば見ている

人にも何のことを言っているのかわかるというものだ。作家が一番あこがれるのは、読者を観客に変えることだが――そんなことがかなえられる日はあるのだろうか。文学の主人公たちの蒼白い肉体は、作家の監督のもとで育つのだが、読者の生き血をとりいれることではつらつと肥えてくるものなのだ。[…]だが今ぼくに必要なのは文学なんかじゃなく、絵というものの単純素朴な一目瞭然さなのだ。(7)(傍点引用者)

『カメラ・オブスクーラ』の場合と同じように、小説の読者は盲目であり、小説的描写の視覚イメージは、そのせいで「似ている」ことからどんどん「ずれ」ていってしまう。作者はこの「ずれ」をなんとか埋めるために、「絵画」や「映画」、「写真」といった視覚イメージの芸術への執着をますます強めていくことになるのだ。

こうしてみると、この「似る/似ない」という主題系が「模倣」や「偽物」「偽造」の主題系と連関していることは明白だ。というのも、小説における視覚イメージはどうしても近似的な「偽物」にしかならないのだから。いうまでもなく、ナボコフの小説には、あらゆる種類の手品師(『じゃがいもエルフ』『ディフェンス』)、贋金作り(『王様(レオナルド)』)、贋作絵描き(『ラ・ヴェネツィアーナ』、『カメラ・オブスクーラ』)、虚言者(『密偵(目)』)、偽造パスポート(『マーシェンカ』)などがひしめいている。もちろん蝶における「擬態」の主題も、当然この「似る/似ない」の主題系と無関係ではないだろう。また「代理」の主題もやはり、この主題系とかかわっている。『賜物』のフョードルはチェルヌィシェフスキイ夫妻にとって死んだ息子ヤーシャの代理物であり、また『絶望』のフェリックスは、ヘルマンの代理として死ぬことになる。ロシア語期の作品ではないが、『ロリータ』においても、じつは少女ロリータは、失われたアナベルの代理にすぎない。

しかしながら、ナボコフのテクストのなかで、この「似る／似ない」という主題系をとりわけ鮮やかに映し出しているのは、「鏡」の主題にほかならない。ナボコフの熱心な読者なら、「鏡」が姿を現さないテクストを思い浮かべるのが至難の業であることは、だれも否定しないだろう。「鏡」は小説にとってきわめて伝統的で使い古された古典的な主題だが、この主題へのナボコフの偏愛は常識をはるかに逸脱したものに見える。

たとえば『絶望』の語り手ヘルマンは、鏡が嫌いだといいながら、鏡に映る自分の姿について饒舌に述べたてる。

たとえぼくが鏡と向き合ったところで（実際ぼくは何を怖がる必要があるのだ！）、映るのは髭ぼうぼうの別人だ――それほどぼくの顎髭はみごとに伸びてしまっている、まさにこの髭ってやつは――それもこんな短時日のうちに――ぼくは別人だ、全くの別人で――自分で自分だとわからないほどだ。毛穴という毛穴から、毛がどんどん生えてくる。［…］ほら、その言葉をもう一度書いて見せよう。みがか。かがみ。でも何も起きなかっただろう。鏡、鏡、鏡。お望みとあらば、何度でも書いて見せよう――ぼくはちっともこわがっちゃいないのだ。鏡。鏡のなかの自分を見る。そう言えば、ぼくは妻の話をしていたところだった。こうしじゅうぼくの話を中断させられていたんじゃ、なかなかさきに進みやしない。(8)

ここで興味深いのは、「鏡」の主題が、「似る/似ない」、「毛」、「中断(遅延)」といった他のナボコフ的主題とのコンビネーションをあからさまに組織していることだろう。ふつう鏡像の特徴は似ていることであるのはずなのに、語り手は自己の鏡像にむしろ「似ていないこと」つまり「ずれ」を発見してしまう。なぜなら、少女の「腋毛」や「うぶ毛」の描写と同様に、自己の鏡像においてすら、視線は身体の特定部位に近視眼的に異常接近してしまい、視覚的な全体像を結ぶための距離が廃棄されてしまうからだ。ラカンは鏡像を、ばらばらな自己の身体部分がイマジネール(つまり画像的)に自我へと統合される契機と見ていたが、ナボコフ的身体にとって、そうした統合は禁じられている。というのも「話」=言葉がそうした視覚的空間的統合を時間的な「ずれ=中断」へと分解してしまうからだ。『ディフェンス』第十一章冒頭で、鏡のなかで断片となって散らばるルージンは、そのことを如実に表現していると言えよう。

宮川淳は、鏡像イメージの特質とはじつは、何かに似ていること(対象の再現)なのではなくて、「似ていること」そのものの現前なのだ、と言っている。彼によれば、人が鏡を恐れたり壊したりするのは、「似ていること」それ自体が「ずれ」としてあるからだ。

再現とはつねになにものかの再現である。いいかえれば、その背後にはつねに実体の自己同一性、この現実の存在があるだろう。というよりも、われわれは実はこの背後に存在すべき対象をしか見てはいない。似ていることもまた、なにかに似ていることであるとしても、しかし、そこであらわれるのは逆に、まさしくこの自己同一性の間隙なのだ。似ていること、それはあるものがそれ自体であると同時に、それ自体からのずれであること、それ以外のところでそれであることであり、あるいはむしろ、この自己同一性の間隙からのある非人称の出現、それをわれわれは似ていることと呼ぶのだろう。われわれが見ているのは、背後にあるべき対象ではなく、そのような対象を失った純粋なあらわれなのだ。いや、むしろ、似ていること、それはこの背後のないことそのもののあらわれ、軽薄なまでに表面であることの権利、純粋な外面の輝き、純粋に見られることへの呼びかけであり、それゆえに、われわれを魅惑し、われわれを見ないことの不可能性のなかにとらえるのだ。(9)（傍点引用者）

鏡像の「似ている」イメージは、そもそも「似ている」ということ自体において、もとの対象とは「ずれ」てしまっている。なぜなら、もとの対象とちがうものだからこそ、「似ている」と言えるからだ。つまり逆に言えば、似たイメージを欲望すればするほど、私たちはじつはこの「ずれ」そのものをも欲望していることになってしまうのである。

だとすれば、ナボコフのテクストにおいて、鏡像や絵画、写真、映画の映像といった代理的対象へのフェティッシュともいえる執着が執拗に反復されるのは、主人公や語り手たちが、まさにこの「似ていること」そのものの「魅惑」、「見ないことの不可能性」のなかに囚われているからにほかならない。ガーニンやハンバートが、マーシェンカやアナベルの代理的表象（マーシェンカの写真やロリータ）を渇望するのは、けっしてそれが過去の現実のマーシェンカやアナベルの再現だからではない。むしろ写真やロリータが純粋な「ずれ」そのものとしてあらわれ、そのことが逆に、マーシェンカやアナベルへの欲望や享楽を保証しているのである。『記憶よ語れ』第十一章には、詩の朗読のさい、母に手鏡を渡されたナボコフが、そのなかに「自分の滓」「消散した自分の抜け殻」しかないことを見出す場面がある。ナボコフにおいて、鏡像は、つねに音（暗闇）のなかで部分へと分解していくのである。

水辺での死

このようにナボコフにおいては、「鏡」は「暗闇」の主題と連関して現れる。『ある日没の細部』は「鏡のような闇」のなかに市電が走り去る情景からはじまるし、ガーニンやマグダが暗闇のなかで見る「映画」も、いわば自分の姿を映す「鏡」の主題系にほかならない。また『絶望』でヘルマンが絵描きのアルダリオンに描いてもらうポートレートをのぞき込むと、眼が描かれていない。

ぼくは仰向けに寝ころんでいて、黒いガラスでもすかして見るように、ニスを塗ったように青黒い空がぼくのうえで、ゆっくりと左右に後退していく喪に服した木立のあいだを空の帯となってひろがっているのを眺めていた——ところがうつぶせになると、コンベヤーのように動いていく小石だらけの道が、それからくぼみや水たまりが見え、水たまりには、風でさざ波が立ち歪んでゆらゆら揺れているぼくの顔が見えた——と、不意に気づいたのだが、その顔には眼がなかった。「ぼくは眼はいつも最後にとっておくのさ」——アルダリオンは得意そうに言った。(10)

この箇所が興味深いのは、たんに「絵画」に置き換わった「鏡」の主題が、「盲目」の主題とひそかに結びついているからというだけではない。より重要なのは、ここに、ナボコフのテクストにとってもう一つの重要な主題系「水」あるいは「水面」が姿を現していることなのだ。ナボコフの小説では、「雨」や「水の滴る音」がしばしば重要な主題のひとつになっているが、視覚イメージとの関係でより重要なのは、「湖」、「池」、「海」の主題だろう。実際、ナボコフの小説空間が執拗に「湖」や「海」、「川」のある場所として反復されてゆくことは驚くばかりである。『絶望』では、殺人はアルダリオンの所有地である「湖」の畔でおこなわれるし、『賜物』の結末ではフョードルとコンチェーエフが湖の畔で重要な対話をする。『キング、クイーン、ジャック』の未遂に終わった殺人計画も「海」でボートを転覆させるというものだった。ナボコフ本人が晩年に湖畔に住んでいたことは別としても、一般に、彼の小説は、海、湖の畔にあるリゾートや別荘地を舞台にしたものが多く(そのため「旅」

や「乗り物」の主題もまた重要なのだが）、彼の短篇には『雲、城、湖』という旅行の話もあるほどだ。そして、この「湖」「海」「池」の執拗な反復が、「鏡」の主題系と直接連関していることは言うまでもない。『栄光』の冒頭には白鳥の浮かんだ「黒い鏡のような池」が出現し、『魅惑者』においても、少女は「黒い教会と庭園が河面に映る町」に住んでいました。『ディフェンス』ではルージン少年がパズルをしている部屋に、「鏡」と「水浴するフリューネー（湖）」の絵と、「ピアノ（音楽）」が並べて置かれている。

「鏡」と「水面」のこうした結合はそれ自体としては伝統的で陳腐とさえ言えるが、それはナボコフ的主題のコンビネーションによってつぎつぎに他の主題へと変奏され展開されてゆく。『栄光』では第三章の白鳥のいる「池」は、「黒い鏡のような」という比喩のイメージを介して、列車の「黒い鏡のようになった窓ガラス」（第三十六章）へと転位される。『ディフェンス』の結末でルージンが飛び降りる窓も「夜の黒い矩形が鏡のように光っている」と形容されている。「窓」が鏡のように物影を映すという主題は、ナボコフが多用するもののひとつであり、「窓」もまた「映画」、「絵画」、「写真」「湖」と同様に、「鏡」の主題系に属する主題にほかならない。『雲、城、湖』では、「湖」が闇の代理である「音」の主題を伴って現れたとき、「写真」や「窓」が隣接して姿を見せるのだ。

それは見たこともないような水の表情をたたえた澄んだ青い湖だった。湖面の真ん中には、大きな雲がその全身を映していた。向こう岸ではびっしりと新緑に覆われた丘の上に（新緑が濃けれ

ば濃いほど詩的に見えた）強弱弱格から強弱弱格へとせり上がりながら、古びた黒い塔が聳え立っていた。［…］

少し向こうでは、シュラムが、リーダーの登山杖で宙を突つきながら、素人写真によくあるような格好で草の上に車座になっていたツアー客たちの注意をどことも知れぬ方へ向けようとしていた［…］。ヴァシーリイ・イヴァーノヴィチは犬を連れて二階建てのまだらの家に入った。瓦葺きの張り出した瞼の下では窓が瞬いていた。(11)（傍点引用者）

じつは「杖」もナボコフにおいて反復される重要な主題だが、ここではとりあげる余裕がない。ナボコフのテクストにとって「窓」が大事なのは、主人公たちの生に重大な問題の起こるとき、しばしば「窓」が重要な役割を果たしているからだ。たとえば、『ディフェンス』では、ルージンが飛び降り自殺をするのは、部屋の「窓」からなのである。この「窓からの飛び降り」の主題は、ナボコフにおいて強固に反復されるもので、『断頭台への招待』のシンシナトゥス、『絶望』のヘルマン、『カメラ・オブスクーラ』のマグダも窓から身投げしようとする。面白いことに、マグダは向かいの家が火事になっているのを見て思いとどまるのだが、これと似た光景は、晩年に英語で書かれた『透明な対象』でも展開されており、ナボコフは三十年以上経ってもなお「窓」の主題にこだわっていたことがわかる。しかもシンシナトゥスの場合、窓からの飛び降りは、「水浴」に行く途中の教師に声をかけられたことがきっかけであったし、『透明な対象』も湖畔の保養地が舞台になっていて、「水」と「窓」

が主題論的に深く連関していることが見て取れるのである。

このように見てくると、じつはナボコフのテクストにおいて、「湖（水）」と「窓」の主題がともに「死」の主題と密接に結びついていることは言うまでもないだろう。先に述べたように、『絶望』や『キング、クイーン、ジャック』では「湖」や「海」は殺人現場であったし、『賜物』の結末近くの「湖」もまた、フョードルと「似ている」とされるヤーシャが自殺を遂げた現場だった。『カメラ・オブスクーラ』も、マグダが「窓際」にいると思った盲目のクレッチマーが、彼女の逆襲をうけて死ぬことで幕を閉じる。さらにここに、『賜物』のアレクサンドル・チェルヌィシェフスキイが死の床で水音を聴く場面や、『密偵（目）』の語り手が自殺を計ったときに聞こえてくる水の音を加えてもよいかもしれない。

ではナボコフ的身体にとって「死」はなぜ「水」や「窓」と強い連関を見せるのだろうか。ナボコフの主題系においては、「窓」や「水」は「鏡」であり、したがって「鏡」もまた「死」にかかわっていることはあきらかだ。『剃刀』では理髪店の「鏡」に映った髭を剃る男の像を見ながら、主人公は「死体の髭はいつも剃ってある」と男に語りかける。死は、つねに「鏡」という視覚イメージをとおしてもたらされるものにほかならない。対象の視覚イメージをとらえようとする視線は、つねに「死」を招くのである。『魅惑者』でも、ホテルのベッドで寝ている少女を見る主人公の眼差しが、「鏡」の主題を伴いながら「処刑を見る眼差し」と形容されているのを見ることができる。

すでに彼の眼差し（処刑や奈落の底の一点を見つめる観察者の、自分を感覚している眼差し）は彼女の身体を下へと這っていき、左手が始動しはじめた――しかしまさにそのとき、彼はぎくりとした。というのも部屋のなかでだれかが――視界の隅で動いたからだ。タンスの鏡に映っていると すぐには気づかなかったのだ（闇に消えようとしている彼のパジャマの縞模様と、ニスを塗った木の鈍い光、それに少女のバラ色のくるぶしの下にある何か黒いもの）。(12)

この場面のすぐあとで、主人公は警官に追われてホテルを飛び出し、自分自身が車にはねられて身体を寸断され死ぬことになる。なぜか。問題は、ナボコフのテクストにおいて、見るということが、つねに部分的にしか起こらないことにある。すでに見たように、ナボコフ的身体とは盲目の暗闇のなかを手探りする近視眼的身体であり、生の有機的全体を視覚的に獲得するすべを持っていない。そうした条件において何かを見ること、「眼差し」を向けることは、対象を部分へと換喩的に分解することと、つまり対象の身体を寸断し、ばらばらな物へと解体することでしかない。だから、処刑のように少女を見つめていた『魅惑者』の主人公は、自分の姿が部分的に「鏡」に映っていることによって、彼自身もまた見られているのであり、そのことによってばらばらに分解されて「処刑」されていることを露呈するのだ。だから彼が車に轢かれるとき、夜の「暗闇」に光るヘッドライトの「黄色い二つの楕円の光」に照らし出される、つまり外部からの視線にさらされるのは、偶然ではない。

宮川淳は、人の死あるいは死体と視覚イメージとの関係について、「われわれが死を体験しうるのはただ他者の死として、つまり死骸としてでしかな」く、それゆえ「死とはわれわれの世界との関係をまさしくイマージュの関係と化してしまうもの」だと述べている。(13)ヤンポリスキイも言っているように、私たちは人の死というものを内的に体験することはできないのであり、だから死はつねに、私たちにとって身体の外的な、つまり視覚的なイメージを通してしか与えられず、死にたいして人はつねに「観客」であるほかない。(14)『マーシェンカ』でポドチャーギンの死に顔を見て、ガーニンが映画のエキストラのイメージを思い起こすのも、死がもともと視覚イメージとしてあるからだ。この意味で非常に印象的なのは、『ピルグラム（オーレリアン）』の死の場面だろう。妻を捨てて蝶の採集に旅立とうとするピルグラムは、小銭を取ろうと薄暗い店のなかに入ると、あちこちから注がれる視線の対象となって、見る者から見られる者へと立場を変えるのである。

奇妙なほど静かな薄暗い店のなかで、むんむんと熱気を帯びた蝶たちが四方から彼を取り巻き、そのときピルグラムは、まるで山のように彼のうえに迫ってくる巨大で豊かな幸福のなかに、人をぞっとさせるような何かがあるのを覚った。彼を見つめている目玉模様をした無数の羽の、何かを見抜いているようなこの魅惑的な目玉の視線に目をやると、彼はぶるっと頭を震わせ、押し寄せてくる幸福に負けないように努力しながら帽子をとり、貯金箱を目で捉えると、すばやくそれに手を伸ばした。貯金箱は彼の手からすべり落ち、コインが床のうえに散らばり、ピルグラムは身をかがめてそれを拾おうとした［英訳——きらきら輝くコインが床のうえで目もくらむようにく

るくる回り、ピルグラムは身をかがめてそれを拾おうとした」。[15]（傍点引用者）

英訳で付け加えられたきらめくコインの光はこの場合、『魅惑者』のヘッドライトと同じ役割を果たしているといえるだろう。ナボコフにおける光や輝き（そして黄色）は、ラカンが『精神分析の四基本概念』で述べた、海の上を漂う空き缶のきらめきにも似て、自分が他者に見られているという「眼差し」の体験にほかならない。

さらに、ナボコフのテクストにおける、「父」と「法」の主題について簡単に触れておくことにしよう。なぜなら、ナボコフの小説では多くの場合「父」はすでに「死んで」いるからだ。「父」の主題は必然的に死の主題と結びついているのである。『賜物』や『ディフェンス』、『絶望』では父は死んでいるか、行方不明だし、『カメラ・オブスクーラ』や『ロリータ』では、父代わりであるはずの男が、少女と関係を持とうとする。そのために彼らは「死」んだり、あるいは「法的責任」を問われることになるわけだ。こう考えると、「少女」の主題がナボコフにおいて特権的なのは、それが「父＝法＝死」（外的身体）と「内的欲望」（内的身体）の二つの主題を同時に連繋しうるからなのだということがわかってくるだろう。あるいはそれは「性愛」という隠喩的結合を、「父娘」という隣接的（換喩的）結合へとすり替える手段なのだと言いかえてもよい。

ナボコフのいくつかの小説は殺人をめぐるものだが、それが「法」と「欲望」との駆け引き、戯れであることはあきらかだ。つまり「法」は欲望の対象に到達することの禁止＝不可能性、つまり、欲望の対象からの「ずれ」を意味していて、やはり「ずれ」や「遅延」の主題系に属しているのである。性的な所有の欲望の対象である「女」が、「娘（親子）」という隣接（換喩）的関係へとずれていってしまうのはそのためだ。またチェスの「規則」「パターン」もそうした「法」の主題系に属していると言えるだろう。それらは、登場人物の知覚の内的連関の外からやって来て、強制的に事物のつながりを設定してしまうのである。

ナボコフの小説テクストに、「予感」や「予知」あるいは「偶然の一致」の主題が頻出するのもそのためだろう。『栄光』では「グルジア人はアイスクリームを食べない」というメッセージが結末で反復され、『カメラ・オブスクーラ』では、クレッチマーがたまたま使った偽名が、後のマグダの妾宅に住み込んでいた管理人の名前と偶然同じであったり、『絶望』において、ヘルマンが偶然耳にした通行人のステッキの音が、後に殺された男の身元を暴露してしまうステッキを暗示していたり、『賜物』の冒頭で鍵を取り違えて外出してしまうフョードルが、小説の結末でふたたび鍵を持たずに外出して閉め出されてしまうのも、「死」＝「父」＝外部からの「眼差し」＝「法」によって、彼らが見られていることのしるしなのであり、「窓」や「湖」という鏡面に差し込んできらめく光が意味するのは、まさにこの外的な眼差しなのだ。小説テクストを言葉で読むという行為において、盲目の暗闇に囚われた私たち読者は視力を失い、クレッチマー同様に、むしろ外からの光＝眼差しによって逆に見られ、もてあそばれているのである。

これまで述べてきたことをもとに、ナボコフ的身体とナボコフの作品風土を再構成すると、どのようなものになるだろうか。それは盲目や近視の主人公たちが不眠の暗闇に置かれてさまざまな音を聞きながら、そのずれや遅延のなかで、似ることという視覚イメージの享楽を欲望し、そのことによってさらなるずれを増幅させ執拗に換喩的イメージを細分化させながら、けっきょく自分自身がまさにその視覚イメージの享楽の対象へと転化してしまう、そういう物語だととりあえず言えるのではないだろうか。もちろん、こうした物語がナボコフのテクストに似ていると考えてしまうこと自体、じつは『絶望』のヘルマン同様、盲目な読者たる私の壮大な思いこみに過ぎないのかもしれないのだが。

（1）*The Stories of Vladimir Nabokov*, New York: Vintage International.,1995, p.xvi.（『ナボコフ短篇全集I』作品社、二〇〇〇年、九頁）。
（2）*Набоков В.* Собр. соч. Т. 2. С. 326.（ヴラジーミル・ナボコフ『ディフェンス』若島正訳、河出書房新社、一九九九年、四〇―四一頁）。
（3）Там же. С. 388, 459.（同書、p.139 および p.253）。
（4）Собр. соч. Т. 3. С. 377.（ウラジミール・ナボコフ『マルゴ』篠田一士訳、河出書房新社、一九六七年、二六七頁）。

（5）Собр. соч. Т. 5. С. 51.（ウラジミール・ナボコフ『魅惑者』出淵博訳、河出書房新社、一九九一年、三八頁）。

（6）Собр. соч. Т. 2. С. 78.（ウラジミール・ナボコフ『マーシェンカ』大浦暁生訳、新潮社、一九七二年、八一頁）。

（7）Собр. соч. Т. 3. С. 406.（ウラジミール・ナボコフ『絶望』大津栄一郎訳、白水社、一九六九年、三一頁）。

（8）Там же. С. 409.（『絶望』三八―三九頁）。

（9）宮川淳『鏡・空間・イマージュ』水声社、一九八七年、二一頁。

（10）Собр. соч. Т. 3. С. 427.（『絶望』七九頁）。

（11）Собр. соч. Т. 4. С. 587-588.（『ナボコフ短篇全集Ⅱ』作品社、二〇〇一年、一八二頁）。

（12）Собр. соч. Т. 5. С. 78.（ウラジミール・ナボコフ『魅惑者』出淵博訳、河出書房新社、一九九一年、一一六―一一七頁）。

（13）宮川淳、前掲書、六七―六八頁。

（14）ミハイル・ヤンポリスキー「映画のなかの死（1）――『セカンド・サークル』をめぐって」（鴻英良訳「イメージ・フォーラム」一九九五年、第二号、一〇四頁）。

（15）Собр. соч. Т. 3. С. 542-543.（『ナボコフ短篇全集Ⅰ』三八五―三八六頁）。

あとがき

本書は、私がこれまでさまざまな場所に発表してきた文章のなかから、おもにミハイル・バフチンやヴラジーミル・ナボコフ、近現代ロシア文化にかんする仕事を中心に集めたものである。もちろんここに収められた文章は、あくまでそれぞれの時期にそのときの関心にそって綴られたものであり、こうした主題について一貫した見解やトータルな見取り図を提供しようとするものではもちろんないし、すでに現在では自分の見解そのものが変化している場合もあれば、同じ主題を扱っていながら、時期によってかならずしもその見方や論点が一致していない場合もある。

その意味で、本書はなにかしらまとまった仕事の成果というよりも、むしろ私のこれまでの試行錯誤の軌跡の暫定的記録とでも言ったほうがよりふさわしいだろう。このため、本書では、あきらかな錯誤や一部の題名、見出しなどを変更したほかには、初出の原稿に大きな変更は加えないように配慮してある。

とはいえこの、時期的には一九九一年から二〇〇七年までの約一六年間に書き綴られた言葉をあらためてここにならべてみるなら、それらの文章のなかに、たいへん大まかではあるが、それでもある一定の方向性が仄見えることに気づく。私がロシア文学やロシア文化について学びはじめたころ、日本のロシア文化研究者たちの役割とは、良きロシア文化の独自性・特殊性を日本の読者に紹介・翻訳・普及することや、あるいは端的に、ひたすらそうしたロシアへの「愛」を語ることだと思われていたふしがあった。もちろんそうした仕事は重要であり、また必要でもあったし、現在でもそうなのだろうが、当時の若い研究者たちのなかには、そうしたやり方の限界を感じとり、新しいロシア研究のかたちを苦心して獲得しようとしていた者はけっして少なくなかったはずである。

しかし、時代の急激な変動に呼応するように、旧来のこうしたロシア研究とはちがった方向へと踏み出すことがようやく可能になりはじめていたことも確かだった。一九九一年はまさにソ連崩壊の年だったのであり、それから今日までの一七年間は、波乱の多いロシア史のなかでもとりわけ劇的な変化の時代だったと言えるだろうが、私たちにとって心強かったのは、この一九九〇年代初頭に、本国ロシアや亡命ロシア人社会のなかで、まだ一部にすぎなかったとはいえ、良き「ロシア文化」の伝統という自明の価値自体のイデオロギー性を疑問に付すような議論がつぎつぎと現れたことだった。

もちろん今になってみれば、その個々の議論の粗雑さや観念性を緻密に検証する必要はあるのだろうが、それでもなお、そこにこれまでにない解放感があったことは否定できないだろう。ロシア文化はある意味ではまったく特殊ではないのであって、「ロシア文化の特殊性」というような言説そのものが、ある一般的なイデオロギー的目くらましでしかない。そういうロシアの一般的イメージの被いを取り払ったところで、そこからどんな刺激的な発見が見えてくるのか、それが本書の隠れたテーマなのだと言ってもよかろう。

一時期日本で流布したような「民主主義」や「解放」の唱道者というバフチン像はあきらかに彼の実像とはなんの関係もないし、「記憶」にのみ残る「過去の美しいロシア」を操る作家、あるいはメタフィクションや謎解きを仕掛ける好事家ナボコフ、などといういまだに根強い一種の信仰がいかに的外れなものか、あるいはロシア文化の特殊性と見なされているもの(「音の優位」や「複数性」)がいかに一般的・イデオロギー的であり、またそうした一般性・イデオロギー性の配置のなかで、ロシアにおけるイメージ・表象のありかたを西欧のそれとくらべたとき、どのような興味深い相違が浮き彫りになるか(フロレンスキイのイメージ論)——ここに集められた文章はいずれも、自明の、あるいは大向こうに期待されるこうした「ロシアの特殊性」を単純再生産することなくロシア文化についてなにかを語ろうとする試行錯誤の記録なのであり、いまのところ、その試みがじゅうぶんな成功をおさめたとはまだとても言いがたい。本書に収められた文章にある種の難解さや読みにくさ、また素材の消化不良などがあるとすれば、それはもちろん、一義的には私自身の能力のなさによるのだが、こうした課題の困難さもまたその理由の一端にあるのだというふうに理解していただければ幸いである。

最後に、いちいち名をあげることはできないが、ここに収められた文章を執筆する機会を与え、またその内容についてさまざまな刺激やアドバイスをいただいた多くの方々に心から感謝したい。さまざまな媒体への執筆・発表を勧めてくださった数々の監修者や編集者の方々だけでなく、教室や研究会、学会や酒場でつねによい刺激を与えてくれた恩師、仲間たちや院生、学生がいなかったら、本書に集められた文章の多くは書かれていなかったかもしれない。また、このようなかたちで本書を出すことを勧めてくださり、編集の労をとっていただいた論創社の高橋宏幸さんにはひとかたならぬお世話になった。書き散らされたまま、遊びのあとの玩具のように方々にとり残されていた文章が、こうしてふたたびまとめられ日の目を見ることができたのは、ひとえに高橋さんのご尽力のおかげである。この場を借りて深くお礼申し上げたい。

二〇〇八年七月三一日

貝澤　哉

初出一覧

第一部

引き裂かれた祝祭――バフチンのカーニヴァルにおける無意識、時間、存在（「批評空間」Ⅱ-17、一九九八年）

現代ロシアの文化研究とポストモダニズムにおけるバフチン理解（第六三回日本比較文学会全国大会シンポジウム「バフチン研究の現在」（二〇〇一年六月一六日、早稲田大学国際会議場）での口頭発表、柳富子編『ロシア文化の森へ 比較文化の総合研究 第二集』ナダ出版センター、二〇〇六年）

身体・声・笑い――ロシア宗教思想とバフチンの否定神学的人格論（「思想」二〇〇二年八月）

対話化されるイデア――バフチンのドストエフスキイ論とロシア・プラトニズムのコンテクスト（「ユリイカ」二〇〇七年一一号）

第二部

ロシア文化史の新しい見方――A・エトキント、B・グロイスを中心に（『現代ロシア文化』国書刊行会、二〇〇〇年）

消去された自然――ロシア文化のディスクールにおける欲望と権力（「現代思想」25-4、一九九七年四月）

「何もない空虚のなかで……」――近代ロシア文化における音の支配（「現代思想」25-11、一九九七年一〇月）

複数性の帝国――二〇世紀初期のロシア思想における「複数性」の理論（「批評空間」2-21、一九九九年四月）

アンチ表象としてのイコン――パーヴェル・フロレンスキイのイメージ論（「水声通信」二〇〇六年一一号）

第三部

ナボコフのロシア（「ユリイカ」一九九一年一〇月）

ナボコフあるいは物語られた亡命（『越境する世界文学』河出書房新社、一九九二年一二月）

虚構の共同体（書評　ナボコフ『ロシア美人』北山克彦訳、新潮社）（「早稲田文学」一九九五年一月号）

暗闇と視覚イメージ──「ナボコフ的身体」の主題と変奏（日本ナボコフ協会二〇〇三年大会シンポジウム──作家と自我・身体表象」（二〇〇三年六月七日、東京水産大学での口頭発表。「早稲田大学大学院文学研究科紀要」第49輯・第2分冊、二〇〇四年二月）

貝澤　哉（かいざわ・はじめ）

1963年東京生まれ。早稲田大学大学院文学研究科博士課程単位取得退学。

早稲田大学文学学術院教授。ロシア文学。

主な訳書に、アンドレーエフ『印象主義運動』（水声社）、マリーニナ『アウェイ・ゲーム』（光文社）、ゴロムシトク『全体主義芸術』（水声社）など。

引き裂かれた祝祭――バフチン・ナボコフ・ロシア文化

2008年　9月30日　初版第1刷印刷
2008年10月10日　初版第1刷発行

著　者　貝澤　哉
発行者　森下紀夫
発行所　論　創　社
東京都千代田区神田神保町 2-23　北井ビル
電話 03（3264）5254　振替口座 00160-1-155266
組版　エニカイタスタヂオ　印刷・製本　中央精版印刷
ISBN978-4-8460-0693-8